Volker König

Früh am Morden

Über den Autor:
Volker König wurde 1965 in Dortmund geboren und wuchs
in Herdecke auf. Nach seinem Biologiestudium begann er zu
schreiben. Bisher erschienen sind der Roman *Tantenfieber*,
der Erzählband *Dicke Enden*, die Novelle *Die Farbe des
Kraken*, die Erzählung *VARN*, der SF-Roman *In Zukunft
Chillingham* und der Kriminalroman *Früh am Morden*.

Volker König

Früh am Morden

Kriminalroman

Die deutsche Bibliothek verzeichnet diese Publikation in der Deutschen Nationalbibliografie; detaillierte bibliografische Daten sind im Internet über http://dnb.ddb.de abrufbar.

1. Auflage April 2020
© 2020 Volker König
Grafikvorlage: Pixabay
Herstellung und Verlag:
BoD – Books on Demand, Norderstedt
ISBN: 9 783751 906920

Wer weniger hat, als er begehrt,
muss wissen,
dass er mehr hat, als er wert ist.

Georg Christoph Lichtenberg

In einer ruhigen Nebenstraße steht die Tür des Hauses Nummer neunzehn offen. Starker Wind in der Nacht hat Blätter und Papier in den Hausflur geweht. Eine zerfetzte Plastiktüte hat er bis zur niedrigen Stufe vor der Eingangstür der linken Wohnung getrieben. Es ist so kalt, wie es Ende März in Altenessen-Nord zu erwarten ist.

Oben im Haus fällt eine Tür ins Schloss. Ein Relais im Keller klackt und schaltet die Lampen an den überhohen Decken des Treppenhauses ein. Sie sind nur wenig heller als das Dämmerlicht durch die Fenster auf den Treppenabsätzen.

„Ich bin so froh, dass Sie mitkommen", dringt eine Frauenstimme bis ins Erdgeschoss. Eine andere Frau antwortet Unverständliches. In ein paar Schritte mit spitzen, harten Absätzen mischt sich müdes Schlurfen. Dann knarren die ersten rotbraunen Holzstufen.

„Ich hätte ja Martin gefragt, aber der scheint nicht da zu sein", sagt die eine Frau. „Und da dachte ich, dass vielleicht Viktoria ..."

„... schläft wie gesagt noch", knurrt die andere Frau, niest unterdrückt und zieht dann die Nase hoch. „Was ist mit Polizei?"

„Um Himmels Willen! Am Ende ist alles ganz harmlos, und ich hole uns die Polizei ins Haus."

Nach ein paar Stufen bleiben sie stehen.

„Ach, hier wohne ich übrigens. Direkt unter Viktoria."

„Dann sind Sie Frau Rathenau?"

„Wie konnte ich das nur vergessen? Gesine Rathenau."

„Lendel, Frigga Lendel, und ich habe ja auch noch nicht daran gedacht, mich vorzustellen", sagt Frigga.

„Sie sind bei Viktoria zu Besuch, richtig?"

„Nur für ein paar Tage."

„Und da bitte ich Sie in aller Frühe gleich um so etwas hier", sagt Frau Rathenau.

„Ist schon in Ordnung. Die Nacht war ja auch schon schlecht", sagt Frigga und denkt an Viktorias Sofa voller Hausstaubmilben.

„Es war ganz schön windig. Ich kann Ihnen nicht genug danken", sagt Frau Rathenau.

Sie erreicht den ersten Treppenabsatz, nimmt die Brille ab und reibt sich nervös die Augen. Ihr heller Mantel steht offen, betont aber trotzdem ihre schlanke Figur. Das Licht aus Fenster und Lampe des Absatzes spiegelt sich in einer Uhr an einer Kette um ihren Hals.

„Was ist los?", fragt Frigga, die hinter ihr aufgetaucht ist und erneut die Nase hochzieht. Sie steckt in einem zu großen, gelben Bademantel und trägt derbe Bergstiefel. Alles Licht fällt durch ihre weit abstehenden, flammend roten Haare.

„Ich weiß nicht", sagt Frau Rathenau. „Ich habe halt so ein komisches Gefühl, dass da was nicht stimmt."

„Wird schon nicht so schlimm sein", sagt Frigga und steigt an Frau Rathenau vorbei die letzte Treppe zum Erdgeschoss hinunter.

„Ach, das hatte ich ganz vergessen", sagt Frau Rathenau, die Frigga gefolgt ist. „Die Haustür ist auch offen. Sie muss die ganze Nacht offen gewesen sein, so kalt wie das hier ist."

Sie zieht sich den Mantel enger um den Körper und will die Tür schon schließen, aber Frigga hält sie zurück.

„Wir sollten hier vorsichtshalber alles unverändert lassen", sagt sie.

„Aber Sie haben doch gesagt, dass es wohl nicht so schlimm ... oh, natürlich", meint Frau Rathenau, „wenn Sie das für notwendig halten."

Seltsam, denkt Frigga, jemand hat einen Keil unter die Tür geschoben, und auf der Straße weist nichts darauf hin, dass er im Moment für jemanden nützlich ist.

„Sehen Sie", sagt Frau Rathenau und zeigt auf die linke Wohnungstür, „Herrn Bauses Wohnung steht halb offen. Ich habe schon gerufen, doch es kam keine Antwort. Aber Herr Bause ist ja auch schon ein alter Mann. Er hört nicht mehr so gut."

Frigga wischt sich mit dem Ärmel die Nase. Verdammt, es ist ja Viktorias Mantel, und ich bin noch gar nicht geduscht, schießt es ihr durch den Kopf, denn sie riecht etwas streng. Dann drückt sie gegen die Tür, die lautlos ihre Endstellung erreicht. Frigga hört ein leises Ticken.

Nur das spärliche Licht des Treppenhauses fällt in den Flur der Wohnung. Frigga tastet nach einem Lichtschalter neben der Tür. Das Deckenlicht flammt auf. Vom sehr kleinen Flur gehen drei Türen ab. Die geradeaus steht offen und führt in ein fensterloses Bade-zimmer. Die rechte Tür hat eine Glasscheibe und ver-schließt die Küche.

„Hallo!", ruft Frigga. Keine Antwort.

„Sehen Sie, es scheint niemand da zu sein", flüstert Frau Rathenau hinter ihr.

„Vielleicht schläft er ja auch sehr tief", sagt Frigga und wendet sich der Tür links zu. Die ist massiv und steht ebenfalls halb offen. Frigga muss sie ganz auf-drücken, denn nach einem kurzen Anstoß verhindert der Teppich, dass sie sich mehr als ein paar Zentimeter bewegt. Die Rollläden sind noch unten, und darum schaltet Frigga auch hier das Licht ein.

Ein Wohnzimmer mit in dunkler Eiche getäfelten Wänden. Rechts an der Wand eine hellbraune Chester-field-Sitzgruppe. Über dem Sofa an der Wand eine Pen-deluhr, die jetzt leiser als erwartet tickt. Sie steht auf 6:38 Uhr und zeigt damit eine halbe Stunde früher an als die Uhr in Viktorias Wohnzimmer. Mehrere kleine, alte und vermutlich teure Möbel sind im Raum verteilt, darunter ein Sekretär. Auf der Ablage über der Klappe fehlt kreisrund der dünne Staub. Daneben steht ein Bild. Es zeigt einen viel jüngeren Herrn Bause mit einem kleinen Mädchen auf dem Schoß. In der Mitte des Raumes liegen einige Zettel und Bauses umgestürz-ter Rollstuhl. Hinten im Raum ist eine weitere, vollstän-dig geöffnete Tür. Sie führt in tiefe Dunkelheit.

Frigga durchquert das Wohnzimmer. Der dicke, rus-sisch-grüne Teppich dämpft ihre Schritte. Von der offe-nen Tür führen braune Flecken wie von Katzenpfoten zurück in das Wohnzimmer. Sie werden von Fleck zu

Fleck blasser, bis sie nicht mehr zu erkennen sind. Frigga bleibt stehen und dreht sich zu Frau Rathenau um. Die steht mit eingezogenem Kopf hinter ihr und starrt sie an.

Sie muss ziemlich kurzsichtig sein, denkt Frigga. Ihre Augen wirken so klein und ängstlich. Vielleicht ist sie Mitte fünfzig.

„Bis hierher können wir noch nichts Genaues sagen", sagt Frigga. „Es ist noch fast alles vorstellbar. Schrödingers Katze ist noch beides, tot und lebendig. Wenn wir aber durch diese Tür gehen und das Licht einschalten, dann wird sich ein Zustand bewahrheiten. Egal welcher das sein wird, behalten Sie um Himmels Willen die Nerven."

Frau Rathenau nickt.

„Ich kenne Herrn Schrödinger und seine Katze zwar nicht, aber du kannst mich Gesine nennen."

„Frigga", sagt Frigga. „Und los."

Ein letztes Mal drückt sie einen Lichtschalter.

Auf dem Boden liegt Bauses Gehstock mit silberglänzendem Knauf. Er ist blutbeschmiert. Herr Bause liegt auf dem Rücken im Bett mit dem Kopf unter dem Kissen. Sein linker Arm hängt aus dem Bett heraus. Ein tiefer Schnitt klafft im Unterarm, und an den Fingern kleben Blutstropfen. Der Teppich unterhalb der heraushängenden Hand ist mit Blut vollgesogen. Hier sind die Pfotenabdrücke am deutlichsten und bilden ein aufgeregtes Muster. Die hat was aufgeschreckt, denkt Frigga. Der Wecker auf dem Nachtschränkchen steht auf 7:12 Uhr. Um 7:00 Uhr hat er geklingelt. Er ist blutbeschmiert. Am Nachtschränkchen ist Blut, an den Wänden ist Blut, am Schrank ist Blut. Überall ist Blut. Gesine stößt einen spitzen Schrei aus und lehnt schwach am Türrahmen.

„Der Graf ist tot", ächzt sie.

Verdammt, denkt Frigga, klapp jetzt bloß nicht zusammen. Ich sollte die Polizei rufen. Am besten auch einen Krankenwagen für Gesine.

Sie will sich gerade zum Gehen wenden, als sie etwas am Hals des Toten glitzern sieht. Sie tritt an das Bett. Eine dünne Kette verschwindet im blutgetränkten Halsausschnitt des Pyjamas. Frigga weiß genau, was am Ende dieser Kette hängt. Sie hat es sich gestern von Herrn Bause geliehen und ihm gestern auch wieder zurückgegeben. Sie sieht den alten Mann in seinem Dreiteileranzug und dem gezwirbelten Schnurrbart noch vor sich, wie er an der Wohnungstür, im Rollstuhl sitzend, den Schlüssel aus dem Hemd zieht. Sie möge sorgsam damit umgehen, denn er habe dafür unterschreiben müssen, hatte er ihr eingeschärft. Es ist der Schlüssel zum Dachgeschoss. Dort hat sie ihr Teleskop bis zu ihrer Weiterfahrt geparkt. Sie muss den Schlüssel jetzt nehmen, denn die Polizei wird hier alles auf den Kopf stellen, und dann ist er erst einmal weg. Ohne Schlüssel bleibt ihr Teleskop eingesperrt, und ohne Teleskop ... Sie greift zu.

„Sie lassen auf der Stelle los, was Sie in der Hand haben, und treten sofort zurück", hört sie eine gefährlich ruhige Stimme hinter sich.

Frigga lässt den Schlüssel los, der an seiner Kette zurück unter den Pyjamakragen rutscht, und dreht sich langsam um.

In der Tür steht ein riesiger Kerl in schwarzem Lederjackett und Jeanshose. Vielleicht fünfunddreißig, sechsunddreißig und damit so alt wie ich, tippt Frigga, gut trainiert, ein kleines Schuppenproblem, leicht zerknitterter Hemdkragen, wohnt wahrscheinlich allein. Die rechte Hand des Riesen ruht auf seiner Waffe an der Hüfte, die andere hält eine Metallplakette. Eine junge Frau mit blondem Pferdeschwanz kniet vor Gesine.

„Ganz ruhig", sagt Frigga, „ich kann das erklären."

„Da bin ich aber gespannt", sagt der Kerl. „Aber zuvor treten Sie zurück."

Frigga befolgt die Anweisung.

„Schon gut, schon gut."

„Kriminaloberkommissar Thomas Scheibelhud, und das ist meine Kollegin Kommissarin Sigrid Mlaka."

„Ich bin auch eine Kollegin, Oberkommissar Scheibelhud. Hauptkommissarin Frigga Lendel aus Bielefeld. Ich habe hier alles im Griff."

Oberkommissar Scheibelhud lächelt verkniffen.

„Ja, ich habe gesehen, dass Sie gerade etwas angefasst haben."

„Wollen Sie mich belehren? Wollen Sie mir sagen, wie ich meine Arbeit zu tun habe?"

Sie geht einen Schritt auf den Beamten zu in der Hoffnung, dass er zurückweicht. Doch der denkt wohl nicht daran.

„Wie Sie sehen, ist hier ein Kapitalverbrechen begangen worden, Oberkommissar Scheibelhud. Rufen Sie also ihre Leute her ... und achten Sie auf Ihre Kleidung. Wir wollen hier keine Kontaminationen!"

Sie zeigt auf eine Stelle an seiner Schulter, wo ein welkes Blättchen von einem der Straßenbäume klebt.

Scheibelhud nimmt das Blättchen und steckt es in seine Tasche.

„Danke, dass Sie mich darauf aufmerksam gemacht haben. Und nun treten Sie bitte wieder zurück. Sie können sich doch wohl ausweisen, oder?"

Frigga starrt ihn kalt an. Dann weist sie erst auf ihre Schuhe und dann auf den Bademantel.

„Wenn Sie meine Dienstmarke hier irgendwo finden, dann haben Sie schon jetzt einen Orden verdient."

„Das habe ich so nicht gemeint", sagt Scheibelhud und legt seine Hand wieder auf die Waffe. „Wenn Sie die Dienstmarke nicht bei sich tragen, dann gehen wir jetzt in Ihre Wohnung."

„Wir gehen jetzt nirgendwo hin, verstanden?", sagt Frigga.

Kommissarin Mlaka stellt sich in die Tür.

„Vorerst können oder wollen Sie sich also nicht ausweisen", sagt Scheibelhud. „Ich nehme Sie daher vorläufig wegen des Verdachtes auf Täterschaft fest."

Frigga hat nur einmal ungläubig geblinzelt, da hat ihr der Beamte bereits Handschellen angelegt. Seine Kollegin redet gedämpft in ihr Funkgerät.

„Ich werde mich bei Ihrem Vorgesetzten beschweren!", ruft Frigga.

„Dazu haben Sie jedes Recht der Welt."

Er führt Frigga und Gesine durch das Wohnzimmer, als die Pendeluhr dreimal schlägt. Unmittelbar darauf klingelt das Telefon. Frigga schießt die Möglichkeit zu Gegenwehr und Flucht durch den Kopf, aber ihre

Arme zucken nur einmal kurz gegen den Widerstand der Handschellen. Dann legt sich Scheibelhuds Hand schwer auf ihre Schulter, und sie bleibt stehen.

Der Anrufbeantworter springt an.

„Hallo, Herr Bause", dringt eine schwache Frauenstimme aus dem Apparat. „Hier ist Marie Keller. Ich hoffe, dass Sie das hier bald abhören. Leider kann ich heute nicht vorbeikommen, weil ich krank im Bett liege. Habe wohl gestern was Falsches gegessen und die ganze Nacht auf der Toilette – oh, mein Gott, es geht schon wieder los."

Das Geräusch eines großen Dilemmas ist zu hören. Dann rauscht eine Klospülung.

„Aber machen Sie sich bitte keine Sorgen", dringt kurz darauf die gequälte Stimme durch das Geräusch von nachlaufendem Wasser. „Ich sorge dafür, dass jemand nach Ihnen schaut. Wenn ich mich wieder besser fühle, dann melde ich mich. Bis dahin! Oh, nei..."

Bevor erneut ein Dilemma übertragen wird, hat Marie Keller das Gespräch abgebrochen. Kommissarin Mlaka notiert ihre Rufnummer.

Auf der Straße sieht Frigga die alte Frau von gegenüber in ihrem Fenster lehnen. Unter ihr auf dem Gehweg stehen zwei Anwohner und unterhalten sich leise mit ihr.

„Vorsicht beim Einsteigen", hört sie Scheibelhud hinter sich sagen, und seine Hand schirmt ihren Kopf gegen den Türrahmen ab. Frigga zwängt sich mit den Händen im Rücken auf die Sitzbank. Der Bademantel lappt über den Einstiegsschweller, und Scheibelhud schiebt ihn in den Fußraum. Dann drückt er die Tür zu. Hier riecht es nach Waffenöl. Sie fahren los, als ein paar Polizeifahrzeuge eintreffen. Jetzt ist es Frigga doch etwas flau im Magen.

2.

Die Bude in Schonnebeckshöfe öffnet früh. Burkhard Gorontzki betritt den Verkaufsraum mit lediglich einer vagen Vorstellung von den Kleinigkeiten, die er für seine Bahnfahrt einkaufen will. Irgendwas zum Essen, irgendwas zum Trinken, irgendwas zum Lesen. Die Zeitung hat er schnell gewählt, eine in Teig verpackte Salami setzt sich gegen eine Tafel Schokolade durch. Jetzt steht Gorontzki vor dem Kühlschrank. Wasser, Saft, ein Milchgetränk oder vielleicht ein Bier? Das Wasser würde seinen Durst löschen oder zumindest die Kehle befeuchten. Der Saft schmeckt zwar besser, aber er wäre vielleicht doch zu süß. Das Milchgetränk schließt Gorontzki aus, denn bis er das Getränk nötig hat, wäre die Milch warm und noch schleimiger geworden. Dem kann er nichts abgewinnen. Bliebe noch das Bier.

Die Tür wird mit einem Klingeln aufgedrückt. Ein halbes Dutzend Schulkinder erobert den Verkaufsraum und formiert sich vor dem Tresen. Dort stehen mehrere Glasgefäße mit Süßigkeiten. Die Kinder plappern durcheinander, und die Budenbesitzerin kämpft sich durch die Bestellungen. Saure Gummischlangen, Lutschmuscheln, Schnuller, Liebesperlen. Tüte um Tüte füllt sich.

Das Bier würde seine Nerven beruhigen. Wenn Gorontzki es aber vor dem Test trinkt, dann müsste er auch noch eine Rolle Pfefferminzbonbons kaufen, damit er nicht durch eine Fahne auffiel. Das Wasser müsste er in jedem Falle zum Nachspülen haben. Wenn der Test gelaufen war, könnte er sich in Oberhausen ein weiteres Bier kaufen. Ob als Belohnung oder zur Tröstung, hinge vom Ergebnis des Tests ab. Grün ist die Hoffnung, denkt Gorontzki und fügt eine Flasche Wasser sowie eine grüne Flasche Stauder seiner Sammlung bei.

Er wendet sich dem Tresen zu. Der Süßigkeitenverkauf ist ins Stocken geraten, weil ein Junge zu wenig Geld dabei hat. Zum Beweis hält ihm die Budenbesitzerin die flache Hand mit den Münzen hin. Die anderen können ihm nichts leihen, weil sie ihres schon ausgegeben haben.

„Dann nehmen wir wieder etwas aus der Tüte heraus", bietet die Budenbesitzerin an. „Auf was kannst du verzichten?"

Der Junge wirft einen scheelen Blick auf die prallen Tüten der anderen und kann auf gar nichts verzichten.

Burkhard Gorontzki schaut auf die Uhr. In sechs Minuten fährt der Zug nach Oberhausen ab.

„Du musst dich schon entscheiden", sagt die Budenbesitzerin. „Entweder eine Lutschmuscheln oder dreimal den Zauberbären. Den Kleinkram fische ich nicht mehr raus."

Der Junge ist hin- und hergerissen.

„Wie viel fehlt denn?", fragt Gorontzki.

„Nur achtzehn Cent", sagt der Junge.

Gorontzki zückt sein Portemonnaie und begleicht den Betrag. Die Bande zieht aus dem Laden, und Gorontzki bestellt am Tresen die Rolle Pfefferminzbonbons. Jetzt muss er sich aber beeilen. Wenn er zu spät kommt, dann ist der Job weg.

„Macht vier Euro achtunddreißig."

Das sind acht Cent zu viel für Gorontzki. Er lässt die Bonbonrolle zurück und stopft alles andere in seine Aktentasche. Die hat er schon seit seiner Schulzeit. Sie lässt sich nicht mehr schließen, weil das Schloss defekt ist. Er eilt in Richtung Bahnhof Essen-Zollverein Nord. Als er unten an der Treppe zum Bahnsteig steht, fährt der Zug ein. Gorontzki ist schon jetzt außer Atem. Mit großen Sätzen stürzt er die Treppe hoch. Sein Mund ist staubtrocken. Nur noch zwei Sätze. Seine Beine haben kaum noch Kraft. Er taumelt. Sein schwingender Arm mit der Aktentasche gerät unter den Handlauf der Treppe, die Aktentasche dreht sich heraus, rutscht auf den obersten Treppenabsatz und öffnet sich. Auch die Türen des Zuges öffnen sich. Ein paar Fahrgäste steigen aus und weichen Burkhard Gorontzki aus, der zwischen ihren Füßen zusammenrafft, was er erreichen kann. Die Bierflasche ist über den Rand des Treppenabsatzes gerollt. Dahinter ist es abschüssig. Ein Wunder, dass sie nicht zerbrochen ist. Die Wurst ist auch dorthin gerutscht. Gorontzki kann beides nicht mehr sehen. Dafür sieht er aber, dass sich die Türen schließen. Es ist keine Zeit, nach seinem Besitz zu suchen. Er sprintet zum Zug, steckt seine Hand zwischen die fast geschlossenen Türen und drängt hinein. Schwer atmend steht er an eine Haltestange gelehnt. Es wird kein Beruhigungsbier geben. Hoffentlich reicht das Geld für das Belohnungsbier danach. Dass die Flasche bei seiner Rückkehr noch dort liegen wird, braucht er wohl nicht zu hoffen.

3.

Während der Fahrt behält Scheibelhud Frigga und Gesine im Auge. Mlaka steuert das Fahrzeug. Friggas Hände werden langsam kalt. Die Handschellen sitzen eng. Dreh nur nicht durch, denkt sie. Am Ende lässt sich alles irgendwie klären. Bring es mit Anstand hinter dich.

Sie blickt zu Gesine hinüber. Die ist weit davon entfernt, die Sache mit Anstand hinter sich zu bringen. Zusammengesunken hockt sie da. Sie ist auch etwas bleich, und plötzlich durchströmt ein beißender Geruch das Wageninnere.

„Nein, das ist jetzt nicht wahr!", ruft Scheibelhud.

„Sie hätten sich die Frau vielleicht mal besser ansehen sollen, bevor Sie sie wie eine Verbrecherin in ihren Polizeiwagen zerren", sagt Frigga. „Sie hat immerhin gerade eine Leiche gesehen. Das ist menschenunwürdig, was Sie hier mit uns machen."

Gesine Rathenau laufen Tränen über die Wangen.

„Du meine Güte! Fahr schneller, Mlaka!", ruft Scheibelhud und stellte die Sirene an.

Die Fahrt dauert nur noch sehr kurz, denn das Polizeirevier liegt am Mallinckrodtplatz und damit nur einen knappen Kilometer entfernt vom Tatort.

Die Polizeiinspektion 3 – Nord Polizeiwache Altenessen – ist ein mehrstöckiges, graues Gebäude, das auch ein Wohnhaus hätte sein können, wenn nicht über dem Eingang in großen Buchstaben POLIZEI stünde, und wenn nicht fast ein Dutzend Polizeifahrzeuge davor parkten.

Scheibelhud springt aus dem Wagen und reißt Gesines Tür auf. Ihr Rock wie die Sitzbezüge sind nass. Gesine wimmert, dass es ihr leid tue, und Frigga würde Scheibelhud am liebsten an die Kehle fahren. Mlaka geleitet sie beide ins Gebäude hinein. Dort wird Gesine auf die Toilette, Frigga dagegen in einen Raum mit einer Pritsche geführt. Auf der Pritsche stehen eine weiße und eine blaue Schale. Eine Polizistin schließt die Tür und stellt sich davor, eine andere weist auf die Pritsche.

„Bitte ziehen Sie alle Kleidungsstücke aus, und legen Sie sie in die weiße Schale. Die Schuhe bitte in die blaue."

Frigga schluckt.

„Weshalb denn das?"

„Sie sind am Tatort vorläufig festgenommen worden, und die Kleidung wird zwecks Spurensicherung gebraucht. Sie wissen doch, wie das geht, Frau Hauptkommissarin."

Die Beamtin an der Tür unterdrückt ihr Grinsen nur mühsam.

„Aber ich habe dann doch gar nichts mehr an!", ruft Frigga. „Wie weit wollen Sie uns denn noch demütigen?"

„Jetzt machen Sie hier keinen Aufstand! So was wie bei Ihrer Freundin kann passieren. Da kann der Kollege überhaupt nichts für. Sie aber können sich vorübergehend hiermit behelfen. Und keine hektischen Bewegungen, wenn ich bitten darf!", sagt sie scharf, weil Frigga mit ihrer Hand herumwedelt. Hier gibt es eine Fliege.

Die Polizistin reicht Frigga etwas, was wie eine weiße Plastikfolie aussieht.

„Das soll ich anziehen?"

Die Polizistin an der Tür nickt langsam, während die andere Frigga anstarrt.

„Das wird Sie noch teuer zu stehen kommen", presst Frigga hervor und zieht sich aus. Die Fliege setzt sich auf ihren nackten Oberschenkel.

Die Folie lässt sich zu einem Plastikoverall mit Kapuze entfalteten. Er fühlt sich kühl auf der Haut an, wird aber sicher bald auf ihr kleben. Nur gut, dass das Ding blickdicht ist, denkt Frigga. Die Fliege krabbelt ihr über den nackten Fuß.

„Soll ich barfuß hier herumlaufen?", fragt Frigga.

„Nehmen Sie diese Überzieher", sagt die Polizistin und hält ihr zwei kleine, weiße Plastikfolien hin. Das Gummi am Einstieg ist verhältnismäßig stramm und wird Abdrücke auf der Haut hinterlassen.

„So, und damit die Dame keine schwarzen Fingerchen bekommt, haben wir hier unser AFIS", sagt die Polizistin. „Drücken Sie ihre Fingerkuppen drauf!"

Sie hält ihr ein elektronische Gerät entgegen, auf das sich die Fliege setzt und erst flüchtet, als Frigga tut, was man von ihr verlangt.

„Dann haben wir es ja beinahe geschafft", sagt die Polizistin und greift nach einem Plastikröhrchen. „Sie wissen, was das ist? Stichwort DNA-Probe?"

Sie wedelt mit dem Röhrchen.

„Ich weise Sie darauf hin, dass sie dazu nicht verpflichtet sind. Sollten Sie sich jedoch weigern, werden Sie per richterlicher Anordnung dazu gezwungen. Die Anordnung ist in ein paar Stunden erteilt. Solange bleiben Sie hier. Ich empfehle Ihnen, zu kooperieren."

Die Polizistin an der Tür grinst nicht mehr, sondern sieht jetzt wirklich gefährlich aus. Die andere zieht ein Wattestäbchen aus dem Plastikröhrchen, und Frigga lässt sie damit in ihrem Mund herumwerkeln. Sie kann gerade so verhindern, dass ihr die Fliege nicht auch noch hineinfliegt.

Anschließend wird Frigga vermessen, gewogen und fotografiert.

„Folgen Sie mir."

Man führt sie in ein Büro. Allein die Vorstellung, in diesem Anzug vernommen zu werden, bereitet ihr Unbehagen. Aber der Grund, weswegen sie sich wirklich flau fühlt, liegt woanders.

„Bitte, setzen Sie sich."

In dem Büro wartet Scheibelhud. Er deutet auf einen Stuhl. Kommissarin Mlaka postiert sich an der Tür.

„Bitte, nennen Sie mir Ihren Namen, ihre Anschrift und Ihr Geburtsdatum."

Er fragt auch nach ihrem Geburtsort, dem Familienstand und ihrer Staatsangehörigkeit und tippt alles in einen Rechner.

„Zu Ihrem Beruf haben Sie sich ja bereits geäußert. Bei nächster Gelegenheit werden wir das natürlich überprüfen", sagt er. „Dann weise ich Sie hiermit auf Ihre Rechte hin."

Er spult auch diesen Teil wie eine gut geölte Maschine ab, und Frigga überlegt, wie sie vorgehen soll. Die Aussage verweigern, einen Anwalt anfordern, eigene Beweisanträge zur eigenen Entlastung stellen oder sich ausschließlich schriftlich äußern? Nichts von allem wird ihr helfen. Man hat sie mit der Hand am Toten im Mordzimmer vorgefunden. Da sie der Tat aber nicht schuldig ist, macht ihr das keine Sorgen. Aber etwas anderes bohrt in ihr. Sie muss es jetzt zur Sprache bringen, ohne Anwalt und ohne viel Firlefanz.

„Ich möchte eine Aussage machen", beginnt sie, als ein Mann, ehrfurchtgebietend grauhaarig und mit unverschämt vielen silbernen Sternen auf den Schulterklappen, den Raum betritt.

Frigga starrt ihn an.

„Onkel Horst?", flüstert sie.

Im Großraumbüro nebenan klingelt ein Telefon.

„Polizeiinspektion 3, Kriminaloberkommissar Görtzig", meldet sich der Beamte.

„Kemsich Moden, Teuber", meldet sich eine Frau am anderen Ende, „ich wollte nur mal nachhören, ob sich schon eine Spur wegen der Puppe ergeben hat."

„Der Puppe?", fragte Görtzig.

„Unsere Schaufensterpuppe wurde doch vorgestern gestohlen", erklärte Frau Teuber, und Görtzig schlägt die Hand an die Stirn.

„Es ist nur so, dass es sich dabei um ein altes Stück handelt, antik sozusagen, und es ist eine Leihgabe. Wir brauchen es daher unbedingt zurück. Haben Sie denn schon eine Spur?"

Görtzig verdreht die Augen.

„Wir sind mit allen Kräften auf der Suche und melden uns, sobald wir etwas ermittelt haben."

„Wir wollen halt nur, dass ihr nichts passiert. Die Puppe ist unbezahlbar für diejenigen, die sich damit auskennen. Ein Sammlerstück. Eine Bonaveri von 1951! Wir mussten zweitausend Euro hinterlegen."

„Ich kann Sie nur bitten, sich zu gedulden. Wir warten nur darauf, dass die Entfüh..."

Er hält inne, legt die Hand über das Mikrofon des Telefonhörers und schüttelt den Kopf, weil er sich über seine Gedankenlosigkeit wundert.

„Eine Entführung? Sie glauben, es ist eine Entführung?", schallt es schrill aus der Ohrmuschel.

„Nein, so kann man es wohl nicht bezeichnen", versucht Görtzig zu beruhigen. „Trotzdem tun wir alles in unserer Macht Stehende, um Ihnen das Stück zurückzubringen. Wir melden uns, sobald wir mehr sagen können."

Kaum hat er aufgelegt, als das Telefon erneut klingelt. Die angezeigte Nummer kennt er, und sie ist wichtig. Er hebt ab und beginnt zu schwitzen.

„Sie kennen den Ersten Kriminalhauptkommissar Sobel?", fragt Scheibelhud verblüfft.

„Ja, den kennt sie", antwortet Sobel. „Hallo, Frigga!"

„Hallo, Onkel Horst. Ich wusste gar nicht, dass du in dieser Dienststelle bist", sagt Frigga und wird rot.

„Letztes Jahr habe ich mich her versetzen lassen. Als Dienststellenleiter hatte ich da die Wahl."

Er hockt sich auf einen Stuhl und blickt Frigga so streng an, dass ihr plötzlich der Plastikoverall am ganzen Körper klebt.

„Ich habe die Befragung am Rechner mitverfolgt. Als dein Name fiel, wurde ich natürlich hellhörig. Ganz besonders, als ich las, dass du jetzt Kriminalhauptkommissarin bist."

„Nun, dazu wollte ich gerade etwas sagen, als du hereingekommen bist."

„Das hört sich an, als wolltest du dem etwas hinzufügen, oder?"

Frigga nickt.

„Wir brauchen also nicht erst in Bielefeld zu fragen, ob die eine Kriminalhauptkommissarin deines Namens haben, nicht wahr?"

Frigga schüttelt den Kopf.

„Am Ende meinst du es damit auch nicht so ernst, wie es zunächst schien?"

Frigga schüttelt den Kopf noch heftiger.

„Denn so etwas könnte man leicht als Amtsanmaßung ahnden, und das ist eine Straftat. Was ist also dein wirklicher Beruf?"

„Ich fahre Taxi", sagt Frigga. „Es tut mir leid, dass ich etwas anderes gesagt habe. Wahrscheinlich ist mir eine Sicherung durchgebrannt angesichts des Toten. Frau Rathenau hat mich zu Hilfe geholt, weil Herrn Bauses Tür offen stand. Sie hat sich nicht alleine hineingetraut, und ich wollte doch nur fühlen, ob er noch lebt."

Sobel lehnt sich zurück.

„Wurde Frau Rathenau schon befragt?"

„Sie war vorher dran", sagt Scheibelhud.

„Ist das die Frau, die sich ..."

Scheibelhud nickt verkniffen.

„Da reden wir später drüber. Deckt sich Friggas Aussage mit der von Frau Rathenaus?", fragt Sobel. Scheibelhud schaut in seinen Rechner und nickt.

„Was meinen Sie, Scheibelhud, müssen wir die Amtsanmaßung weiterverfolgen?"

„Wir müssten eigentlich schon ... allerdings haben wir keinen Hinweis darauf, dass Frau Lendel eine Handlung vorgenommen hat, die nur Kraft eines öffentlichen Amtes vorgenommen werden darf. Sie hat lediglich behauptet, Kriminalhauptkommissarin zu sein."

„Und was hat Sie dazu veranlasst, ihr das nicht zu glauben?", fragt Sobel.

„Wie Sie sehen, ist hier ein Kapitalverbrechen begangen worden", zitiert Scheibelhud.

„Verstehe", meint Sobel, „so reden wir heute nicht mehr. Ich denke, dann ist alles geklärt. Frigga kann erst einmal gehen, wir kennen ja ihren Aufenthaltsort. Oder haben Sie noch Fragen an sie."

Scheibelhud schüttelt den Kopf. Sobel erhebt sich.

„Onkel Horst?"

Sobel wendet sich ihr zu.

„Was ist mit Herrn Bauses Schlüssel? Kann ich den bekommen?"

„Keine Ahnung. Das muss der Oberkommissar entscheiden."

„Das ist nicht möglich", sagt Scheibelhud. „Wir haben noch nichts ausgewertet. Aber ihren eigenen Schlüssel kann sie natürlich wiederhaben."

Die Tür wird geöffnet, und Görtzig bedeutet Sobel, er möge herauskommen. Für einen kurzen Moment sitzen sich Scheibelhud und Frigga wortlos gegenüber.

„Wie lange sind Sie noch in Essen?", fragt Scheibelhud schließlich.

„Bis Samstag."

Scheibelhud schaut zum Wandkalender, auf dem Mittwoch mit einem Plastikrahmen markiert ist, und macht einen Vermerk.

„Wofür brauchen Sie eigentlich den Schlüssel?", fragt er.

„Ich habe was für meine Reise auf dem Dachboden deponiert."

Nur einmal noch treffen sich ihre Blicke, und Frigga weiß Scheibelhuds nicht einzuordnen.

Sobel kehrt zurück. Er wirkt angespannt.

„In Arnheim hat jemand um sich geschossen. Es gab Tote. Der Mann ist auf der Flucht, und die holländischen Kollegen bitten um Amtshilfe an der Grenze. Görtzig stellt die Teams zusammen. Die können jeden Mann brauchen, den sie kriegen können. Mlaka, Sie melden sich bei Görtzig. Scheibelhud, Sie machen das hier weiter."

„Aber das ist für einen alleine ..."

„Der Erkennungsdienst ist doch schon vor Ort. Die Arbeit bleibt Ihnen also schon einmal erspart. Und außerdem wird es nicht für ewig sein. Wie lange kann schon so einer fliehen. Ansonsten stellen Sie meinetwegen Frigga als Informantin ein."

„Was?", ruft Scheibelhud. „Eine Zivilistin? Das kann nicht ihr Ernst sein."

„Jetzt hören Sie mal zu."

Sobel stützt sich auf den Schreibtisch.

„Ich hatte einmal einen sehr geschätzten Kollegen namens Robert. Leider hat er uns viel zu früh verlassen. Kriminalkommissar Lendel ist vor etwa fünfundzwanzig Jahren im Dienst zu Tode gekommen. Frigga ist seine Tochter."

Ein Hauch von Verständnis huscht durch Scheibelhuds Widerwillen und zeichnet ein schiefes Lächeln in sein Gesicht.

„Ich weiß noch, wie er sie das erste Mal auf das Revier mitbrachte. Wie alt warst du da? Zehn? Oder Elf? Jedenfalls ziemlich jung. So klein war sie damals", sagt Sobel und hält die Hand in etwa Brusthöhe. „So klein und konnte schon schießen."

Er lacht kurz auf.

„Ja, ganz recht. Robert hat Frigga auf den Schießstand mitgenommen. Die junge Dame hat sechsmal hintereinander ins Schwarze getroffen. Ich erinnere mich noch wie heute. Da sind selbst alte Hasen vom Glauben abgefallen."

Frigga sieht Scheibelhud seine Ungläubigkeit an.

„Und du hattest vorher noch nie eine Waffe in der Hand, stimmt´s Frigga?"

„Ich hatte nur Glück", sagt Frigga.

„Nein, nein. Glück ist, einmal oder zweimal zu treffen. Aber sechsmal hintereinander? Da kann man ja fast von Bestimmung sprechen. So was liegt im Blut. Denken Sie an meine Worte, Scheibelhud: Aus dieser jungen Dame wird noch etwas werden. Du willst nicht zufällig zur Truppe stoßen?"

Frigga winkt ab und meint, sie habe im Moment andere Pläne.

„Und diese Informantinnensache ist ja schon einmal gar nichts für mich", sagt sie mit schnellem Blick auf Scheibelhud.

„Dann sage ich es einmal anders", meint Sobel. „Wenn du auch nur einen Hinweis liefern kannst, der uns den Täter näher bringt, dann können wir über den Schlüssel reden."

„Na gut. Aber was soll ich denn tun?", fragt sie.

„Hör dich im Hause etwas um, und gib alles an Scheibelhud weiter."

„Ich soll Petze spielen?"

„Nein, Informantin. Scheibelhud ist zwar gut, aber er ist auch Polizist. Wer redet schon gerne mit uns. Und die, die es gerne tun, nun, die haben sie in der Regel doch nicht alle. Sie bringen Frigga und Frau Rathenau nach Hause."

Er nickt Scheibelhud zu und verlässt den Raum.

„Kann ich wenigstens meine Sachen wiederhaben?", fragt Frigga.

„Natürlich nicht", knurrt Scheibelhud und erhebt sich. „Die werden auch noch ausgewertet. Außerdem muss büßen, wer ´ne dicke Lippe riskiert."

Verdammter Mist, denkt Frigga. Das ist bestimmt nicht der Beginn einer langen Freundschaft.

4.

Als Frigga und Gesine das Polizeirevier verlassen, ist der Stadtteil im Begriff, die Augen zu öffnen. In wenigen Minuten wird es von der Alten Kirche Altenessen neun Uhr schlagen. Dann beginnen die Geschäfte im Allee Center bis auf die des Kauflands, denn das hat schon ab sieben Uhr geöffnet und ist damit Anlaufpunkt früher Vögel wie etwa den Flaschensammlern.

Frigga steigt zu Gesine in den Streifenwagen. Man hat Scheibelhud einen anderen, sauberen zugewiesen. Doch so sauber dieser Wagen auch ist, Frigga selbst fühlt sich schmutzig. Über Gesines Zustand kann sie nur mutmaßen. Sie trägt wie Frigga einen dieser weißen Plastikanzüge, aber sie hat wenigstens noch ein Unterhemd an. Mit zusammengepressten Lippen hält die ihre Hände im Schoß vergraben und den Kopf gesenkt. Alles in allem ist das eine demütigende Behandlung für sie beide gewesen, und sie ist es noch. Man hat ein Exempel an ihnen statuiert. Gut möglich, dass man nicht so mit ihnen hätte umspringen dürfen. Vielleicht hätte sie doch einen Anwalt hinzuziehen sollen. Frigga friert in dem dünnen Plastikzeug. Es ist inzwischen glitschig auf der Haut. Bei Viktoria wird sie gründlich duschen müssen. Die Demütigungen hingegen wird sie nicht so einfach abspülen können. Hoffentlich hat Viktoria ein paar Schuhe, die ihr passen, sonst muss sie sich ein Paar neue besorgen. Schließlich ist nicht abzusehen, wann sie ihre eigenen wieder zurückbekommt, und ein zweites Paar hat sie nicht eingepackt, weil auf solch eine Idee nur ein ganz anderer Menschenschlag gekommen wäre. Dem Schlafanzug weint sie keine Träne nach. Er hat ohnehin Löcher. Hoffentlich flippt Viktoria wegen des Bademantels nicht aus.

Die Sache mit der Amtsanmaßung war noch einmal glimpflich verlaufen. Was hat mich nur geritten? Warum übertreibe ich manchmal so maßlos? Ich sollte mich mehr unter Kontrolle haben. Eine freche Klappe kann man sich als Teenager gerade noch leisten, aber von einer erwachsenen Frau verlangt die Welt mehr Beherrschung. Ich kann von Glück reden, dass Onkel Horst ausgerechnet in diesem Revier als Leiter eingesetzt ist. Dabei ist er gar nicht mein richtiger Onkel, sondern nur einer der vielen Nennonkel, die damals Arbeitskollegen von Papa waren. Papa wäre jetzt in seinem Alter. Ach ja, Papa!

Der Streifenwagen fährt an. Wenig später biegt er in die Straße zum Tatort ein. Die macht einen leichten Rechtsbogen, so dass man Haus Nummer neunzehn von der Kreuzung aus nicht sehen kann. Auf halber Strecke kommt ihnen ein Müllfahrzeug entgegen. Nachdem sich der Streifenwagen daran vorbeigedrückt hat, bemerkt Frigga, dass der Zugang zum Haus abgesperrt ist.

Außerhalb der rot-weißen Absperrung stehen Fahrzeuge des Erkennungsdienstes. Anwohner warten in einiger Entfernung, ein oder zwei Presseleute haben sich darunter gemischt. Die Presseleute erkennt Frigga an ihren großen Taschen für die Kamera, ihren Notiz-blocks und ihren neugierigen Blicken, die Anwohner erkennt sie an ihren Trainingsanzügen, den in den Ta-schen versenkten Händen und ihren sensationsgierigen Blicken. Sie stehen unter dem Fenster der alten Frau von gegenüber. Die Leute vom Erkennungsdienst ste-chen in ihren blendend weißen Plastikoveralls be-fremdlich sauber aus der ganzen Gegend heraus. Sie haben die Kapuze über den Kopf gezogen und tragen Handschuhe und weiße Überschuhe. Gerade holt einer noch einen Mundschutz aus einem der Fahrzeuge, bindet ihn um und betritt das Haus. Ein Astronaut auf einem fremden Planeten. Ein weiterer steht neben die Eingangstür gelehnt und scheint um Luft zu ringen.

In nächster Nähe zum Hauseingang parkt ein Lei-chenwagen. Man hat ihn also noch nicht abtranspor-tiert, denkt Frigga.

Die Person mit dem Mundschutz hat die Wagentür nur zufallen lassen. Frigga blickt an sich selbst hinun-ter. Das ist auch ein weißer Overall, denkt sie.

„Aussteigen!", ruft Scheibelhud. „Sie finden ja selbst hinein. Aber fassen Sie nichts an!"

Sie haben genau neben dem Wagen mit der zugefalle-nen Tür gehalten. Frigga beobachtet, wie Scheibelhud vermeidet, keinem der Reporter in die Augen zu sehen. Ein Anwohner ruft etwas Flottes, was Scheibel-hud dazu veranlasst, sich den Gaffern zu nähern. Er zückt seinen Notizblock. In dem Moment hat Frigga bereits einen Mundschutz in der Hand. Sie zieht sich die Kapuze tief ins Gesicht, stopft ihre Haare darunter und bindet den Mundschutz um. Dann schreitet sie auf die Absperrung zu, hebt sie an, windet sich darunter her und hält auch für Gesine das Band hoch. Wie ein Zombie wankt die an ihr vorbei.

„Handschuhe nicht vergessen, Schätzchen", ruft eine weiß vermummte Frau, die soeben das Haus verlässt.

„Ich habe keine gefunden", nuschelt Frigga.

„Hier, nimm diese."

Die Frau reicht ihr ein Paar Latexhandschuhe.

„Und du brauchst wohl ´ne Extraeinladung, wie? Im Wagen sind auch noch welche", fährt sie Gesine an. Die scheint daraufhin wieder ins Leben zurückzukehren.

5.

Für gewöhnlich versucht Hermine Jeskowiak, über den Tag in ihrem Fenster liegend, einen Anwohner nach dem anderen für ein Schwätzchen abzufangen. Diese Versuche bleiben oft genug erfolglos. Die Leute wechseln die Straßenseite, wenn sie ihrer ansichtig werden, scheinen sehr in Eile zu sein oder haben, wenn sie sich doch von Hermine haben einfangen lassen, viel zu wenig Neues zu erzählen. Dann bleibt Hermine kurz angebunden, bis die Unterhaltung im Sande verläuft.

Heute ist alles anders. Niemand kann ihr ausweichen, alle wollen wissen, warum hier soviel Polizei steht, und es gibt mächtig viel zu erzählen. Soweit sie erkennen kann, stehen jetzt alle aus der Straße, die nicht arbeiten müssen oder dürfen, wie man es hier eher sieht, unter oder in unmittelbarer Nähe zu ihrem Fenster.

In einiger Entfernung unterhält sich Scheibelhud mit den Husterts. Die müssen ihm aufgelauert haben, denkt Hermine. Aber haben die Husterts die Polizei verständigt? Wohl kaum. Die wohnen hinter der Biegung zur Hauptstraße. Von dort kann man gar nichts sehen. Aber wenn sie Scheibelhud angesprochen haben, dann blieb dem gar nichts anderes übrig, als sich mit ihnen zu befassen. Er würde noch zu ihr kommen. Denn schließlich erführe er nur von ihr, was es zu erfahren gibt. Bisher hat er sich von ihr nur ins Haus Nummer neunzehn leiten lassen.

„Na, Hermine? Ganz schön was los, woll?"

Die Bronski grinst zu ihr hoch. Sie hat die Zeitung in der Hand, ist also gerade an der Bude gewesen.

„Kann man wohl sagen", sagt Hermine.

„Und? Weiß man schon mehr?"

„Die fangen doch gerade erst mit ihrer Arbeit an", meint Hermine.

„Der Graf wurde ganz schön zugerichtet", flüstert die Bronski. „Man soll ihm den Kopf abgeschnitten haben."

„Steht das in deiner Zeitung?", fragt Hermine spöttisch.

„Nee, da steht noch überhaupt nichts. Morgen wahrscheinlich. Sind ja genug da von denen."

Die Bronski weist auf einen Reporter.

„Und du hast gar nichts gesehen von hier?"

„Was soll ich denn gesehen haben", fragt Hermine.

„Keine Ahnung! Ich frage ja nur."

Scheibelhud ist mit den Husterts fertig. Aber anstatt direkt zu Hermine zu kommen, redet er jetzt mit Asli Celic. Wenn das so weitergeht, dann habe ich einen Bart, bevor er hier ankommt, denkt Hermine.

„Möchte nur wissen, warum ausgerechnet der Graf?", hört sie die Bronski fragen.

„Vielleicht war es Zufall", murmelt Hermine.

„Musstest du ihm so eine Scheiße erzählen?"

Bernd Hustert zieht mit seiner Frau Gabi vorüber.

„Wieso Scheiße?", fragt Gabi Hustert.

„Was geht den Bullen an, dass wir gestern Abend Gäste hatten."

„Ich dachte, dass das doch ein gutes Alibi ..."

„Mann, Gabi! Wir erzählen dem nur was, wenn er uns was fragt. Seit wann brauchen wir ein Alibi für gestern Nacht?"

„Ich wollte die Sache nur klarstellen."

„Ich bin mir sicher, dass den überhaupt nicht interessiert, was es zum Essen gab."

„Das hat dir doch sowieso nicht geschmeckt."

„Weil du immer rumexperimentieren musst. Gulasch ist 'ne runde Sache. Warum Bananen reinschnippeln?"

„Also mir hat es geschmeckt. Und Beate auch. Aber mit dem Wein, den du uns vorgesetzt hast, werden wir keinen Preis gewinnen."

„Wieso? Was ist mit dem Wein?"

„Der ist zu billig. Wenn du nicht so kniepich wärst, dann müssten wir den Wein nicht immer in ne Karaffe füllen, nur damit niemand sieht, dass der aus nem Tetrapack kommt."

„Wein muss atmen, Schätzchen. Selbst der aus dem Tetrapack. Und der hat zumindest keinen Kork. Beate trinkt sowieso im Moment nichts wegen dem Kleinen, und Rudi ... also dem kannste auch Traubenessig mit Korn geben. Außerdem hat das alles nichts damit zu tun, dass du der Polizei gleich dein ganzes Leben erzählst, bevor überhaupt nur einer danach gefragt hat. Mann, die haben den Grafen umgebracht! Da kann jeder Furz verdächtig sein."

„Wie ich schon sagte, ich dachte ..."

Sie geraten außer Hörweite.

„So, Hermine, dann erzähl mal."

Na endlich, denkt Hermine, als sie Scheibelhud unten stehen sieht.

„Was willst du wissen, Thomas?"

„Alles."

Hermine sammelt sich etwas. Nach einem schnellen Blick auf die Bronski wendet sie sich dem Beamten zu.

„Ich stehe ja morgens meist recht früh auf. Ist dann immer noch so gute Luft, was sich hier ja schnell ändert. Du weißt schon: Autos, Emscher, der Müll ..."

Sie zeigt die Straße hinunter. Die steht voller schwarzer Tonnen.

„Wenn da die Sonne erst mal drauf scheint im Sommer, dann ..."

„Geschenkt", sagt Scheibelhud.

„Ich steh also an meinem Fenster, da sehe ich diese Katze vorbeistreichen. Ist so eine kleine graue. Ich sehe die eigentlich jeden Morgen. Ich freue mich dann immer, weil, ja warum eigentlich? Ach, ist jetzt auch egal."

Scheibelhud nickt verständnisvoll.

„Soweit also nichts Besonderes, bis die Katze im Haus gegenüber verschwindet. Ich hatte die offene Tür schon vorher gesehen, bin aber davon ausgegangen, dass sie gerade zufällt, weil vielleicht kurz vorher wer reingegangen ist. Als aber die Katze im Haus verschwindet, merke ich, dass die Tür sich gar nicht bewegt."

Scheibelhud nickt.

„Wie spät war es da in etwa?"

Hermine bläst die Backen auf.

„Vielleicht halb sieben?"

Gleich platzt die Bronski, denkt Hermine. Aber die wendet sich nur brüsk ab und tritt zu anderen etwas abseits. Soll sie doch. Die hätte auch nicht alles doppelt erzählt.

„Aber deswegen hast du uns ja nicht gerufen."

„Nein, nein. Irgendwie kam mir dann wieder in den Sinn, dass die Tür schon vergangene Nacht aufgestanden haben könnte. Ich bin da nämlich aufs Klo gegangen. Eigentlich bin ich dann gar nicht richtig wach, wenn du verstehst, was ich meine. Eigentlich will ich nur wieder ins Bett. Bloß nicht zu wach werden, sonst klappt es nicht mit dem Weiterschlafen. Und vergangene Nacht habe ich ein Riesenmaul mit einer flinken, schwarzen Zunge darin gesehen."

Scheibelhud schüttelt ungläubig den Kopf.

„Und da kannst du weiterschlafen?"

„Thomas, wenn du wüsstest, was ich in dem Zustand schon gesehen habe. Fritz, meinen Mann, hab ich schon gesehen, und der ist schon zwanzig Jahre tot. Einmal war es sogar ein russischer Panzer. Weiß der Himmel wieso. Da wundert mich gar nichts mehr. Und darum vergesse ich in der Regel, was ich in diesem Zustand, so will ich es einmal nennen, sehe, ganz schnell wieder."

„Du weißt nicht zufällig, um wie viel Uhr du in diesem Zustand warst?", fragt Scheibelhud.

Hermine überlegt, ob sie einen Blick auf die Uhr geworfen hat, aber sie kann sich nicht erinnern. Sie schüttelt den Kopf.

„Normal muss ich meist etwa drei Stunden, nachdem ich eingeschlafen bin, aufs Klo. Es kann also gegen eins, halb zwei gewesen sein."

Scheibelhud notiert das.

„Und dann?"

„Mir kommt das alles also wieder in den Sinn, und da setz´ ich doch tatsächlich meine Brille auf und sehe den Keil, den die da drüben immer unter die Tür schieben, wenn sie was anliefern lassen oder so. Ich denke also, dass jemand gestern vergessen hat, den Keil wegzunehmen. Und weil schon die Katze im Haus verschwunden ist, gehe ich los, um die Tür zu schließen. Müssen ja nicht noch mehr Viecher da reinlaufen, woll? Aber wie ich davorstehe, da kommt die Katze wieder rausgerannt, kreist um meine Waden – die muss mich wohl doch kennen – und hat einen roten Streifen auf dem Rücken. Da drinnen muss die sich ganz schön erschrocken haben, denn sonst hätte sie den längst weggeleckt. Ich wusste erst nicht einmal, dass es Blut ist, aber ich hab es angefasst, weil es so feucht schimmerte auf dem Fell. Da bin ich dann wieder rein und habe euch gerufen."

„Das war auch ganz richtig", meint Scheibelhud. „Kommen wir noch einmal zu dem, was du genau letzte Nacht gesehen hast."

„Ich weiß halt nicht, was ich gesehen habe. Es war spät, ich war im Halbschlaf, meine Brille hatte ich nicht auf, aber wenn ich es jetzt recht bedenke, dann kann die Zunge auch eine dunkle Gestalt gewesen sein. Ziemlich schnell war die, aber ich kann mich eben auch täuschen."

„Ich werde es einmal so vermerken", sagt Scheibelhud.

„Ja, vermerk das. Es ist, als wäre es gestern gewesen, dass du hier noch in kurzen Hosen rumgelaufen bist, und heute vermerkst du, was ich gesagt habe."

Scheibelhud lächelt süßlich.

„Wenn dir noch etwas einfällt, dann kannst du mich oder einen meiner Kollegen jederzeit ansprechen."

„Haben sie dem Graf wirklich den Kopf abgeschnitten?", fragt Hermine.

„Wer sagt denn so was?"

„Ich habe es wohl irgendwo aufgeschnappt."

„Wir sind erst am Anfang unserer Ermittlungen", sagt Scheibelhud.

6.

Gesine hat sich schon im Treppenhaus von Frigga verabschiedet und ist zu ihrer Wohnung hinaufgeeilt. So weit, so gut, denkt Frigga. Die Plastiktüte am Eingang wurde schon eingesammelt. Sie betritt Bauses Wohnung.

Die Rollläden sind noch nicht hochgezogen worden wohl auch, damit von außen niemand hereinschauen kann. Dafür brennen aber die Deckenlampen. Für die dunklen Ecken wurden Scheinwerfer aufgestellt. Auf der Straße wirkten die Beamten des Erkennungsdienstes wie Astronauten. Hier in der Wohnung sind sie zu Maden geworden, die sich in das Leben des Toten fressen. Es sind gerade so viele, dass Frigga sicher ist, unter ihnen nicht aufzufallen. Vom Flur aus bemerkt sie zwei von ihnen in der Küche und eine im Badezimmer. Was sie an möglichen Indizien finden, stecken sie in Tüten und machen Notizen. Im Wohnzimmer ist die Madendichte ungleich höher. Frigga zählt fünf. Ab und zu flammt das Blitzlicht einer Kamera auf. Die Beamten reden nicht. Hochkonzentriert widmen sie sich ihrer Aufgabe. Perfekt, denkt Frigga und steuert auf die Tür zum Schlafzimmer zu. Sie bewegt sich so langsam, wie sie es für angemessen hält. Gleich wird sie erneut die Leiche zu Gesicht bekommen. Ihr Mundschutz bläht sich und fällt wieder ein unter ihren kurzen Atemstößen. Sie wirft einen schnellen Blick in den Raum, prallt zurück und lehnt sich von außen an den Türrahmen. Herr Bause liegt völlig nackt auf dem Bett! Die Beamten haben ihn außerdem auf den Bauch gedreht, und so hat Frigga sein dunkelvioletter Rücken entgegengeleuchtet. Sein Hinterkopf ist eine Masse aus Blut und Haaren. Drei Maden sind mit ihm befasst, zwei weitere knien am Boden.

Was ist denn los mit dir, denkt Frigga. Du hast die Leiche doch vorhin auch schon gesehen, du hast sogar viel näher vor ihr gestanden. Es ist auch nicht die erste, die du siehst. Die erste war die ihres Vaters gewesen. Der lag jedoch zurechtgemacht friedlich im Sarg. Alle Anzeichen für ein Gewaltverbrechen hatten die Bestatter verschwinden lassen. Ihr Vater sah so lebendig aus, dass Frigga damit rechnete, dass er aus seinem Sarg stieg und sie in die Arme nahm. Erst als sie seine kühle Wange berührte, verschwand jeder Zweifel. Hier aber war kein Zweifel möglich. Hier tritt die Gewalt, mit der Herrn Bauses Leben beendet wurde, offen zu Tage.

„Darf ich mal kurz?"

Eine Made schiebt sich an ihr vorbei in den Raum hinein.

„Geht es dir schon wieder besser?", fragt der Mann.

Frigga nickt und schaut noch einmal nach der Leiche. Sie macht sogar einen Schritt darauf zu und fixiert dabei den Hals des Toten. Da ist keine Kette mehr! Wahrscheinlich steckt sie in einer der Tüten, die zusammen mit anderen in einer Wanne gesammelt werden. Was habe ich denn erwartet? Dass ich ungestört noch einmal danach greifen kann? Vor all diesen

Leuten? In der Wanne kann sie auch unmöglich unbemerkt herumwühlen. Und jetzt nimmt der zuletzt Eingetroffene sie sogar noch an sich.

„Komm, steh hier nicht so herum. Auch wenn ihr hier heute nur aushelft, so könnt ihr euch doch nützlich machen."

Frigga zeigt auf die Wanne.

„Nee, das geht schon", sagt der Mann. „Geh´ mal in den Keller zu Ludwig. Da ist auch genug zu tun."

Dann trägt er die Wanne an ihr vorbei nach draußen.

Frigga folgt ihm bis zur Wohnungstür. Wenn jetzt der Astronaut, den sie am Hauseingang gesehen hat, zurückkehrt, dann ist sie geliefert. Vorsichtig blickt sie hinaus auf den Flur und sieht den Wannenträger auf die Straße treten. Er guckt weder nach links, noch nach rechts und bemerkt darum den anderen vor der Tür nicht. Jetzt muss Frigga schnell sein. Nur noch die Treppe hinauf und in die Wohnung. Dann den Overall ausziehen und unter die Dusche.

„Lass mich mal durch!", hört sie eine Frauenstimme hinter sich. Die hat mir die Handschuhe gegeben, denkt Frigga. Die Frau drückt sich mit einer weiteren Wanne aus der Wohnung heraus an ihr vorbei, bleibt stehen und dreht sich zu ihr um.

„Pack´ mal deine Haare richtig unter die Kapuze", sagt sie. „Moment, von uns hat niemand rote Haare. Sie sind doch die, die den Toten gefunden hat, oder? Was haben Sie jetzt hier wieder herumzustehen?"

„Ich habe nichts gemacht", sagt Frigga.

„Wenn Sie wieder versuchen, hier etwas mitgehen zu lassen, dann Gnade Ihnen Gott!"

„Ich habe nichts mitgehen lassen!", ruft Frigga empört. „Und ich will von Ihrem Tatort auch gar nichts haben, nicht so viel!"

Frigga wischt mit dem Fuß an der kleinen Stufe vor der Eingangstür entlang und beschmutzt den weißen Überschuh.

„Sehen Sie? Auch das können Sie wiederhaben."

„Den Dreck können Sie behalten. Hier sind wir sowieso schon gewesen."

„Erika!", ertönt eine Stimme von draußen.

„Ich komme!", ruft Erika zurück. „Und Sie kommen uns nicht in die Quere. Ich habe ein Auge auf Sie."

Erika verschwindet nach draußen.

Frigga steigt geladen die Treppe hoch und ist schon auf dem ersten Treppenabsatz, als sie die Stimme des ersten Wannenträgers hört.

„Geht's dir schon wieder schlecht? Mit euch jungen Leuten ist aber auch gar nichts mehr los. Dann muss Ludwig eben noch ein bisschen alleine weitermachen."

Die dünne Antwort des Astronauten vor der Tür kann Frigga nicht verstehen.

Man hatte Frigga zwar den Wohnungsschlüssel zurückgegeben, aber sie ist so aufgebracht, dass sie ihn nicht ins Schloss bekommt. Das macht sie noch wütender. Sie ist kurz davor, die Tür einzutreten, als sich plötzlich alles fügt, die Tür springt auf und kracht im Raum gegen die Wand. Viktoria steht verpennt und mit zerwühlter, blonder Bobfrisur in der Schlafzimmertür. Der plötzliche Anblick einer weiß vermummten Gestalt in ihrer Wohnung lässt sie reflexartig zu einem

Schirm in einem Ständer greifen. Frigga reist sich Mundschutz und Kapuze herunter.

„Ich bin es!", ruft sie und bewahrt Viktoria davor, eine Dummheit mit dem Schirm anzustellen.

„Das hätte aber auch danebengehen können!", ruft Viktoria und stellt den Schirm zurück. „Was ist denn los da draußen?"

„Herr Bause wurde ermordet, ich wurde verhaftet und im Polizeirevier vernommen."

„Du lieber Himmel! Polizeirevier. Verhaftet! Ermordet!", beginnt Viktoria.

„Ja, das ist alles ganz große Scheiße!", ruft Frigga. „Und du bist erst jetzt aufgestanden?"

„Und wenn schon! Ich konnte ja nicht ahnen, dass du dich hier wichtig machst. Mir brummt noch der Schädel von gestern."

Auf dem Couchtisch stehen eine leere und eine halbleere Sektflasche dazu zwei Gläser und eine Schale mit Chipsresten. Auf der Couch liegen noch die Decke und das zerknautschte Kissen von heute Nacht. Eine Wasserflasche steht neben der Couch auf dem Boden.

„So schlimm ist es doch gestern gar nicht geworden", meint Frigga.

„Bin halt nichts mehr gewohnt", sagt Viktoria und tritt ans Fenster.

„Tatsächlich! Alles voller Polizei", sagt sie.

„Und der da, der große Kerl im Lederjackett, der hat mich festgenommen. Kriminaloberkommissar Thomas Scheibelhud", knirscht Frigga.

„Thomas Scheibelhud", wiederholt Viktoria langsam. „Sieht klasse aus."

Frigga verdreht die Augen. Das ist die direkte Fortsetzung ihrer gestern geführten Gespräche oder besser Viktorias Monologe über den Richtigen. Frigga hatte sich wieder einmal gewundert, dass Viktoria es bei einer neuen Bekanntschaft offenbar gar nicht abwarten kann, alles loszuwerden, was sie bewegt. Selbst bei einem bisher völlig Fremden. Später dann bereut sie ihre Offenheit für gewöhnlich, aber kaum steht der nächste Neue da, wiederholt sie ihre Offenbarungen so, als habe man es von ihr erwartet oder gar verlangt. Wenn Viktoria überhaupt nach Friggas Bedürfnissen fragt, dann sagt die immer, dass sie auf den wartet, der auf sie wartet. Dabei fühlt Frigga sich gut, und Viktoria hat zu denken.

„Hast du ihn denn noch nicht klingeln oder klopfen hören?", will Frigga wissen.

„Also wenn jemand an meine Tür geklopft haben sollte, dann habe ich es nicht gehört."

„Er wird es sicher bald nachholen."

„Dann sollte ich wohl mal duschen gehen."

„Lass´ mich erst einmal. Ich muss aus diesen Sachen raus. Mach´ du mal einen starken Kaffee."

Wenig später steht Frigga unter der Dusche. Viktoria legt ihr ein paar Kleidungsstücke hin. Das heiße Wasser braucht eine Weile, bis Frigga sich wieder sauber fühlt. Und als ihr der noch heißere Kaffee durch die Kehle rinnt, ist sie so weit im grünen Bereich, dass sie Viktoria auch alle Einzelheiten erzählen kann. Das Miniaturschauspiel, was Viktorias Gesicht im Wechselspiel ihrer Gefühle bietet, treibt Frigga zu blumigen Ausschmückungen dessen, was ihr widerfahren ist. In Viktorias Gesicht sieht sie erneut die leidende Gesine, die gefährliche Polizistin in der Pritschenkammer, den graumelierten Sterneträger. Sogar das Gefühl in der Plastikhaut findet seine Entsprechung in einem Gesichtsausdruck Viktorias. Zum Schluss bleibt die Wut in Hilflosigkeit, als sie endet.

„Mein lieber Mann", sagt Viktoria, „das ist viel für einen Morgen. Und jetzt wirst du auch noch Informantin spielen. Ich dachte, wir könnten die paar Tage ein bisschen zusammen verbringen. Dabei habe ich mir doch extra den Rest der Woche frei genommen."

„Ich habe überhaupt nicht vor, hier die Leute zu bespitzeln", sagt Frigga. „Aber ich brauche einen Schlüssel zum Dachboden. Hast du gestern deinen nur nicht gefunden, oder ..."

„Ich habe keinen", sagt Viktoria und verschwindet im Schlafzimmer.

„Und wieso nicht?"

„Es gibt nur zwei oder drei!", ruft Viktoria.

„Und wer hat die anderen?"

Sie hörte Viktoria kramen.

„Was?"

„Wer die anderen Schlüssel hat!"

Viktoria kehrte mit einem Handtuch zurück.

„Der Vermieter hat einen und ... Herr Bause."

Sie verschwindet im Badezimmer.

„Dass Bause einen hat, weiß ich doch. Der hat mich schließlich in diese Schwierigkeiten gebracht. Wer hat außer ihm und dem Vermieter noch einen?"

„Was?"

„Wer noch einen Schlüssel hat!"

„Mann, Frigga, ich weiß nicht. Martin vielleicht."

„Welcher Martin?"

„Der andere alte Typ aus dem Erdgeschoss."

Die Tür fällt ins Schloss, und die Dusche beginnt zu rauschen. Dann geht die Tür wieder auf.

„Frigga!"

„Was ist!"

„Räum das hier erst mal weg!"

Im Badezimmer liegt der weiße Overall auf dem Boden. Frigga rafft das Symbol ihrer Demütigung zusammen und stopft es kurzerhand in den Abfalleimer in der Küche.

„Iiiihhh, Frigga!", hört sie Viktoria aus dem Badezimmer. „Wirf das hier auch weg. Das ist ekelig!"

Sie zeigt auf einen Klumpen Schmutz am Boden. Der muss vom Schuhüberzieher abgefallen sein. Bei genauerem Hinsehen ist der kleine, braune Klumpen strukturiert. Wenn Frigga ihn gegen das Licht der Badezimmerlampe hält, dann schillert er in vielen Farben.

„Das ist nicht ekelig", sagt Frigga. „Das ist nur ein Nachtfalter."

„Nachtfalter hin, Nachtfalter her. Ich will ihn nicht in meiner Wohnung haben."

„Ich würde ihn aber gerne behalten", sagt Frigga.

„Warum das denn?"

„Ich habe den Schlüssel von Bause nicht bekommen, aber dieses Tier beweist, dass ich der Eule von der Polizei doch was wegnehmen konnte."

„Du spinnst. Es beweist nur, dass die im Erdgeschoss nicht richtig putzen."

„Na, wenn schon. Dieses Tier wird mich daran erinnern, wie schnell man der Willkür des Staatsapparates ausgeliefert sein kann. Und es zeigt, das selbst im größte Dreck Schönheit steckt. Dieses kleine Tier ist in seiner Ambivalenz ein Symbol für unser aller Dasein!"

„Dann behalte es eben", stöhnt Viktoria. „Aber ich will es nicht in der Küche sehen oder im Schlafzimmer oder hier im Bad. Und du wirst mir sagen, wo du es hingelegt hast, damit ich nicht zufällig darauf stoße."

Frigga trägt das Tier ins Wohnzimmer und legt es auf einer Zeitung ab. Hier kannst du liegen, ein wenig trocknen und neben Willkür und Schönheit auch noch die Vergänglichkeit anmahnen, denkt sie. Wenn Viktoria mit Duschen fertig ist, dann muss ich sie unbedingt noch nach ein paar festen Schuhen fragen.

7

Im Hausflur trifft Scheibelhud auf Erika.

„Na? Was haben wir?"

„Ein abscheuliches Puzzle."

„Kannst du schon etwas sagen?"

Erika schüttelt den Kopf.

„Ich kann dir viel zu viel sagen. Wahrscheinlich trat der Tod zwischen 22:00 Uhr und 2:00 Uhr ein. Genauer wird dir das ..."

„... die Rechtsmedizin nach der Obduktion sagen können", vollendet Scheibelhud.

Erika stutzt.

„Hey, das ist mein Text! Wenn ich daran denke, wie du als kleiner Kommissaranwärter ..."

Scheibelhud lächelt süßlich und denkt an Versetzung.

„Wir haben jedenfalls einen ganzen Schwung unbekannter Fingerabdrücke gefunden. Es scheint so, als sei das halbe Viertel bei dem Mann ein- und ausgegangen."

„Aber nicht das halbe Viertel hat ihn auf dem Gewissen", witzelt Scheibelhud.

„Nein", sagt Erika langsam, „das hat es nicht. Aber wir haben Hinweise dafür, dass mindestens drei Handlungen an ihm vorgenommen wurden, die den Tod zur Folge haben konnten."

„Da wollte wohl jemand ganz sicher gehen", meint Scheibelhud.

„Oder da waren mehrere beteiligt, wobei dann mindestens einer nicht wusste, dass der Mann bereits tot war."

„Verdammt! Du bist dir da sicher?"

„Du hast jetzt keine Schutzkleidung an, sonst würde ich es dir zeigen."

„Ich glaube dir auch so."

„Nun gut. Wahrscheinlich wurde er zuerst erschlagen. Stumpfe Gewalteinwirkung. Der Gehstock kommt als Tatwerkzeug in Frage. Er muss dazu auf dem Bauch gelegen haben. Dann wurde er auf den Rücken gedreht. Keine leichte Aktion, wenn du mich fragst. Dann wurde ihm das Kissen aufs Gesicht gedrückt. Es gibt einen tiefen Einschnitt in die linken Unterarmarterie. Ist aber erst später gemacht worden, weil er da nicht mehr gelebt hat. Darum ist nicht soviel Blut ausgetreten. Und dann, wir haben es fast übersehen, aber die Gerichtsmedizin hätte es dann eben später gefunden, ist da ein Einstich hinter dem Ohr."

„Drogen?", fragt Scheibelhud.

„Können wir noch nicht sagen. Das wird ..."

„... die Gerichtsmedizin klären", vollendet Scheibelhud.

„Also so langsam wirst du mir unheimlich, oder entwickelst du dich am Ende zu einem Klugscheißer?", grinst Erika.

Scheibelhud winkt ab.

„Ich dachte mir heute Morgen, dass ich dich mal beeindrucken sollte. Gibt es noch mehr?"

„Da sind Faserspuren auf dem Boden und dem Kissen. Höchstwahrscheinlich stammen die von einem

Pullover, der im Keller auf der Leine hing. Der gehört einem Andi Woitek. Der wohnt hier drüber."

Sie zeigt an die Decke.

„Faserspuren auf dem Boden ... dann gab es vielleicht erst einen Kampf?", meint Scheibelhud.

„Danach sieht es zwar nicht aus, aber es ist sehr ungewöhnlich. Als wäre jemand hingefallen, vielleicht nach einem wuchtigen Schlag aus dem Gleichgewicht geraten. Oder gestolpert. Vor der Faserspur auf dem Boden verläuft nämlich eine etwas hoch stehende Teppichkante. Vielleicht ist Bause vor dem Täter geflohen, bis der ihn im Schlafzimmer erwischt hat. Und dann sind da noch die Zigarettenasche und die Einweghandschuhe. Die Asche findet sich an mehreren Stellen in der Wohnung, die zugehörigen Zigarettenkippen sind im Küchenmüll. Die Handschuhe lagen da auch. Irgendwas ist da drauf gespritzt. Die KTU wird es herausfinden. Aber wieso sollte jemand mehrere Zigaretten rauchen, wenn er jemanden umbringen will?"

„Was ist mit dem Rollstuhl?"

„Keine Ahnung. Sieht eher so aus, als sei der dort drapiert worden. Wir haben aber auch noch die blockierte Eingangstür, obwohl der kleine Hebel im Schloss auf Durchgang steht und die Pendeluhr. Die geht eine halbe Stunde nach. Ich glaube, hier hat jemand dafür gesorgt, dass auf viele Leute ein Verdacht fällt, oder es waren tatsächlich viele daran beteiligt. Da passt jedenfalls allerhand nicht zusammen."

„Und es sieht nach einem Haufen Arbeit aus", meint Scheibelhud.

„Die ganzen Papiere habe ich dabei noch gar nicht erwähnt. Die müssen wir noch intensiv untersuchen. Wenn du jetzt noch sagst, dass die hier im Haus alle ein Alibi und ein Motiv haben, dann Prost Mahlzeit."

„Warum hat der Täter die Sachen denn nicht im Hausmüll entsorgt. Die Müllabfuhr war heute schon da. Wir hätten erhebliche Schwierigkeiten, sie dort zu finden."

„Wer weiß, vielleicht hat er ja auch dort etwas verschwinden lassen."

„Mach mich nicht schwach. Ich bin ganz alleine."

„Hab schon davon gehört. Nur gut, dass man uns Spezialisten nicht auch so rumschubsen kann."

„Und dann soll ich diese Frigga Lendel einbeziehen", sagt Scheibelhud.

„Das machst du doch nicht wirklich, oder?"

„Sobel verspricht sich was von ihr, und ich will ihn darum nicht verärgern."

„Ach Sobel, was der sich immer ausdenkt."

„Es wird auch nichts dabei rumkommen, trotzdem habe ich ihr gesagt, sie soll sich mal unauffällig im Haus umhören. Wenn ich mal weg muss, kannst du dann ein Auge auf diese Frigga haben?"

Erika nickt.

„Zu deiner Beruhigung: Wir haben vorsorglich die Müllabfuhr durchgewunken und für später bestellt", sagt sie. „Für heute bleiben die Leute hier auf ihrem Müll sitzen."

„Gut, gut. Ich werde erst einmal dieser Pflegerin auf den Zahn fühlen."

8

Frigga läuft in Viktorias Wohnung auf und ab. Wo steht der Guinness-Rekord für Dauerduschen? Viktoria ist sicher gerade dabei, ihn zu brechen. Wie sauber wollte sie denn noch werden? Die Zahl der Hautschichten ist begrenzt. Und nach dem Duschen kommt dann das Eincremen, danach das Fönen, danach das Schminken, danach die Kleiderwahl. Alles quälend zeitaufwendige Prozeduren bei Viktoria. Sie selbst hätte alles in allem vielleicht zehn Minuten gebraucht. Zehn Minuten braucht Viktoria schon, um die Wassertemperatur einzustellen.

Frigga macht sich in der Küche ein Brot. Auf eine dicke Lage Frischkäse schichtet sie mehrere Scheiben Kochschinken mit etwas Senf, ein Blatt Eisbergsalat und hartgekochte Eierscheiben. Abschließend drückt sie noch Mayonnaise aus der Tube darüber und deckt alles mit einer zweiten Scheibe Brot zu. Als sie ins Wohnzimmer zurückkehrt, hört sie den Fön. Als sie aufgegessen hat, kehrt Viktoria aus dem Badezimmer zurück.

„Sind dir irgendwelche Farben an Scheibelhud aufgefallen?", fragt sie.

„Er trägt schwarze Klamotten", antwortet Frigga.

„Habe ich ja gesehen, und das meine ich auch nicht. Trägt er vielleicht eine Uhr mit farbigem Armband oder eine Krawattennadel mit irgendwas darauf."

„Habe ich nicht gesehen. Eine Krawatte hatte der sowieso nicht. Wieso?"

„Ich muss doch meine Schminke anpassen."

„Wie dumm von mir."

„Ich weiß, dass du auf so etwas nicht achtest, aber rein psychologisch spielen Farben eine entscheidende Rolle."

„Mach einfach das, was du für richtig hältst", rät Frigga.

„Aber das will ich ja gerade tun", sagt Viktoria.

„Versuch es doch mit einem Schuss ins Blaue."

„Heijeijeijeijeijeijei!"

Sie eilt zurück ins Badezimmer.

Frigga folgt ihr und beobachtet an den Türrahmen gelehnt, wie sie ihre Parade aus Töpfchen mustert. Offenbar ist sie mit der Auswahl auf der Spiegelablage nicht zufrieden, und darum öffnet sie einen Wandschrank. Der ist bis oben voll mit weiteren Schminkutensilien.

„Meinst du, dass du fündig wirst?", fragt Frigga.

„Wahrscheinlich nicht", sagt Viktoria nachdenklich, „aber ich habe jetzt keine Zeit, mir noch etwas anderes zu besorgen. Ich muss improvisieren."

„Dann improvisiere. Und während du das tust, kannst du mir etwas über die anderen Dachbodenschlüssel erzählen."

„Mann, Frigga, nerv´ mich nicht."

Frigga wartet, bis sich Viktorias kritischer Blick etwas entspannt, als sie einen Lippenstift, der um nur eine Nuance mehr orange als der daneben ist, ergreift.

„Hast du die Telefonnummer des Vermieters?"

„Ja sicher habe ich die", antwortet Viktoria, setzt den Stift an und zieht einen Strich.

„Und wo hast du die?"

„Ist im Telefon gespeichert."

Sie zieht einen weiteren Strich.

„Und unter welchem Namen?"

Viktoria zieht einen dritten Strich und dreht sich um.

„Und? Wie findest du es?"

Frigga lässt den Kopf zur Brust sinken.

„Nicht gut?"

Viktoria blickt schnell in den Spiegel.

„Also ich finde es ganz okay für einen Schuss ins Blaue."

„Viktoria, unter welchem Namen ist er gespeichert?"

„Wer ist wo gespeichert?"

„Der Vermieter, im Telefon!"

„Na, unter Vermieter natürlich!"

Frigga wählte im Wohnzimmer. Kein Anschluss unter dieser Nummer.

„Dabei fällt mir ein, dass es da mal eine Änderungsmitteilung gab!", hört sie Viktoria rufen. „Ich hatte noch nicht die Zeit, die einzupflegen. Der Brief muss aber irgendwo sein."

Frigga sieht ihn nirgendwo herumliegen.

„Vielleicht ist er doch mit dem Altpapier verschwunden", vermutet Viktoria, sucht auch ein wenig mit und setzt sich dann auf das Sofa.

„Das kommt davon, wenn man keine Ordnung hält", sagt Frigga.

„Nun mach aber mal nen Punkt. Nicht jeder hier hat studiert."

„Mann, Viktoria, jetzt fang nicht damit an. Außerdem waren es nur ein paar Semester. Jetzt aber ist Bauses Schlüssel weg, und ich brauche unbedingt einen Schlüssel zum Dachboden."

„Aber warum denn?", ruft Viktoria. Dann weiten sich ihre Augen. „Es ist wegen England ..."

„... Northumberland, ja. Ich muss zu diesem Treffen der Amateurastronomen."

„Und du hast dein Teleskop auf dem Dachboden stehen."

„Ja, aber das weißt du doch! Schlag dir doch nur kurz mal die Männer aus dem Kopf."

Viktorias Augen ziehen sich zu Schlitzen zusammen.

„Entschuldige Viktoria, so habe ich es nicht gemeint", sagt Frigga schnell. „Mir ist diese Sache nur sehr wichtig. Ihr habt eine Sicherheitstür da oben, weiß der Kuckuck wieso, und die kann ich nicht aufbrechen. Außerdem ist hier allerhand Polizei im Haus. Die haben mich schon einmal verhaftet. Nicht auszudenken, was die mit mir machen, wenn ich auch noch irgendwas aufbreche. Ich brauche aber einen Schlüssel und zwar bis Samstag um 9:00 Uhr, denn da geht der Zug nach Düsseldorf. Um 12:00 Uhr dann der Flieger nach Newcastle. Ohne Teleskop brauche ich gar nicht erst loszufahren, ach was, ohne Teleskop hätte ich gar nicht erst hierher zu kommen brauchen."

„Ja, ja, ich verstehe dich ja. Eine alte Freundin zu besuchen wäre dir nicht Grund genug."

„Ach, das ist doch Unsinn!"

„Man könnte aber auf den Gedanken kommen. Warum suchst du nicht einfach auch nach dem Täter?", fragt Viktoria. „Vielleicht finden sie ihn dann schneller, und du bekommst dann Bauses Schlüssel."

„Das hat Onkel Horst auch gesagt. Aber was habe ich denn mit der verdammten Polizeiarbeit zu schaffen?", ruft Frigga und springt auf.

„Wer von uns beiden ist denn hier die verdammte Polizistentochter!", ruft Viktoria und erhebt sich ebenfalls. „Du kannst doch offenbar ner Fliege zwischen die Augen schießen und brauchst noch nicht mal hinzusehen."

„Das ist nicht ganz die Fähigkeit, die man für diese Arbeit braucht."

„Vielleicht nicht sofort. Aber du hast doch damals in der Schule diesen Kakaodieb geschnappt."

„Ach, das war doch Kinderkram. Außerdem hatte ich auch alle Informationen, die ich dafür brauchte. Hier aber hat mich Scheibelhud schon jetzt auf dem Kieker. Der wird mir die Hölle heiß machen, wenn ich mich in seine Arbeit einmische. Ich soll nur Informationen im Hause aufschnappen und an ihn weitergeben."

Viktorias Augen verengen sich.

„Und wenn er gar nicht merkt, dass du tiefer gräbst?", fragt sie.

„Wie soll denn das gehen? Ich brauche nur den Schlüssel, und du hörst auf der Stelle auf mit diesem Unsinn."

„Kannst es ruhig sagen, wenn du ..."

„Ich sagte, hör auf!"

„... wenn du zu feige dazu bist?"

„Mein Vater ist bei so einem Job umgekommen!", brüllt Frigga mit geballten Fäusten.

Einen Moment steht sie so vor Viktoria. Dann weicht die Spannung aus ihr.

„Du hast also Angst?", fragt Viktoria und setzt sich.

„Nein, das ist es nicht", sagt Frigga matt und setzt sich neben sie. „Im Grunde fühl mich davon sogar angezogen, aber ich darf dem nicht nachgeben."

„Aber warum denn nicht?"

„Ich war dabei, als meine Mutter die Nachricht erhielt. Ich sah, wie sie zusammenbrach. Sollte mir dabei etwas passieren, dann hätte meine Mutter schon zwei Menschen an das Verbrechen verloren. Nein, ich muss mich aus den Ermittlungen heraushalten, den Schlüssel finden und nach England fliegen. Die haben immerhin das erste Mal eine Frau dazu eingeladen."

Frigga holt tief Luft.

„Und vielleicht bringe ich dann endlich mal etwas zu Ende."

9.

Oberkommissar Scheibelhud kann nicht sagen, was er mehr hasst: an einem Fall alleine zu ermitteln oder den Dienstwagen zu fahren. Im Augenblick ist es jedenfalls das Fahren des Dienstwagens. Er sitzt viel lieber auf dem Beifahrersitz und schaut sich die Gegend an, als sich über andere Autofahrer zu ärgern. Schön, als Polizist kann er zur Not seines Amtes walten, wenn ihm jemand zu dumm daherfährt, aber im Zweifelsfall ist so was grenzwertig. Im Revier konnte ihm keiner sagen, wie weit die Fahndung nach dem Terroristen in Holland fortgeschritten ist. So lange wie das dauert, wird Mlaka dabei sein. Ohne sie ist es im Wagen so leer.

Es genügte ihm ein Blick in die von Erika Schubert zusammengestellten Unterlagen, um die genaue Adresse von Marie Keller zu finden. Die wohnt zwar nicht weit vom Tatort entfernt, trotzdem soll sie immer mit dem Auto gekommen sein. Scheibelhud hat die Akte noch nicht so genau durchgesehen, um zu wissen, ob Marie Keller noch mehr Kunden hat. Im Moment ist das zwar wahrscheinlich, aber auch nicht so wichtig. Jetzt heißt es erst einmal herauszufinden, wie krank sie wirklich ist.

Der Dienstwagen ist natürlich von außen nicht ohne weiteres als solcher zu erkennen. Er kann darum einfach vor dem Haus parken. Es ist wie so oft in Essen ein Mehrfamilienhaus. Die Kollegen, die mit Einfamilienhäusern zu tun haben, tragen die Nase immer etwas zu hoch. Wenn sie jetzt da ist und aus dem Fenster schaut, wird sie nicht ahnen, dass die Polizei vor der Tür steht. Wenn sie natürlich nicht da ist, dann liegt hier ein Hase im Pfeffer!

Er drückt auf die Klingel und wartet. Er drückt noch einmal, weil es ihm zu lange dauert, bis sich etwas tut. Unmittelbar nach dem zweiten Klingeln summt die Tür. Das liegt noch in der zu tolerierenden Zeit. Nach dem, was er auf dem Anrufbeantworter mithören musste, konnte Frau Keller verhindert gewesen sein. Er steigt die Treppe ins Obergeschoss hoch. Eine Tür auf dem Gang steht offen, und das helle Licht aus der Wohnung wirft einen menschlichen Schatten an die gegenüberliegende Wand.

Wenn Mlaka doch jetzt dabei wäre. Befragungen von Frauen empfindet Scheibelhud immer als etwas heikel. Wenn die lügen, dann ist immer sehr gut gelogen. Noch schlimmer ist es, wenn sie hilflos sind. Da kommt dann sein Schutzinstinkt durch. Da ist er ganz Freund und Helfer, selbst wenn es unangebracht oder sogar falsch ist. Mlaka hat dafür aber den richtigen Sinn. Sie lässt sich dafür von Männern hinters Licht führen vor allem dann, wenn die etwas hilflos aussehen. Doch da kann ich dann gegenhalten, denkt er. Mlaka und ich sind eigentlich ein gutes Team. Ich sollte ihr das mal sagen, denkt er, während er sich der offenen Tür nähert. Ach was, sie wird es wissen, denkt er aber dann.

„Hallo?", hört er eine schwache Frauenstimme, noch bevor er ganz an der Tür ist.

„Ja, ich komme", sagt er und dreht sich zur Tür ein.

Eine mittelgroße, schlanke Frau, mit zu einem Knoten hochgebundenen, braunen Haaren schreckt vor ihm zurück. Sie hat sich eine Decke um die Schultern gelegt, die sie mit schmaler Hand vor der Brust zusammenhält. Darunter trägt sie einen Schlafanzug, und ihre Füße stecken in Pantoffeln. Sie wirkt nicht sehr kräftig, aber das kann auch täuschen. Andere Haushaltshilfen, die zusätzlich Pflegeaufgaben wahrnehmen, sind jedenfalls ganz anders gebaut als diese Frau. Sie ist bestimmt fünf Jahre älter als ich, denkt Scheibelhud, aber sie ist attraktiv.

„Entschuldigen Sie, wenn ich Sie erschreckt habe", beginnt er. „Ich bin Oberkommissar Scheibelhud. Sind Sie Frau Marie Keller?"

Frau Keller nickt.

„Ich weiß, dass man Sie bereits über den Tod von Herrn Bause informiert hat. Ich bin hier, um Ihnen die eine oder andere Frage zu stellen. Fühlen Sie sich dazu in der Lage?"

Frau Keller nickt erneut und macht den Weg in die Wohnung frei.

„Bitte, gehen Sie doch schon einmal durch, aber sie müssen mich für einen Moment entschuldigen."

Scheibelhud geht an ihr vorbei durch einen kleinen Flur geradewegs in das Schlafzimmer. Es liegt zur Straße raus. Frau Keller verschwindet auf der Toilette. Unmittelbar darauf hört er, was er schon vom Anrufbeantworter kennt.

Das Schlafzimmer dient Frau Keller auch als Arbeitszimmer. In der Ecke links von der Tür steht ein Tisch mit einem Rechner darauf. Er ist nicht hochgefahren. An der linken Wand hängt ein Flachbildfernseher. Vielleicht achtzig Zentimeter Bildschirmdiagonale. Von rechts ragt ein Doppelbett in den Raum. Man kann von beiden Seiten hineinsteigen, aber es liegt nur Bettzeug für eine Person darauf. Die Decke ist zurückgeschlagen, das Kopfkissen zerknautscht. Auf dem Fußboden links vom Bett liegen ein Handy und eine Packung Kohlekompretten. Daneben steht eine halbvolle Wasserflasche. Das verhältnismäßig große Fenster gegenüber der Tür wird von schweren Gardinen eingerahmt. An den weißen Wänden hängen nur zwei Poster. Eines ist eine zwei Meter hohe und einen Meter breite, und darum im Verhältnis zum Original etwas kleinere Kopie des Gemäldes No. 5 von Jackson Pollok von 1948, so liest Scheibelhud vom Begleittext ab. Es hängt in einem Rahmen an der Wand rechts neben der Tür. Das andere ist mit Strecknadeln über dem Kopfende des Bettes befestigt und zeigt in etwa zwei mal einsfünfzig Metern Größe einen roten Porsche Carrera RS 2.7 von 1972. Da braucht Scheibelhud nichts abzulesen.

Die Toilettenspülung wird betätigt, und Frau Keller betritt das Zimmer. Sie legt sich sofort ins Bett und trinkt die Wasserflasche fast leer.

„Entschuldigen Sie, dass ich Sie warten ließ", sagt sie und zieht die Bettdecke bis ans Kinn. Ihre Zähne klappern aufeinander.

„Soll ich einen Arzt rufen?", fragt Scheibelhud.

„Das ist nicht nötig. Ich brauche nur etwas Ruhe. Wenn es aber morgen nicht besser ist, dann werde ich einen aufsuchen. Eine Stuhlprobe habe ich schon vorbereitet für den Fall."

Scheibelhud nickt. Er stellt sich ans Fenster und blickt nach draußen.

„Ich kann auch später noch einmal wiederkommen."

„Nein, ist schon gut. Fragen Sie, was sie wissen müssen", unterbricht Frau Keller.

„Können Sie mir sagen, ob es jemand im Haus auf Herrn Bause abgesehen hat?"

Zumindest habe ich nicht gefragt, ob der alte Mann Feinde hatte, denkt Scheibelhud. Das klänge noch abgedroschener, noch platter, noch mehr nach billigem TV-Krimi. Die Frage muss zwar in irgendeiner Form gestellt werden, aber eigentlich hat Scheibelhud es gern subtiler. Doch dazu braucht er Zeit. Mlaka hätte ihm die verschafft.

Frau Keller schüttelt den Kopf.

„Sicher?", fragt Scheibelhud.

„Ab und zu gab es Streit mit Herrn Oberkamp wegen des Hundes, oder Herr Woitek war wieder zu laut mit seinem Rechner. Aber wegen solcher Lappalien bringt man doch niemanden um, oder?"

Scheibelhud will ihr schon widersprechen, als er auf der anderen Straßenseite im dritten Obergeschoss des Hauses etwas in einem Fenster blinken sieht.

„Herr Bause hatte doch auch andere Kontakte in der Straße. Gibt es da jemanden ..."

„Nein", sagt Frau Keller gequält. „Er war zwar etwas exzentrisch, aber auch das ist doch wohl nicht ..."

Sie schlägt die Bettdecke zurück und läuft zur Toilette.

Also die hat es schwer erwischt, denkt Scheibelhud. Was würde Mlaka davon halten? War das jetzt alles echt oder eine richtig durchtriebene Finte? Ich werde Mlaka nachher mal anrufen und ihr alles schildern. Vielleicht fällt ihr ja noch etwas auf oder ein. Er selbst konzentriert sich auf das Blinken gegenüber. Das ist ein Fernglas, wenn er sich nicht irrt.

Frau Keller kommt diesmal schneller zurück. Sie musste sich nur übergeben.

„Sagen Sie mal, haben Sie schon gesehen, dass da drüben jemand mit einem Fernglas am Fenster steht?"

Sie nickt.

„Ach der. Der beobachtet nur die Vögel hier. Wenn ich ihn nicht sehen will, dann ziehe ich meine Gardinen vor."

Sie trinkt den letzten Rest Wasser.

„Soll ich Ihnen eine neue Flasche holen?", fragt Scheibelhud.

„Ach, das ist nett. Schauen Sie mal. Im Flur steht ein Kasten."

10.

Viktoria hatte Frigga geraten, sich wegen des Vermieters an Martin Oberkamp zu wenden. Als Frigga auf dem Weg ins Erdgeschoss ist, wird es unten im Haus laut. Sie späht vorsichtig zwischen den Handläufen der Treppe hinunter. Die Bestatter rollen eine Bahre durch den Flur. Darauf liegt Herr Bause in einem dunklen Kunststoffsack.

So rollt sie dahin, meine beste Chance, an einen Schlüssel zu gelangen. Hätte ich gestern nicht so lange mit Viktoria gefeiert, dann wäre ich sicher früher durch Gesines Klopfen aufgewacht, dann wäre ich früher in Bauses Wohnung gewesen, und dann hätte ich den Schlüssel, noch bevor die Polizei eintraf, an mich nehmen können. Hätte, hätte, Filmschmonzette!

Den Bestattern folgt ein Großteil der Maden nach draußen, sodass Frigga es wagt, bis ins Erdgeschoss vorzudringen. Sie hat sich zwar nichts vorzuwerfen oder etwas von der Polizei zu befürchten, aber trotzdem zieht sie es vor, den Beamten so selten wie möglich über den Weg zu laufen. Auf dem Klingelschild steht M. Oberkamp. Sie klingelt und wartet nur wenige Sekunden. Weil sie keine Geräusche von drinnen hört, steigt sie die Treppe wieder hoch. Vielleicht weiß jemand, wo dieser Mann steckt. In der Wohnung zu ihrer Rechten wohnt Gesine. Die will sie erst einmal in Ruhe lassen. Auf der linken Seite steht A. Woitek auf dem Klingelschild, der Mieter direkt über Herrn Bause. Als Frigga den Knopf drückt, ertönt ein mittelhoher, kurzer Pfeifton, gefolgt von einem deutlich längeren, etwa eine Terz höher, der schließlich auf den mittelhohen Ton zurückfällt. Nein, das ist nicht einfach nur ein Pfeifen, Frigga erkennt es als das Pfeifen eines Kommunikators der alten Enterprise. Frigga drückt noch einmal den Klingelknopf. Eindeutig! Wenn jetzt Captain Kirk die Tür öffnete, dann wäre sie nicht überrascht. Von drinnen hört sie ein genervtes Brummen, dann schwerfällige Schritte.

„Nein, ich muss mal eben an die Tür gehen", sagt jemand von drinnen. Dann wird die Tür geöffnet. Abgestandene, von Zigarettenqualm durchsetzte Luft schlägt Frigga entgegen.

„Ich rufe zurü... Ach du Scheiße! Ihr werdet es nicht glauben, aber vor mir steht Merida! Die Legende der Highlands."

Herr Woitek ist ein großer, dicker Kerl mit fettigen, strähnigen Haaren. Er ist in etwa so alt wie wie ich, denkt Frigga. Er trägt einen schlabberigen, fleckigen Trainingsanzug aus Seide, so scheint es, und auf seinem Kopf klemmt ein Headset. Zwischen seinen Fingern qualmt eine Zigarette. Im Flur der Wohnung steht ein Koffer.

„Unsinn", grinst Frigga. „Erst einmal habe ich nicht soo irre Haare, und außerdem größere ..."

„... nein, ihr wartet mit dem Angriff, bis ich mich wieder melde ... genau ... habe ich gerade gesagt. Ende!"

Er hat Frigga nicht aus den Augen gelassen. Jetzt greift er sich ans rechte Ohr und schaltet das Headset ab.

„Entschuldige."

„Hallo", sagt Frigga.

„Andi", sagt Andi.

„Hallo, Andi. Ich bin Frigga und wollte wissen ..."

„Wohnst du etwa jetzt hier im Haus?", unterbricht Andi ungläubig und ascht in den Hausflur.

„Ich? Nein, ich bin nur zu Besuch bei Viktoria."

Frigga macht eine undeutliche Geste nach oben, und Andi nickt.

„Ach ja, die Blondine."

„Nun, ich wollte wissen, ob du weißt, wo Herr Oberkamp ist."

„Oberkamp? Kenne ich nicht."

„Herr Martin Oberkamp."

„Herr wer? Sagt mir nichts."

„Er wohnt eine Etage tiefer, auf der linken Seite."

Andi grinst.

„Ach so, der. Ich kenne ihn nur unter anderen Namen: Skylla, Hunde-Heini oder Hartzler."

„Das klingt nicht sehr schmeichelhaft."

„Er kann es vertragen. Skylla hat er sich sogar selbst gegeben, damals nach diesem Gezeter wegen dem Hund mit dem Alten. Der war für ihn ab sofort nur noch Charybdis. Griechische Sage. Und er hat sie wohl nicht mehr ganz auf dem Schirm gehabt, denn Charybdis war ja so eine Art alles einsaugender Strudel und Skylla so etwas wie eine Frau."

Er lacht, als hätte er „Der Trottel" gesagt.

„Was willst du von ihm?"

„Ich brauche den Dachbodenschlüssel, und er ist der einzige im Haus, der einen hat, nachdem Herr Bause ... du weißt schon."

„Ich weiß was?"

„Nun, Herr Bause ist tot."

„Was?", haucht Andi. „Tot?"

„Du hast noch nichts davon mitbekommen?"

Andi greift sich schnell ans Ohr.

„Sally?", sagt er. „Ach, du bist es nur ... ich kann gerade nicht. Ich melde mich später."

Er lässt sein Ohr los und zieht an der Zigarette.

Scheibelhud hat noch keinen befragt, denkt Frigga.

„Entschuldige ... ich habe natürlich nichts mitbe-kommen. Es scheinen zwar heute mehr Leute als sonst unten herumzulaufen, aber da denkt man doch nicht an so was. Wie ist das denn passiert? Und warum?"

„Keine Ahnung. Ich habe ihn nur heute morgen ge-funden. Und jetzt muss ich wissen, wo Martin Ober-kamp steckt, damit ich einen Schlüssel bekomme."

Andis Hand geht wieder ans Ohr.

„Sally?", fragt er zaghaft. „... Nein, da sind Sie falsch ... nein, ich habe kein Auto zu verkaufen. Ich habe gar kein Auto! ... Sie haben doch gestern schon angerufen ... das waren Sie nicht? Dass ich nicht lache. Sie hören sich aber genau so an wie der Kerl, der gestern angerufen hat. Strei-chen Sie mich von ihrer Liste, sonst gibt es Ärger! ... ja, Wiederhören ... Tut mir, leid, Sal... äh Frigga, aber ich weiß nicht, wo dieser Hunde-Heini steckt."

„Und wer ist Sally?", fragt Frigga, und Andi wird rot.

„Wer soll Sally sein?", fragt er.

„Der Name taucht in deinem Gerede etwas zu häufig auf, als dass sie dir unbekannt sein sollte. Also, wer ist sie?"

Andi holt tief Luft. Asche fällt von seiner Zigarette auf den Boden.

„Mein Privatleben geht dich überhaupt nichts an. Ich kann dir nicht helfen. War es das jetzt? Ich hab noch was vor."

Er zeigt auf sein Headset und auch in seine Wohnung, aus der jetzt gedämpfter Schlachtenlärm dringt. Andi fasst sich ans Ohr.

„Ich habe doch gesagt, ihr sollt nicht ohne mich anfangen ... das können wir alles gleich noch einmal machen, ihr Spinner! ... das besprechen wir morgen auf der Convention ... natürlich habe ich schon gepackt!"

Er wirft Frigga die Tür vor der Nase zu.

11.

Scheibelhud hat überhaupt kein Problem, die Wohnung, in der er das Fernglas hat blinken sehen, aufzuspüren. Darin ist er richtig gut. Nur fünf Minuten, nachdem er Marie Keller verlassen hat, steht er vor der Wohnung von G. Bürgel und schellt.

Der Türspion verdunkelt sich, Scheibelhud legt seine Hand auf die Waffe, dann wird die Tür geöffnet, und Scheibelhud steht vor einem Kerlchen, das er an einem ausgestreckten Arm verhungern lassen könnte.

Herr Bürgel ist etwa achtundzwanzig Jahre alt. Scheibelhud lässt seine Hand von der Waffe abrutschen, als wollte er etwas Staub davon entfernen und zückt seine Dienstmarke.

„Herr Bürgel? Ich bin Kriminaloberkommissar Scheibelhud. Dürfte ich einen Moment reinkommen?"

Herr Bürgel zögert kurz, Scheibelhud hat sogar den Eindruck, als wolle er erst noch etwas fragen, doch dann tritt er plötzlich beiseite und lässt den Beamten herein.

Es ist eine enge Wohnung. Die Regale voller Zeitschriften und Bücher unterstützen diesen Eindruck. Von der Wohnungstür aus gelangt man direkt in das Zimmer, in dem ein Teleskop am Fenster steht.

Scheibelhud schaut hindurch und blickt auf die grobe Borke eines Baumes in vielleicht fünfzig Meter Entfernung. Scheibelhud schwenkt das Instrument ein wenig auf und ab.

„Herr Bürgel, darf ich fragen, was Sie mit diesem Teleskop in der Wohnung machen?"

Bürgels Augen flitzen durch den Raum.

„Ich beobachte Vögel?"

„Können Sie mir sagen, was das da für ein Vogel ist?"

Er winkt Bürgel zum Teleskop, und der schaut hindurch.

„Welchen meinen Sie?"

„Den kleinen braun-weißen mit dem leicht gekrümmten Schnabel, der den Stamm hinaufläuft."

„Ah, jetzt sehe ich ihn. Das ist ein Kleiber", sagt Bürgel.

Scheibelhud geht einen Schritt in die Mitte des Raumes und dreht sich zu Bürgel um, der nach wie vor durch das Teleskop schaut.

„So, so", sagte er. „Und jetzt sagen Sie mir, warum Sie wirklich dieses Teleskop hier aufgebaut haben, denn das, was Sie eben gesehen haben, ist kein Kleiber, sondern ein Baumläufer. Sie als Vogelbeobachter müssten sogar wissen, dass es sich um einen Gartenbaumläufer handelt. Zufällig bin ich nicht nur Kriminaloberkommissar, sondern auch Schriftführer der ornithologischen Vereinigung Essen."

Bürgel schaut jetzt nicht mehr durch das Teleskop.

„Ich will es ihnen etwa leichter machen", fährt Scheibelhud fort. „Wenn ich mir noch das andere Zeug hier ansehe, dann haben Sie nicht nur ein Teleskop am Fenster stehen, sondern auch noch Aufzeichnungsgeräte für Bild und Ton installiert. Ich habe den Verdacht, dass Sie entweder ein Spanner oder sogar ein Stalker sind, der es auf die Frau auf der anderen Straßenseite abgesehen hat."

Bürgel wird bleich.

„Ich hätte nicht übel Lust, einen Durchsuchungsbeschluss zu erwirken und mir Ihre Unterlagen einmal genauer durchzusehen."

Scheibelhud macht eine sowohl willkürliche wie präzise Geste über alle Objekte im Raum.

Bürgel scheint einen Stock verschluckt zu haben.

„Aber ich habe doch nichts Unrechtes getan", sagt er.

„Haben Sie die Frau um Erlaubnis gefragt?"

Bürgel schüttelt den Kopf.

„Haben Sie die Frau auch im Badezimmer beobachtet?"

„Um Himmels Willen nein!", ruft Bürgel. „Die Fensterscheibe ist doch genoppt, da kann man gar nichts ..."

Er hält inne, weil Scheibelhud zu grinsen beginnt.

„Sie haben aber in ihr Schlafzimmer gesehen", sagt Scheibelhud.

Bürgel nickt.

„Was haben Sie vergangene Nacht beobachtet?"

„Sie lag krank im Bett."

Dann windet sich Bürgel.

„Ab und zu ist sie ins Badezimmer gegangen."

„Noch was?"

„Um 22:00 Uhr ist sie eingeschlafen."

„Und dann?"

„Nichts mehr. Ich habe noch ein paarmal geschaut, aber um halb zwei bin ich auch ins Bett gegangen."

Scheibelhud wendet sich zum Gehen.

„Und was wird jetzt?"

„Wenn die Dame Sie nicht anzeigt, dann haben Sie noch einmal Schwein gehabt. Aber Sie können sicher sein, dass ich sie fragen werde, ob sie Sie anzeigen will. Und mir zeigen Sie jetzt erst einmal Ihren Ausweis."

Als Scheibelhud dann später zurück bei Marie Keller ist, um ihr den Sachverhalt, wie er sagt, zu schildern, will die jedoch niemanden anzeigen. Herr Bürgel sei ja jetzt ertappt und werde sich wohl nicht mehr in dieser Form um sie kümmern, sagt sie. Damit stößt sie bei Scheibelhud auf kein Verständnis.

12.

Als Frigga wieder vor Viktorias Tür steht, hört sie hinter sich ein Geräusch. Frau Westadt starrt sie durch den Türspalt an.

„Hallo, Frau Lendel", flüstert sie.

Ihre Augen huschen hin und her.

„Hallo, Frau Westadt", sagt Frigga.

„Ist die Polizei noch im Hause?"

Frigga nickt.

„Sie haben doch gestern dieses Gerät auf den Dachboden getragen."

„Richtig."

„Haben Sie damit etwa vor, nach Gott zu suchen?"

Sie zieht die Tür noch weiter zu, als fürchte sie Friggas Antwort.

„Eigentlich nicht. Aber wenn ich ihn zufällig sehe, dann gebe ich Ihnen Bescheid."

Frau Westadt öffnet die Tür wieder etwas weiter.

„Machen Sie sich nicht lustig über mich. Das, was hier geschehen ist, ist nicht ohne Grund passiert."

„Der Mord an Herrn Bause hat mit meinem Teleskop zu tun?"

„Wenn der Herr gewollt hätte, dass wir ihn durch bloßes Schauen erkennen können, dann hätte er für unsere körperlichen Voraussetzungen gesorgt. Ein solches Instrument wäre dann überhaupt nicht nötig."

„Ich versichere Ihnen, dass ich es nicht darauf anlege, mit meinem Teleskop die Existenz eines Gottes zu beweisen oder zu widerlegen", sagt Frigga und verwirft damit einen kleinen Exkurs über virtuellen Teilchen, über geborgte Energie, Vakuumfluktuationen, Multiversen, Phasenübergängen, Quantensprüngen und Hicksteilchen. Die daraus resultierende brillante Argumentation, derzufolge kein Gott für die spontane Entstehung von Universen nötig ist, denn Raum und Zeit sollen gleichzeitig entstanden sein, und das soll schon der heilige Augustinus vor fünfhundert Jahren gewusst haben, verwirft sie auch.

„Aber wofür habe Sie es denn dann?"

Frigga ist versucht, ihr in diesem hellhörigen Treppenhaus angesichts eines abscheulichen Verbrechens ihre eigene Methode, innere Ruhe wiederzuerlangen, vorzustellen. Ihr Vater hatte sie darauf gebracht. Er schenkte ihr auch das Teleskop. Wenn sie einmal nicht weiter wisse, wenn es ihr schlecht ginge, dann möge sie in die Sterne schauen. Sie zeigten ihr, wie klein sie sei. Die meisten Probleme entstünden, weil wir uns zu wichtig nähmen, weil unsere Eitelkeit gekränkt sei. Da draußen sei so viel mehr, das sich nicht für uns interessiere und das wir auch nicht für uns gewinnen könnten, damit wir wieder Boden unter die Füße bekämen, hatte er immer gesagte.

„Ich vergewissere mich ganz gerne, dass alles noch in Ordnung ist da oben", sagt sie stattdessen.

Frau Westadt schlägt hastig ein Kreuz.

„Ihre Neugier führt dazu, dass Gott sich von uns abwendet, und dann zieht der Teufel ins Haus ein. Herrn

Bause hat er schon geholt, weil der Ihnen die Möglichkeit gab, das Teleskop auf dem Dachboden aufzustellen."

„Mit anderen Worten, der Mord ist passiert, weil Gott es nicht ertragen kann, dass man ihm hinterher spioniert?"

Frau Westadt nickt ernst.

„Ach, das führt doch zu nichts", sagt Frigga. „Erzählen Sie mir lieber etwas über ..."

„Wenn doch nur mein Mann hier wäre, dann wäre mir sehr viel wohler. Er weiß immer, was in Situationen wie dieser zu tun ist."

„Wo ist ihr Mann denn?", fragt Frigga. Sie hatte Herrn Westadt bereits gestern gesehen. Er trug einen Blaumann, und darum vermutet Frigga, dass er irgendeinem Handwerk nachgeht.

„Er ist auf der Arbeit."

„Wieso hat er heute Morgen eigentlich nicht die offene Tür bei Herrn Bause bemerkt?", fragt Frigga.

„Er hat Spätschicht und ist darum erst vor zwei Stunden gegangen", antwortet Frau Westadt. „Da war die Polizei bereits im Haus."

„Können Sie mir wenigstens sagen, wohin Herr Oberkamp verschwunden sein könnte?"

„Der ist doch schon ein paar Tage weg. Als hätte er gewusst, was hier passieren wird. Es steht also schlimmer, als ich befürchtet habe. Herr Bause ist tot, Herr Oberkamp ist verschwunden, und mein Mann ist arbeiten. Hätten Sie doch nicht dieses Instrument aufgestellt!"

„Dann haben Sie sicher nichts dagegen, wenn ich das Instrument, wie sie sagen, wieder entferne."

„Je früher, je lieber", sagt Frau Westadt.

„Dazu brauche ich den Schlüssel zum Dachgeschoss, und Herr Oberkamp ist im Moment der einzige, der mir da weiterhelfen kann."

„Aber der Vermieter, Herr Karadasch, hat doch auch einen Schlüssel", sagt Frau Westadt.

„Die Telefonnummer funktioniert nicht."

„Haben Sie denn die richtige Nummer?", fragt Frau Westadt. „Kürzlich gab es eine Benachrichtigung. Seine Nummer hat sich geändert. Jetzt ist es eine dieser Nummern ohne richtige Vorwahl."

„Wenn Sie die hätten, wäre das großartig", sagt Frigga.

„Nichts leichter als das", sagt Frau Westadt.

Sie schließt die Tür. Wenig später wird ein Zettel unter ihr herausgeschoben.

Eine seltsame Frau, denkt Frigga. Aber das denke ich ja von allen Leuten, die, wie die Westadts, ihre Schuhe draußen vor der Tür aufgereiht stehen lassen, als sei jeden Tag Nikolaus.

Scheibelhud macht auf dem Rückweg zum Tatort kurz Halt an der kleinen Bude an der Straßenecke. Er muss zwar noch ein oder zwei Hausbewohner befragen, doch Viktoria Birk, bei der Frigga Lendel nächtigt, wird sowieso nichts anderes zu sagen haben als Frigga. Andreas Woitek aber sollte er sich schon noch vornehmen, nachdem Erika etwas angedeutet hat. Im Moment laufen ihm die beiden aber nicht davon, Herbert Brauckmann jedoch, der Besitzer der Bude, vergisst schon mal, was kaum einen Tag her ist. Also will er noch schnell dessen Eindrücke abfischen. Außerdem hat Scheibelhud Hunger.

Einige derer, die zuvor bei Hermine standen, sind hier um die beiden Stehtische versammelt und trinken Kaffee. Herbert Brauckmann hat daher alle Hände voll zu tun. Er verkauft zwar auch Bier und härtere Sachen, aber die dürfen in unmittelbarer Nähe des Kiosks nicht getrunken werden. Hinter der Hecke neben dem Laden würde Scheibelhud jedoch einige Trinker finden. Dagegen war nichts einzuwenden.

Als der Oberkommissar an die Luke tritt, verstummen die Gespräche. Brauckmann wendet sich Scheibelhud zu.

„Auch nen Kaffee, Thomas?"

„Heute nicht, aber mach mir mal drei belegte Brötchen."

„Was soll denn drauf?"

„Was du hast."

„Auch Sülze? Ist ganz frisch."

„Meinetwegen. Aber nur, wenn da auch Remoulade bei ist."

„Haben wir alles."

Brauckmann stellt sich in den hinteren Teil der Bude an einen kleinen Tisch und richtet, mit den Händen in Plastikhandschuhen, die Brötchen her.

„Hab schon davon gehört", sagt er. „Hat den Grafen erwischt."

Scheibelhud nickt.

„Den sollen sie ja regelrecht zerstückelt haben", sagt der kleine Hansi Winkler und tritt an die Luke.

„Ich möchte bloß wissen, woher ihr solch einen Unsinn habt?", sagt Scheibelhud. „Ist dir denn vergangene Nacht was aufgefallen, Herbert?"

„Irgendwas ist immer", antwortet Brauckmann, „ist aber unwahrscheinlich, dass es dir weiterhilft."

Brauckmann unterbricht kurz die Beschäftigung mit den Brötchen und reicht einen Kaffee und einen Korn heraus. Beides wird von Hansi Winkler entgegengenommen und hinter die Hecke getragen.

„Ob es mir nützt, lass mal meine Sorge sein."

Er mache gegen 24:00 Uhr seinen Laden dicht, und bis dahin sei das übliche Volk vorbeigekommen, sagt Brauckmann. Zumindest sei niemand, den er nicht kenne, hier vorbeigekommen. Niemand habe etwas Ungewöhnliches bestellt oder Gewöhnliches in ungewöhnlicher Menge. Ob es das sei, nach dem Scheibelhud suche?

Scheibelhud nickt.

Es sei ja nur eine Frage der Zeit gewesen, dass so was mal passiert, meint Brauckmann. Wie er das meine, fragt Scheibelhud. Es seien inzwischen ganz schön viele Fremde im Viertel, meint Brauckmann und sucht bei den Umstehenden nach Bestätigung seiner Beobachtung.

Gerade habe er doch behauptet, jeden, der vorbeigekommen sei, zu kennen. Dann könne er doch nicht jetzt von vielen Fremden reden, wirft Scheibelhud ein.

So meine er das nicht, sagt Brauckmann.

Dann müsse er sich klarer ausdrücken, sagt Scheibelhud ungehalten. Ob Brauckmann oder jemand anderes hier Hinweise darauf habe, dass beispielsweise die Leute aus Haus Nummer sieben in die Sache verwickelt seien.

Brauckmann verneint. Trotzdem solle die Polizei da mal ein Auge mehr drauf haben. Die Leute aus Haus

Nummer sieben säßen auffallend häufig auf den Treppenstufen vor dem Hauseingang.

„Das ist nicht verboten", sagt Scheibelhud.

„Es wirkt aber so", meint Winkler, der gerade mit seinem Kaffee zurückkehrt, „als würden sie die Straße auskundschaften."

„Ihr sollt die Leute hier nicht aufhetzen", sagt Scheibelhud. „Bisher ist hier kein Einbruch oder ein ähnliches Delikt mehr als vorher vorgefallen. Hört auf mit eurer Paranoia."

Die Bedeutung des Wortes versteht allenfalls Sebastian Kosler, der in dem Moment eine Zeitung kauft.

Wenn er schon nicht vergangene Nacht etwas habe beobachten können, so wisse Brauckmann vielleicht, ob sich jemand abfällig oder aggressiv über Bause geäußert habe.

Nicht mehr als sonst, und das liege vor allem daran, dass der Bause sich immer für etwas Besseres gehalten habe. So was könnten sie hier nicht leiden. Schon seine Kleidung sei doch wohl auffällig gewesen für einen ehemaligen Pförtner. Dreiteiler habe der Herr Graf getragen und davon gleich mehrere Exemplare im Schrank gehabt.

Winkler behauptet, er sei sogar mal in Bauses Wohnung gewesen. Schöne, alte Möbel stünden da.

Und die sollten da auch bleiben, wirft Scheibelhud ein.

Winkler rudert zurück. Er habe sich nichts mehr zuschulden kommen lassen seit über einem Jahr. Ein Mord sei sowieso nicht seine Kragenweite. Er habe seine Lehre gezogen, das könnten hier alle bestätigen, was sie auch alle tun.

Dann könne er sicher auch sagen, wo er letzte Nacht gewesen sei, fragt Scheibelhud.

Als Ehrenmann wolle er darüber lieber schweigen, antwortete Winkler, woraufhin Scheibelhud ihm einen Besuch der Wache vorschlägt. Nun behauptet Winkler, er habe sich im Tag geirrt, denn gestern Nacht sei er zu Hause gewesen und habe geschlafen, was Scheibelhud sich als kein Alibi merkt.

Abschließend riecht Scheibelhud an Winklers Kaffee und weist Brauckmann auf die scharfe Kornnote hin, weshalb Winkler hinter die Hecke verbannt werden soll. Der will dann lieber gleich nach Hause gehen, denn er habe ohnehin nicht vorgehabt, hier alt zu werden. Das, so bemerkt Brauckmann, sei mal eine ungewöhnliche Sache, die in Scheibelhuds Schema passen könnte. Scheibelhud winkt ab, als sogar Kosler lachen muss, und will einmal kurz schauen, ob niemand sonst hinter der Hecke steht. Ein Anruf von Erika treibt ihn aber zurück zum Tatort.

13.

Viktoria steht ausgehfertig am Fenster, als Frigga die Wohnung betritt.

„Wann wird er denn wohl hierher kommen?", fragt sie. „Er ist schon vor einer Weile aus dem Haus verschwunden, und da draußen wird es ja wohl kaum noch so viel für ihn zu tun geben."

Frigga lächelt.

„Aber die alte Jeskowiak und eine ganze Handvoll anderer auf der Straße hat er schon gesprochen. Müsste er nicht mit uns beginnen, wo Bause doch Tür an Tür mit uns gewohnt hat?"

„Mich und Gesine hat er ja schon befragt, und du weißt ja schon einmal gar nichts darüber, oder?"

„Aber fragen müsste er trotzdem, oder ist das jetzt auch deine Sache?"

„Ich soll nur Informationen aufschnappen und weitergeben. Keine Sorge, er wird kommen", verspricht Frigga, greift nach dem Telefonhörer und reicht ihn Viktoria. „In der Zwischenzeit rufen wir den Vermieter an. Ich habe seine neue Nummer. Es ist vielleicht besser, wenn du mit ihm sprichst."

Viktoria nickt und greift nach dem Telefonhörer.

„Endlich machen wir mal wieder etwas zusammen."

Frigga hält ihr Frau Westadts Zettel hin. Es dauert, bis die Verbindung hergestellt ist. Viktoria erklärt, wer sie ist, wo sie wohnt, dass Herr Bause ermordet wurde, und dass sie Zugang zum Dachgeschoss brauche. Nein, Herr Oberkamp sei nicht da. Die Verbindung ist schlecht. Sogar Frigga kann die Störgeräusche hören. Es klingt auch ein wenig karibisch. Viktoria verzieht wegen der Störgeräusche mehrfach das Gesicht, weil sie sich auf Herrn Karadaschs Stimme konzentriert. Frigga gibt ihr Zeichen, dass sie Karadasch fragen möge, ob sie notfalls die Tür aufbrechen dürften, aber das provoziert offenbar einen Lachanfall am anderen Ende der Leitung. Dann sagt Viktoria mehrfach O. K., was Frigga halb wahnsinnig macht, weil sich daraus nicht auf den Inhalt des Gespräches schließen lässt, und Friggas Versuch, durch Betätigung des Lautstellknopf am Telefon mehr Klarheit zu erlangen schlägt fehl, weil Herr Karadasch just in dem Moment das Gespräch beendet hat.

„Was war denn das?", fragt Frigga.

„Herr Karadasch ist im Urlaub in Übersee. An seinen Schlüssel kommt im Moment keiner ran. Und aufbrechen geht nicht. Da sei ein RESO-Zylinder mit Sicherheitsbeschlag verbaut, und den kann man weder rausbohren noch rausreissen. Allenfalls wegsprengen könnte man den, aber das hat Karadasch ausdrücklich untersagt."

„So ein Mist!", ruft Frigga und springt auf.

„Die Sache mit Herrn Bause schien ihm überhaupt nicht nahe zu gehen", sagt Viktoria. „Er meinte nur, dass er einen neuen Mieter suchen müsse."

„Verdammt", sagt Frigga. „Dann bleibt jetzt wirklich nur noch Martin Oberkamp. Wo steckt der Kerl nur? Vielleicht weiß auf der Straße jemand, wo er ist. Aber erst einmal muss ich auf die Toilette."

Viktoria springt auf.
„Ich zuerst!"

Um die Zeit sinnvoll zu nutzen, nimmt Frigga den Wohnungsschlüssel und steigt zur Außentoilette auf dem Flur hinab.

Die Toilette ist nicht geheizt aber sauber und mit allem ausgestattet, was sie jetzt für ihr frauliches Problem braucht.

Sie will schon abziehen, als sich mehrere schwere Füße auf der Treppe nähern. Frigga hört das Rascheln von Kleidung und leises, metallisches Klirren. Um nicht auf sich aufmerksam zu machen, verschiebt sie den Abziehvorgang, bis die Personen in einer Wohnung verschwunden sind. Die Schritte verharren in der Etage unter ihr. Dann wird eine Türklingel gedrückt. Startreck. Wahrscheinlich soll Andi jetzt befragt werden. Die Klingel ertönt erneut. Dann wird leise gegen die Tür geklopft. Frigga lauscht. Irgendetwas sagt ihr, dass hier mehr auf dem Spiel steht. Die Atmosphäre erscheint ihr angespannt und hochkonzentriert. Jetzt dreht sich da unten ein Schlüssel im Schloss, dann hört Frigga, wie die Tür geöffnet wird.

Ungeheure Hektik breitet sich im Geschoss unter ihr aus. Sie kann nicht sagen, wie viele vor Andis Tür gestanden haben mochten. Andi schreit einmal kurz, dann hört sie Handschellen einrasten, dann hört sie Scheibelhuds Stimme.

„Herr Andreas Woitek, ich nehmen Sie auf Grund dringenden Tatverdachtes bezüglich der Ermordung von Heinz Bause fest. Sie haben das Recht ..."

Frigga will nicht glauben, was sie da hört. Andi soll den alten Mann umgebracht haben? So ein Unsinn! Wenn der jemanden umbringt, dann allenfalls einen Drachen in einem seiner Rollenspiele. Aber hätte die Polizei nicht ihre Gründe?

„Ich war das nicht, ich war das nicht", hört sie Andi wimmern.

„Sie werden Gelegenheit haben, sich in dieser Sache zu äußern", hört sie Scheibelhud sagen. „Jetzt ziehen Sie sich erst einmal ein paar Schuhe an."

„Aber meine Hände sind ..."

„Sie haben hier doch ein paar Latschen. Da können Sie auch ohne Hände reinschlüpfen. Und ihr seht euch mal in der Wohnung um."

Frigga hört, wie Andi die Treppe hinunter abgeführt wird. Gedämpfte Stimmen werden leiser, bis sie nicht mehr zu hören sind. Dann wird Andis Tür geschlossen.

Frigga zieht ab.

Viktoria erwartet sie mit weit aufgerissenen Augen.

„Habe ich da Thomas' Stimme gehört?", fragt sie.

„Du benutzt seinen Vornamen, obwohl du noch kein Wort mit ihm geredet hast?"

„Ich übe schon einmal."

Frigga rollt die Augen.

„Sie haben Andi abgeholt. Wenn du mich fragst, dann machen die einen Fehler", sagt sie.

Am Fenster blickt sie auf die Straße hinunter. Gerade fährt ein Streifenwagen davon. Im Fond kann sie Andis breite, runde Schultern erkennen. Zwei Fahrzeuge bleiben zurück.

„Ich möchte bloß wissen, was die auf seine Spur geführt hat. Es sind ja nicht einmal ein paar Stunden vergangen. So viele Proben konnten die doch noch nicht auswerten", meint Frigga.

„Vielleicht hat sie gleich die erste Probe auf seine Spur gebracht", vermutet Viktoria.

Frigga hört wieder Stimmen im Hausflur. Sie öffnet vorsichtig die Tür einen Spalt.

„Nein, wir waren nicht voreilig", hört sie Erika gedämpft sagen. „Seine Spuren waren überall im Raum, vor allem aber auf dem Kissen. Der Pullover im Keller beweist das. Er hat sogar eine Kippe da gelassen. Im Affekt kann man nicht klar denken."

„Irgendwie ist das trotzdem seltsam", meint Scheibelhud genau so gedämpft. „So blöd kann doch niemand sein, und die Wohnung vollrauchen, in der er jemanden umbringen will. Aber sein Koffer stand schon gepackt im Flur, also Gefahr in Verzug. Im Grunde blieb uns also gar nichts anderes übrig. Nun, die Vernehmung wird alles ans Licht ..."

Sie geraten außer Hörweite.

„Tja", sagt Frigga, „dann wird dir wohl Scheibelhuds Besuch erspart bleiben."

Viktoria schüttelt enttäuscht den Kopf.

„Verflucht!", ruft Frigga und stürzt auf den Flur hinaus. In großen Sätzen nimmt sie die Treppen, reißt sich am Geländer festhaltend um die Kurven. Als sie im Freien ist, hat Scheibelhud schon ein Bein im Wagen.

„Halt!", ruft Frigga.

Scheibelhud zieht das Bein zurück und lehnt die Fahrertür an.

„Was ist los?"

Frigga läuft die wenigen Schritte bis zum Fahrzeug.

„Sie haben Andi Woitek verhaftet?"

Scheibelhud nickt.

„Ein ungewöhnlich schneller Ermittlungserfolg. Er ist schon auf dem Weg ins Revier."

„Wann ist denn wohl dann damit zu rechnen, dass der Fall abgeschlossen ist?", fragt Frigga.

Scheibelhud schüttelt den Kopf.

„Bisher haben wir nur Indizien, die seine Täterschaft nahelegen. Wir mussten ihn in dem Fall verhaften, weil Fluchtgefahr besteht. Erst die Verhöre werden uns mehr Sicherheit geben."

„Und was ist mit Bauses Schlüssel?", fragt Frigga.

„Was soll damit sein?"

Frigga verdreht die Augen.

„Wird er noch gebraucht, oder kann ich ihn haben?"

„Erst einmal wird er noch gebraucht, und außerdem kann ich mich nicht erinnern, dass Sie in irgendeiner Form die Ermittlung unterstützt haben", sagt Scheibelhud. „Ich kann mich aber noch sehr gut an die Bedingung erinnern, die der erste Hauptkommissar an seine Herausgabe geknüpft hat, nein, er hat sogar nur in Aussicht gestellt, dass wir dann darüber reden. Selbst wenn Sie etwas zur Festnahme beigetragen hätten, was ja nicht der Fall ist, so hätten wir uns allenfalls über den Schlüssel unterhalten können."

Sein hochmütiges Lächeln treibt Frigga die Zornesröte ins Gesicht.

„Dann wollten Sie mir überhaupt nicht den Schlüssel geben, egal, was ich herausgefunden hätte?"

„Zuerst kümmern wir uns um die wichtigen Hinweise. Der Schlüssel ist für uns im Moment nicht wichtig und wird darum erst ganz zum Schluss untersucht. Bis dahin muss er aber in seiner Tüte bleiben. Niemand darf ihn vorher herausholen. Wir haben da unsere Vorschriften, die uns die Hände binden", sagt Scheibelhud und steigt ein.

„Ab jetzt habe auch ich Vorschriften!", schreit Frigga dem Fahrzeug hinterher.

„Na? Ärger mit der Bullerei?"

Hermine liegt grinsend, in eine dicke Jacke gehüllt, in ihrem Fenster.

„Hallo, Frau Jeskowiak", knurrt Frigga.

„Kaum eingefahren und schon Freigang? Dir scheint wohl die Sonne aus dem Hintern, wie?"

Frigga wird rot.

„Lass man gut sein Schätzchen. Kannst mich Hermine nennen. Bist Frigga, die Freundin von Viktoria, woll?"

Frigga nickt.

„Ist ein komischer Name."

„Es gibt da wohl eine berühmte Soziologin, und weil meine Mutter auch Soziologie studiert hat ..."

„Brauchst mir nicht deine ganze Lebensgeschichte zu erzählen. Aber gehört schon was dazu, wenn du unserem Herrn Oberkommissar schon jetzt auf die Nerven gefallen bist."

Hermine lehnt sich zurecht.

„Möchte nur wissen, wieso er ausgerechnet den Woitek mitgenommen hat. Der passt doch gar nicht zu dem, was ich ihm erzählt habe."

„Tut er nicht?"

„Ach iwo! So schnell wie der Schatten war, den ich gesehen habe, kann der allenfalls träumen. Aber was soll's. Scheibelhud wird wohl seine Gründe haben. Hoffe ich!"

Sie lehnt sich etwas vor und raunt:

„Hab gehört, dass du auf der Durchreise bist?"

Frigga nickt.

„Und? Wo willst du hin?"

„England."

„Was willst du da denn?"

„Ich will zu einer Amateurastronomentagung ..."

„Ach Sterne, wie. Das kannste auch hier haben. In Schuir ist ein Observatorium, und in Bochum sogar ein Planetarium. Die zeigen dir alles, was es an Sternen zu sehen gibt."

„Ja, ich weiß. Ich komm ja ursprünglich aus der Gegend."

„Von wo denn?"

„Altenessen-Süd."

„Also davon merkt man dir nichts mehr an. Lebst jetzt in Bielefeld, woll? Und jetzt nach England?"

„Du weißt nicht zufällig etwas über Martin Oberkamp? Der wohnt auch da im Haus."

„Ja, den kenne ich, den Martin. Nen armer Hund. War früher mal Ingenieur, aber dann ist seine Olle gestorben, und das hat er nicht verkraftet. Lebt jetzt von Hartz IV. Sein Anzug ist zwar von vorgestern, aber er trägt immer diesen Strohhut. Es ist ein bisschen wie Urlaub, wenn er damit rumläuft."

„Weißt du, wo der im Augenblick ist?"

„Hee, du fragst aber ganz schön viele Sachen."

„Entschuldige, aber ich muss da etwas in Erfahrung bringen."

„In Erfahrung bringen, so, so. Ich glaube, er wollte zu seinem Bruder. Irgendwas hat er die Tage davon erzählt."

„Und du weißt nicht, wo der wohnt, oder?"

„Nicht genau, aber irgendwo in Aachen. Er bleibt meist eine Weile dort, könnte aber bald zurück sein. Ich wäre ja gerne dabei, wenn er mitbekommt, was hier los ist. Skylla ohne Charybdis! Die beiden waren sich ja nicht sonderlich grün, aber so was hätte Martin ihm sicher nicht gewünscht. Moment, das Telefon."

Sie verschwindet in der Wohnung. Frigga hat das Klingeln nicht gehört. Die alte Frau muss Ohren wie ein Luchs haben. Der Apparat steht offenbar weit hinten in der Wohnung, denn auch von dem Gespräch bekommt Frigga kein Wort mit.

Weil Frigga nicht weiß, wie lange Hermines Telefonat dauern wird, bleibt sie einfach unter ihrem Fenster stehen und beobachtet, wie der Erkennungsdienst seine Sachen packt. Wenn sie nicht in diesen weißen Overalls steckten, so könnte man nicht sagen, dass ihr Gewerbe mit dem Tod zu tun hat. Es könnte auch ein Archäologen- oder Filmteam sein. Soviel elektrisches Gerät, wie sich jetzt in den Fahrzeugen stapelt, ist Frigga bei ihrem Gang durch die Wohnung gar nicht aufgefallen.

Plötzlich ertönt Donnerrollen von der Kreuzung her. Es nähert sich sehr schnell, und das, was dann blitzt, ist der feuerrote Lack eines Porsche Cayenne. Quietschend kommt er an der Absperrung vor Haus

Nummer neunzehn entgegen der Fahrtrichtung zum Stehen.

Hinter dem Steuer kann Frigga eine kunstvoll zusammengerollte, blonde Frisur und eine in der oberen Hälfte getönte Brille erkennen. Die Frau steigt aus.

„O Mann", hört Frigga Hermine hinter sich raunen. „Ich habe mich schon gefragt, wann sie auftaucht."

Die Frau würdigt niemanden auf der Straße eines Blickes. Das Türschloss des Fahrzeugs teilt zweifach klackend mit, dass der Wagen versperrt ist und dass mit Unannehmlichkeiten zu rechnen hat, wer es wagt, Hand an ihn zu legen. Umweht von einem oberhalb des Knies endenden Kaschmirmantel und auf hohen Schuhen sicher schreitend, nähert sie sich dem Absperrband. In der rechten Armbeuge hängt ein Täschchen. Sie hebt das Band mit einem behandschuhten Finger an und will gerade darunter hergehen, als sich ihr Erika in den Weg stellt. Sie ist als einzige des Teams noch voll vermummt, hat sich an der Demontage des Equipments nicht beteiligt und ist darum auch nicht außer Atem geraten.

„Stopp!", ruft Erika. „Das ist ein Tatort."

Die Frau lässt das Absperrband zurückschnellen.

„Wer sind denn Sie?", fragt sie.

„Kriminalhauptkommissarin Erika Schubert, Leiterin des Erkennungsdienstes. Und Sie sind?"

„Habe ich schon Ihren Ausweis gesehen?", fragt die Frau und hält ihre Hand hin.

Erika zieht ihre Metallplakette aus dem Overall. Die Frau schiebt ein wenig die Brille auf die Nasenspitze, blickt erst den Ausweis und dann Erika an.

„Das soll Ihr Ausweis sein? Da ist ja gar kein Gesicht drauf. Aber Sie haben ja im Moment auch keins. Steckt unter dem Ganzen hier überhaupt ein Mensch? Wo ist denn der Polizeipräsident?"

Erika zuckt zurück, und Frigga schmunzelt.

„Der Polizeipräsident? Was soll der den bitte hier machen?", ruft Erika.

„Er könnte beispielsweise mit mir reden. Es wundert mich, dass er noch nicht hier ist. Aber egal, rufen Sie einfach Ihren Vorgesetzten, den leitenden Ermittler oder wen auch immer. Der wird wissen, wie zu verfahren ist."

Die Frau stemmt herausfordernd eine Hand in die Hüfte.

„Im Moment müssen Sie mit mir vorlieb nehmen", schnaubt Erika. „Bitte zeigen Sie mir Ihre Papiere."

Mit spitzen Fingern lupft die Frau ihren Pass aus dem Täschchen, Erika wirft einen Blick darauf, zieht die Augenbrauen hoch und den Mundschutz herunter. Die Frau verfolgt das mit Genugtuung.

„Ach, Sie sind Frau Marion von Geesthausen? Auf den Bildern in der Zeitung sehen Sie immer viel strahlender aus."

Frau von Geesthausen zupft sich ihren Pass aus Erikas Fingern.

„Heinz Bause ist mein Vater."

„Oh, das wusste ich nicht, und es tut mir leid", sagt Erika. Sie ringt nach weiteren Worten und fragt dann, als fiele ihr nichts Besseres ein: „Können Sie mir bitte sagen, wo Sie vergangene Nacht zwischen 22:00 Uhr und 2:00 Uhr waren?"

Frau von Geesthausen schiebt erneut ihre Brille auf die Nasenspitze.

„Wir hatten gestern Nacht einen Empfang in unserem Anwesen. Fragen Sie einfach Ihren Präsidenten. Er war unter den Gästen."

Erika notiert sich das.

„Und dieser Empfang dauerte bis 2:00 Uhr?"

„Nein, das dauerte er nicht. Aber wenn Ihre Bediensteten den Heilbutt trocken gekocht hätten, dann würden auch Sie ein ernstes Wort mit ihnen reden. So was kann man nicht aufschieben, vor allem, wenn es noch mehr zu bemängeln gab."

„Und diese Unterweisung kann jemand bezeugen?"

„Sicher."

„Nun gut. Trotzdem können wir Sie nicht einfach durchlassen. Sie müssen zumindest die hier überziehen", meint Erika.

Frau von Geesthausens halb getönte Augengläser ruhen lange auf Erika, bis sie nach den Überziehern greift und damit in ihren Wagen steigt.

„Kennst du jemanden, der mir genau sagen kann, wo Martins Bruder wohnt", fragt Frigga, nachdem sie sich vergewissert hat, dass Hermine sich sattgesehen hat.

„Vielleicht hat er es Herbert Brauckmann, das ist der Budenbesitzer da hinten, an der Straße ... ach nee, der vergisst solche Sachen, kaum, dass man sie ihm erzählt."

„Dann kann ich mir den Weg ja sparen. Sonst fällt dir niemand ein?"

Hermine schüttelt langsam den Kopf.

„Verdammt noch eins!", ruft Frigga. „Ich dachte, gerade hier im Pott weiß man mehr voneinander als in anderen Gegenden. Da sind ja die Leute in Bielefeld besser über ihre Nachbarn informiert."

„Nun mach aber mal nen Punkt, Frollein!", ruft Hermine. „Was kann ich für deine Vorstellungen?"

„Es ist halt so frustrierend, wenn man keine Antworten bekommt", sagt Frigga.

14.

Frau Westadt traut sich jetzt, da es ruhiger im Haus geworden ist, aus ihrer Wohnung. Hätte ihr Mann einen der Gründe zum Umzug in der Vergangenheit gebilligt, dann wäre ihr das Böse jetzt nicht so nahe gekommen. Es wäre ein Hörensagen, eine Zeitungsmeldung, ein Anderer-Leute-Problem geblieben. Doch es hat sich eingeschlichen. Es könnte eine Prüfung sein. Günther wird es so sehen. Günther hat immer gute Gründe, hier wohnen zu bleiben.

Als die Kinder kamen, hatte er Herrn Karadasch dazu gedrängt, eine Hälfte des Dachgeschosses ausbauen zu dürfen. So hatten sie genügend Platz. Sogar eine Wendeltreppe installierte er im Wohnzimmer, um dort hinaufzuklettern. Die Kinder sind längst ausgezogen, und jetzt ist die Wohnung für sie beide zu groß. Günther putzt ja nicht. Herr Karadasch erließ ihnen einen Teil der Miete, weil Günther sich um die paar Quadratmeter Rasen und die wenigen Büsche im Hinterhof kümmern wollte. Er versteht es regelmäßig, sie von den Vorzügen des Hauses zu überzeugen. Es gibt beste Verkehrsanbindungen, doch im Ruhrgebiet gibt es die überall. Man kann keinen Stein werfen, ohne damit eine Autobahn zu treffen, sagt Günther nämlich immer. Zum Einkaufen ist das Allee-Center nicht weit, und wenn man wirklich einmal mehr Auswahl braucht, dann ist man in Essen genau richtig. Nach Aussage des riesigen Leuchtschildes am Hauptbahnhof ist Essen vor allem Einkaufsstadt. Außerdem ist die Gemeinde nicht weit entfernt.

Immer, wenn wieder ein Mieter auszog, dann erfüllte sie das mit Sehnsucht nach Veränderung. Dabei war es gleichgültig, ob sie die Ausziehenden mochte oder nicht. Sie bewiesen, dass Veränderungen nichts Verwerfliches sind. Günther hasst Veränderungen, und er ist geizig. Ein Umzug kostet Geld, sagt er immer. Jetzt wohnen sie schon seit fast dreißig Jahre hier und werden wohl auch bleiben, wenn sie nicht im Lotto gewinnen. Frau Westadt füllt manchmal eine Reihe aus. Günther hatte schon bei ihrem Einzug mit leuchtenden Augen verkündet, dass er hier nie wieder weg will, und sie teilte damals seine Euphorie. Jetzt wird er ihr vorschlagen, in Bauses Wohnung zu ziehen. Die ist um die Fläche der Dachgeschosshälfte kleiner, es gibt keine Wendeltreppe, und man muss nicht bis ins zweite Obergeschoss steigen. Wir werden ja nicht jünger, wird er sagen. Dass dort ein Mord geschehen ist, wird ihn kaum aus der Ruhe bringen. Frau Westadt hingegen fühlt sich abscheulich. Sie hätte gerne mit jemandem gesprochen, der sie aufbauen kann. Müsste nicht der Gemeindebrief mit der Post gekommen sein? Frau Westadt hat den Postboten vom Dachgeschossfenster aus vor dem Haus gesehen. Er hat einer dieser weißen Gestalten die Post in die Hand gedrückt, und Frau Westadt hat auch einen DIN A 4 Umschlag bemerkt, in dem der Gemeindebrief für gewöhnlich verschickt wird. Jetzt steckt er vielleicht in ihrem Briefkasten, wenn der Polizeibeamte die Post richtig einsortiert und sie nicht einfach auf die unterste Treppenstufe gelegt hat. Diese Leute haben schließlich ihre Aufgaben zu erfüllen.

Sie macht sich auf den Weg nach unten. Aus dem Briefkasten lappt der große Umschlag. Freude durchzieht ihr Herz. Draußen hört sie Marion von Geesthausen maulen. Man hat ihr ein paar Überschuhe gegeben, die aber nicht über ihre Hochhackigen passen. Also muss sie in Socken hineinschlüpfen. Das scheint ihr einen Teil ihrer Arroganz zu nehmen. Ein abscheuliches Weib. Wenn sie nicht diesen stinkreichen Industriellen geheiratet hätte, und jeder weiß, wie Frauen von Marion Bauses Schlag an solch einen Mann kommen, der ja noch nicht mal ihr erster war, dann wäre sie von den Gabis und Susis und Heikes dieser Gegend nicht zu unterscheiden. So aber kann sie mit einem schicken Wagen vorfahren und Polizisten gängeln. Der Herr wird auch sie dereinst zur Rechenschaft ziehen, denkt Frau Westadt und zieht den Umschlag aus dem Briefkastenschlitz. Dabei öffnet sich das verbeulte Türchen des Briefkastens. Karadasch hat ihn bis heute nicht ausgetauscht oder durch Günther austauschen lassen. Wer den Kasten so zugerichtet hat, war nicht zu ermitteln gewesen, genauso wenig, wann genau es passiert ist. Zumindest ist es während ihres letzten Urlaubs in Rom geschehen.

Marion scheint sich jetzt mit der Beamtin geeinigt zu haben, dass sie zumindest einen Blick in die Wohnung werfen darf. Die Stimmen nähern sich. Marion will nur ein paar Papiere und Wertsachen mitnehmen.

Im Briefkasten glitzert etwas. Frau Westadt greift danach. Eine goldene Brosche. Sie steckt sie in ihre Strickjacke und ist schon auf dem ersten Treppenabsatz, als Frau von Geesthausen mit der Beamtin den Hausflur betritt.

Marion von Geesthausen hält sich in der Mitte des Flurs, wo heute durch hunderte Schuhe in Überziehern der Boden blank gewischt ist und betritt die Wohnung ihres Vaters mit klopfendem Herz. Wie immer. Doch heute ist er nicht da. Er wird nie mehr da sein.

Der Erkennungsdienst hat überall herumgestöbert. Er hat den Sekretär geöffnet, die Papiere herausgeholt, das Adressbuch eingetütet, er hat an Stellen, an denen er Fingerabdrücke vermutet, mit weichem Pinsel feines Pulver verteilt und das Ergebnis abgescannt, er hat mit Klebefolie dem Teppich kleinste Flusen entnommen, Blutproben sind eingesammelt und beschriftet worden, und jeder Gegenstand, mit dem ihr Vater in mörderischen Kontakt geraten sein konnte, fehlt jetzt in der Wohnung.

Marion betritt das Schlafzimmer. Das Bett ist leer, und das Bettzeug fehlt. Sie hält einen Augenblick inne. Hier hat er gelegen. All die Streitigkeiten, beispielsweise über ihren Lebenswandel, ihre Beziehungen, ihre Ehen, sind nicht mehr wichtig. Hier hat er gelegen, mit eingeschlagenem Schädel und einem Kissen auf dem Gesicht. Sie dreht sich zurück zum Wohnzimmer, tritt an die Kommode heran und öffnet ein Kästchen. Es ist voller Ringe und Ketten. Ihr Vater hatte einen

Narren an Schmuck gefressen und kaufte welchen, sobald er eine Gelegenheit sah. Der behalte immer seinen Wert, hört sie ihn sagen. Wenn er mehr Geld besessen hätte, dann wäre es gegen Diamanten eingetauscht worden. Die seien sogar noch besser als normaler Schmuck. Aber halt, da fehlt etwas!

„Wurde diesem Kästchen eine Brosche entnommen", fragt sie die Beamtin. Erika sucht in einer Liste und schüttelt den Kopf.

„Dann ist sie gestohlen worden. Sie war das teuerste Stück in dieser Wohnung", sagt Marion. „Ich kann Ihnen bei Gelegenheit ein Foto davon zukommen lassen."

Erika notiert das, währen Marion sich dem Bücherregal zuwendet. Auf dem obersten Bord klafft eine große Lücke zwischen zwei Ordnern.

„Das wäre der zweite Grund für meine Anwesenheit hier gewesen. Die Ordner muss ich so schnell wie möglich wiederhaben", sagt sie. Erika nickt.

Marion wendet sich ab und erstarrt angesichts des Bildes auf dem Sekretär.

Das hatte sie völlig vergessen. Sie kann sich noch genau an den Tag erinnern, als das Bild von Mutter gemacht wurde. Es war ein schöner Tag. Das erste und einzige Mal, dass sie Vater auf der Arbeit besuchte. Er hatte schon Dienstschluss, und seinen Kollegen Sigi kann man auf dem Foto als Schattenriss im Pförtnerhäuschen erkennen. Marion kann sich noch an den Geruch der Pförtnerlivree erinnern. Sie weiß noch, wie es sich anfühlte, ihren Arm um seinen Hals zu legen und auch, seine Hand in ihrer Taille zu spüren.

Aber sie kann sich nicht mehr daran erinnern, dass sie beide in die Kamera gelächelt hatten. Nachdem das Foto gemacht war, besuchten sie noch eine Eisdiele. Spaghettieis. Ob man so was heute überhaupt noch bekommt?

„Dann kann ich auch wieder fahren", flüstert Marion.

„Wir sind auch fertig hier", sagt Erika. „Wenn Sie bitte morgen im Revier vorbeikommen und die Identifizierung vornehmen könnten?"

Marion nickt und nimmt vorsichtig das Bild an sich. Es passt nicht in ihre Tasche.

Frigga steigt frustriert zum Dachgeschoss empor. Hier ist sie, die verdammte Tür. Frigga packt den Knauf und zieht daran. Sie rührt sich keinen Millimeter. Sie klopft dagegen. Kalter Stahl. Warum nur hat man solch eine Tür hier eingebaut?

Es sind nur noch knapp drei Tage bis zum Abflug. All ihre Versuche, einen Zugang zum Dachboden zu erhalten, haben ins Leere geführt. Bauses Schlüssel ist unerreichbar, an Karadaschs Schlüssel kommt nach seinen eigenen Angaben im Moment keiner ran. Dieser Martin ist bisher nicht aufgetaucht, und die Dachbodentür ist viel zu stabil, um sie einfach aufzubrechen. In ihrer Phantasie sieht sie sich aber mit einem Schneidbrenner davor stehen. Die heiße Flamme frisst sich in die Tür, als sei sie aus Wachs. Dann sieht sie sich das herausgeschnittene Rechteck in den Raum treten. Dann sieht sie, wie sie verhaftet wird. Was sonst? Eine überaus dumme Idee also. Oder ob sie über das Dach in das Geschoss einsteigen könnte? Das Teleskop steht unter einer Luke. Vielleicht ließ sich die irgendwie öffnen. Zumindest ist diese Luke keine verdammte Sicherheitsluke. Allerdings müsste sie irgendwie auf das Dach gelangen. Nach hinten hinaus haben einige Wohnungen Balkons. Auch Viktoria hat beispielsweise einen, und von diesem Balkon aus könnte sie mit einer Leiter auf das Dach klettern. Eine Leiter hat sie bei Viktoria auch gesehen. Die war noch nicht einmal so kurz.

Sie sieht sich auf der Leiter stehen, Viktoria hält eine Kaffeetasse in der Hand und gibt ihr gute Ratschläge. Frigga weiß, das sie die Dachpfannen bloß hochschieben muss, um die Dachlatten freizulegen. Auf denen können Dachdecker dann wie auf einer Leiter weitersteigen. Sie hat das einmal beobachtet. Aber sie ist kein Dachdecker und sicher nicht schwindelfrei. Der Sprungturm im Schwimmbad zählt zu den Objekten, die sie meidet. Das drei Meter Sprungbrett ist für die meisten kaum der Rede wert, aber da ist ja noch die gesamte Tiefe des Beckens unter dem Brett, so dass man von oben fast sieben Meter tief schauen kann. Wenn gar ein Zehnmeterturm aufgebaut ist, ist alleine das Becken fünf Meter tief, und der Springer steht schon auf dem Dreimeterbrett vor einem acht Meter tiefen Abgrund.

Für Frigga sind bereits die drei Meter zuzüglich Beckentiefe der Rede wert. Wenn sie aber auf das Dach steigen wollte, dann brauchte sie ja nicht nach unten zu sehen, sondern sich lediglich auf den vor ihr liegenden Weg zu konzentrieren. Da gäbe es dann keinen gähnenden Abgrund, an dessen Rand sie stünde. Dann erreichte sie bestimmt die Luke. Vielleicht ließen sich die Halterungen oder Scharniere der Luke abschrauben oder lockern. Oder sie konnte die Luke einfach aufhebeln. Sie sieht sich schon einsteigen. Und was dann? Das Teleskop ist sperrig. Aber es lässt sich zerlegen. Ein Seil würde Frigga mitnehmen. Das könnte sie auf dem Dach sogar erst einmal absichern. Später würde sie damit die Einzelteile hinablassen.

Vielleicht sollte ich erst einmal testen, wie ich mit der Leiter zurechtkomme.

Viktorias Haushaltsleiter hat acht Stufen. Frigga steht auf Stufe vier und ist außerstande, höher zu klettern. Schon auf der zweiten Stufe sind ihr die Knie weich geworden. Nur ein einziges Mal ist ihr Blick nach unten gewandert, und ab sofort ist es schlimmer als auf dem Sprungturm im Schwimmbad. Sie klammert sich an die Leiterholme. Auf Stufe drei macht sie schon den Rücken rund wie eine Katze, und auf Stufe vier ist sie schon so verkrümmt, dass sie kein Bein mehr anheben kann, ohne dass es ihr ans Kinn stößt.

„Du willst doch nicht etwa sagen, dass du nicht schwindelfrei bist", hört sie Viktoria wie aus weiter Ferne sagen.

„Ich kann das nicht", ächzt Frigga mit trockenem Mund. Langsam steigt sie Sprosse für Sprosse wieder hinab, so dass sich ihr Körper wieder streckt. Erst als sie wieder mit beiden Füßen auf dem Balkon steht, zwingt sie sich, die Leiterholme loszulassen. „Ich hatte ja keine Ahnung, wie hoch das hier ist."

„Wie hattest du dir das denn überhaupt gedacht?", fragt Viktoria und hält Frigga für verrückt, als die es ihr erklärt.

„Dafür muss man mindestens Dachdecker sein, besser aber Akrobat und keine Wurst wie du", sagt Viktoria. „Und wenn du denkst, ich würde da hochklettern: Den Teufel werde ich tun, auch nur einen Fuß darauf zu setzen."

Sehnsüchtig blickt Frigga zum Dach hinauf. Die Luke ist schon so nah gewesen. Sie sieht auch nicht sonderlich stabil aus. Aber wenn ihr Körper so auf die Höhe reagiert, ist nichts zu machen. Sie schafft es nicht einmal bis zur sechsten Stufe, und sich danach auf das Dach zu ziehen, die Dachziegel zu verschieben, um dann darauf bis zur Luke zu balancieren ist nur in ihren Träumen ein Kinderspiel. In der Realität aber muss sie sich eingestehen, dass sie keine Gämse ist.

„Du könntest mir dieses sperrige Ding aber in den Keller tragen", meint Viktoria.

„Heute mach ich gar nichts mehr", sagt Frigga.

15.

Scheibelhud und Görtzig stehen in einem kleinen, abgedunkelten Raum vor einer großen Glasscheibe. Hinter der Glasscheibe hockt Andi Woitek auf einem Stuhl. Sonst gibt es nur noch einen Tisch und einen weiteren Stuhl in dem Raum.

„Jetzt haben wir also solch ein Ding im Revier", schnalzt Görtzig.

„Jupp", antwortet Scheibelhud, „es hat auch lange genug gedauert. Das erste und einzige Revier in ganz Deutschland mit einem venezianischen Spiegel. Hat sich das was kosten lassen, der Präsident. Er verspricht sich wohl wegen der Clans was davon."

„Wir sind bisher auch ohne zurecht gekommen", wirft Görtzig ein, „und ob jetzt jemand schneller auspackt, ist nicht gesagt. Nur weil der in den Amiserien immer zu sehen ist, muss er ja nicht unbedingt was taugen, woll? Ich hätte ihn ja auch in die Hauptstelle eingebaut."

„Sehe ich auch so. Ich finde es auch irgendwie mies, wenn der Beschuldigte da so sitzt wie in einem Aquarium. Selbst wenn keiner hier im Raum ist, der Kerl da drin wird immer denken, dass er beobachtet wird. Das grenzt schon an Folter, meinst du nicht?"

Götzig nickt.

„Und die Folter bezieht sich nicht nur auf den Delinquenten", sagt er. „Wir hocken schließlich auch da drin. Der Chef kann jederzeit hier Stellung beziehen, und wir werden es nicht einmal merken."

Scheibelhud starrt ihn an.

„Mensch, du hast ja Recht! Habe ich noch gar nicht dran gedacht. Auch wir werden gesehen und gehört von hier aus. Darf der Chef das überhaupt, ohne uns vorher Bescheid zu geben? Wenn wir schon die ganze Vernehmung vorher abstimmen, dann gehört das doch wohl auch dazu, ob und wenn da wer hier im Raum ist und Mäuschen spielt."

„Willst du ihm sagen, was er darf und was nicht? Er macht es halt, wenn ihm danach ist. Und wenn da drinnen einer sitzt, der was zu erzählen hat, was Sobel nicht so unbedingt wissen muss, dann kann es heikel werden. Da hätten die Befragten sogar ein Druckmittel, das uns nicht recht sein kann."

„An was denkst du denn da bitte?", fragt Scheibelhud.

„Ich denke an gar nichts. War nur so eine Überlegung. Hypothetisch sozusagen. Für später mal, wenn so was passieren sollte."

„Hast du was zu sagen, dann sag es jetzt und hier", zischt Scheibelhud.

„Nun beruhige dich. Ist doch gar nichts passiert. Gehen wir erst mal da rein und nehmen uns den Kerl vor. Ich finde, dass er lange genug gewartet hat. Weißt du noch, wie wir vorgehen wollten?"

„Was soll das denn jetzt? Ich habe mich bisher noch immer an die Absprachen gehalten. Sieh du lieber zu, dass du nicht wieder auf den Tisch haust. Am Ende bist du noch derjenige, der eine Rüge in der Akte hat."

„Können wir also?", fragt Görtzig.

„Wir können."

Im warmen Licht der untergehenden Märzsonne steht Ekki Röhler am Hang eines Schuttberges. Er hat sich nicht auf die Spitze gestellt, denn dort oben wäre er weithin zu sehen. Hier, auf etwa halber Höhe aber, muss man schon um den Schuttberg herum gehen, um ihn zu bemerken.

Er setzt drei Plastiktüten mit seinem gesamten Besitz ab. Dann zieht er aus einer der Tüten eine Decke und breitet sie auf dem Schutt aus. Der Schutt ist gerade fein genug, dass er einem nicht in den Hintern sticht oder die Decke beschädigt. Ekki setzt sich. Sein gelblich weißer Bart reicht ihm bis auf die Brust. Trotz seines Alters braucht er keine Brille. Seine Zähne sind makellos, seine Haut ist braun und ledern. An den Händen und im Gesicht glänzt sie.

Ekki blinzelt in den Himmel. Dann ruht sein Blick auf der Silhouette der Zeche Zollverein in der Ferne. Dann wandert er über die Wasserfläche, eine vollgelaufene Grube. Wann hatte er das letzte mal so einen guten Tag? Es war heute alles so leicht. In fast jedem Mülleimer lag eine PET-Flasche. Viel Geld bei wenig Gewicht. Es wundert ihn zwar, dass er so viele gefunden hat, immer mehr Leute sind schließlich nach den Dingern auf der Jagd inzwischen, aber warum sollte er nicht auch einmal einen guten Tag haben? Er hatte sich von dem Geld ein schönes Stück Fleischwurst und drei Brötchen gekauft. Es reichte sogar noch für zwei Bananen, und sogar ein Tetrapak Wein war noch im

Budget. Das alles liegt ihm noch im Magen. Aber das Beste überhaupt war die Bierflasche vom Bahnhof. Die fand er als erstes. Wie ein Osterei lag sie im Gras am Hang hinter der Treppe zum Bahnsteig. Auch eine Wurst in Brotteig lag dort. Das viele Geld, was man mit harter Arbeit verdient, macht nicht so glücklich wie das Zwei-Euro-Stück, was man unverdient findet. Ekki erinnert sich an diese Stelle aus einem Buch, das er mal aus einem Mercatorschrank mitgenommen hatte. Diese gefundene grüne Stauder-Bierflasche hatte den Tag eingeleitet und sollte ihn jetzt erst richtig rund machen. Er stellte sie in der Bude Schonnebeckshöfe bei Roswita über den Tag in den Kühlschrank mit der Bitte, sie keinem anderen zu verkaufen. Er ritzte das Etikett mit seinem dicken, gelblichen Daumennagel etwas ein. Sie wollte ihm diese gegen eine kalte eintauschen, aber Ekki bestand auf der gefundenen Flasche, die er sich zum Abend gut gekühlt abholen wollte. Sie schüttelte zwar ihren dicken Kopf, aber ließ ihn gewähren. Jetzt ruht sie in seiner besten Plastiktüte zusammen mit einem Rest Wein und einem Wurstzipfel.

Ekki öffnet die Flasche mit einem Stück Zeitung. Kaum zu glauben, dass das überhaupt funktioniert, aber wenn man die Zeitung zu einem zweifingerschmalen, dicken Streifen zusammenfaltet und den dann in der Mitte knickt, erhält man eine stabile Kante zum Öffnen. Wenn ich jetzt noch ein Glas hätte, dann sollte es niemanden geben, der reicher ist als ich, denkt er. Aber er hat kein Glas und empfindet es auch als richtig, wenn man sein Glück nicht überstrapaziert. Ich sitze immerhin auf einer einsamen Insel, denkt er.

Sand zwischen den Zehen, Wind im Bart und Wasser, soweit das Auge blickt. Das kalte Bier schmeckt herrlich.

Wenn die Sonne gleich untergegangen ist, dann wird es allerdings auch mir kalt werden, denkt Ekki. Er ist dagegen gerüstet und wird sich in seine Ecke in einem der Rohbauten rundherum verkriechen. Er hat ein Abkommen mit dem Oberpolier. An einem solch guten Tag wie diesem kann ihm nichts passieren. Eigentlich fehlt ihm jetzt nur noch eine Frau. Ob er später noch einmal bei Roswita vorbeiginge? Immerhin hat sie ihn heute mal wieder geradezu liebevoll Schlawiner genannt. Aber er müsste dann auch gewaschen sein, denn Frauen mögen es immer sauber.

Ach wozu. Wenn er erst einmal in seiner Ecke lag, wenn der Friede der Welt sich über ihn gelegt hat, dann macht eine Frau es auch nicht unbedingt besser.

Er braucht bestimmt eine dreiviertel Stunde, bis die Flasche geleert ist, und Ekki steckt sie mit dem Boden voran zu seinen Füßen in den Schutt. Für eine gefundene, volle Flasche holt man sich kein Pfand. Die durfte ein anderer finden und eintauschen. Wenn er sie richtig dreht, dann bläst der Wind über die Öffnung des Flaschenhalses und erzeugt ein hohles, beinahe klagendes Hupen. Der Klang von einem halben Liter Luft. Das soll einem Suchenden das Finden erleichtern. Für Ekki ist es das Signal zum Aufbruch. Er wartet noch, bis die Vögel des Tages verstummen, packt seine Sachen und verschwindet in die Dunkelheit.

Scheibelhud ist mit dem Ergebnis der letzten Vernehmungen recht zufrieden. Nach allen Regeln der Kunst haben sie Andi in die Mangel genommen. Stelle nie eine Frage, deren Antwort du noch nicht kennst. Wenn die Vernommenen wüssten, dass sie eigentlich keine Chance haben, dann tischten sie nicht so viele Lügen auf. Dann wären Geständnisse an der Tagesordnung, und zwar schon in dem Moment, da die Beamten in der Tür stehen.

Aber die Vernommenen sträuben sich, sie denken, sie seien schlauer als die Polizei, und sie bauen wundersame Gebilde. Dann merken sie, dass diese Gebilde nichts taugen, und denken sich neue aus. Manche haben reichlich Phantasie in der Hinsicht. Aber die Fakten weisen sie in die Schranken. Nur ganz Ausgekochte können dem Spiel entkommen. Andi ist kein ganz Ausgekochter, davon ist Scheibelhud überzeugt.

„Wie erklären Sie sich die Fasern Ihres Pullovers am Kissen des Toten?", fragt Görtzig.

Andi zuckt mit den Schultern.

„Keine Ahnung. Moment! Ab und zu benutze ich seine Waschmaschine, wenn ich zu viel Wäsche habe."

„Und das war kürzlich der Fall?", bohrt Görtzig.

„Ich weiß es nicht. Ich glaube nicht, aber sicher bin ich mir keineswegs."

„Ich will Ihnen sagen, was geschehen ist. Sie haben den alten Mann aus seinem Rollstuhl gezerrt, dann in sein Bett geschleift und ihm dann den Stock über den Schädel gehauen. Und um sicher zu gehen, haben Sie ihm das Kissen ins Gesicht gedrückt."

„Das habe ich ganz sicher nicht gemacht!", ruft Andi. „Dafür gibt es überhaupt keinen Grund."

„So, so. Keinen Grund sagen Sie. Kennen Sie eine gewisse Anja Rosinski?"

Andi zuckt zusammen, als habe jemand eine Waffe hinter ihm abgefeuert.

„Anja Rosinski wurde von Ihnen geohrfeigt und an die Wand geschleudert, nachdem sie Sie von Ihrem Computerspiel abhalten wollte. Was können Sie dazu sagen?"

Andi fummelt an seiner Hose.

„Sie wissen davon?", fragt er.

„Worauf Sie Gift nehmen können. Wir haben hier die einstweilige Verfügung, nach der Sie sich von ihr fernzuhalten haben, vorliegen. Vor knapp eineinhalb Jahren haben Sie Anja Rosinski so verletzt, dass die eine solche Verfügung gegen Sie erwirkt hat. Das Computerspiel scheint auf Sie einen negativen Einfluss auszuüben. Wie wir festgestellt haben, läuft dieses Spiel nach wie vor auf Ihrem Rechner."

Andi ruckelt nervös auf seinem Stuhl herum.

„Das ist lange her. Ich habe nie wieder jemanden angegriffen, der mein Spiel gestört hat."

Scheibelhud nimmt sich die Akte vor.

„Frau Rathenau, Ihre direkte Nachbarin, berichtet von Streitigkeiten mit Herrn Bause in verschiedenen Nächten. Offenbar war Ihr Rechner so laut, dass sich Herr Bause veranlasst sah, mit seinem Gehstock an die Heizungsrohre zu schlagen, um Sie zur Ordnung zu rufen."

„Ach das", sagt Andi leise, „das kam nur noch ganz selten vor."

„Und es könnte auch gestern Nacht vorgekommen sein. Sie sind dann zu Herrn Bause gegangen und haben ihm eben diesen Stock über den Schädel gezogen."

„Das habe ich nicht! Ich habe meine Wohnung in der Nacht überhaupt nicht verlassen."

„Dann haben Sie ihren Pullover über die Wäscheleine gehängt und haben sich seelenruhig wieder Ihrem Spiel gewidmet."

„Ich sagte bereits, dass ich meine Wohnung überhaupt nicht verlassen habe an dem Tag und auch nicht in der Nacht."

Görtzig erhebt sich und geht hinaus. Wenig später kehrt er zurück.

„Irgendetwas ist mit Ihrem großen Rechner nicht in Ordnung."

Andi sitzt senkrecht.

„Was soll mit meinem Rechner sein?"

„Er zeigt nur noch eine blaue Seite an."

„Was? Lassen Sie mich mal sehen."

„Sie werden schön da sitzen bleiben. Wir haben genug Spezialisten hier, um diese Sache zu beheben."

„Das glaube ich kaum", entgegnet Andi. „Ich will sofort an meinen Rechner. Sie machen mir noch alles darauf kaputt!"

Er stürzt die Flasche Wasser, die man ihm hingestellt und die er bisher nicht angerührt hat, auf einmal hinunter und verlangt eine neue. Er zittert.

„Beruhigen Sie sich", sagt Görtzig.

„Ich soll mich beruhigen?", ruft Andi. „Sie zerschießen mir meinen Rechner, und ich soll mich beruhigen?

Ich bin auch schon viel zu lange offline. Heute ist die Convention, und niemand weiß, wo ich bin. Oh, Sally!"

Sein Kopf sinkt in seine Hände.

„Sie werden noch eine Weile hier bleiben müssen", sagt Scheibelhud."

Andi starrt ihn an.

„Ich muss hier raus!", brüllt er plötzlich. „Ich muss sofort hier raus. Wo ist mein Anwalt!"

„Ach, auf einmal wollen Sie einen Anwalt", sagt Scheibelhud.

„Den wollte ich doch schon ganz zu Beginn!", schreit Andi.

„Für mich hat das nicht so geklungen", entgegnet Scheibelhud. „Aber schön. Soll es ein bestimmter oder irgendeiner sein?"

„Das ist mir völlig egal!", kreischt Andi und wischt sich die Hände an den Oberschenkeln ab.

„O.K. Wir kümmern uns darum", verspricht Scheibelhud. „Ob er heute noch kommen wird, kann ich aber nicht versprechen."

Er hat Andi genau da, wo er ihn haben will. „Und jetzt sagen Sie uns, wer diese Sally ist. Wir könnten sie benachrichtigen, wenn Sie es wünschen."

Andi nimmt einen tiefen Schluck aus der neuen Flasche.

„Ich muss sie informieren, wo wir auf der Convention sind", sagt er mit glasigem Blick.

„Wie bereits erwähnt, das können Sie sich erst einmal von der Backe schmieren. Sie stehen unter Tatverdacht, und solange die Angelegenheit nicht geklärt ist, bleiben Sie hier. Richten Sie sich auf eine längere Zeit ein. Sie haben genau zwei Möglichkeiten. Entweder sie gestehen, und wir werden das entsprechend vermerken. Die Haft wird entsprechend kürzer. Bei guter Führung sind Sie ruckzuck wieder frei. Oder aber sie leugnen weiterhin, dann können wir für nichts garantieren. Das Gesetz ist dann gnadenlos, und Sie sitzen bis zu Ihrem Lebensende ein."

Andi wird plötzlich sehr ruhig. Er reagiert auf keine Frage mehr, und sein Blick wird ganz leer. In dem Zustand befindet er sich auch noch eine Stunde später. Scheibelhud beobachtet ihn durch die Glasscheibe. Andis Lippen zittern, oder brabbelt er vor sich hin? Scheibelhud drückt auf einen Knopf. Keine Geräusche zu hören. Andi zerrt an seiner Trainingshose.

„Und? Wie macht er sich?"

Sobel ist zu Scheibelhud getreten.

„Unverändert."

„Wir stecken ihn erst einmal in unsere Gewahrsamszelle. Der Haftrichter kann erst morgen früh kommen."

Scheibelhud nickt. Mit einem Male hat er ein ungutes Gefühl.

16.

Als Frigga am nächsten Morgen erwacht, ist Viktoria nicht da. Ein Zettel hängt an der Leiter, die aufgeklappt im Wohnzimmer steht. Viktoria wurde zur Arbeit gerufen. Es sei Not am Mann. Viktoria hat eine kleine Zeichnung angefertigt, um zu beschreiben, welches ihr Keller ist. In einer Ecke des Zettels lächelt ein Smiley. Den Schlüssel hat Viktoria mit Klebeband auf eine Stufe der Leiter geklebt.

Ich muss geschlafen haben wie eine Tote, dass ich davon nichts mitbekommen habe, wundert sich Frigga. Sie macht erst allerhand, um wach, sauber, satt und fit zu werden. Dann schaut sie ein wenig Fernsehen, und dann stört sie die Leiter im Blickfeld. Sie klappt sie zusammen und macht sich damit auf den Weg ins Erdgeschoss. Von dort führt eine alte Holztür mit einer Klinke und einem Schloss zum Keller des Hauses. Ein Schlüssel steckt wohl schon so lange darin, dass er mit dem Schloss verbacken ist. Man könnte ihn nur mit sehr viel Aufwand wieder gängig machen. Die Tür quietscht jedenfalls nicht, als Frigga sie aufzieht.

Muffiger Geruch nach Schimmel, Erde und Feuchtigkeit dringt zu ihr herauf. Wer hier seine Wäsche trocknen lässt, der kann sie anschließend gleich wieder waschen, denkt sie. Bestimmt ist hier auch alles radonverseucht, weil hier nie gelüftet wird. Alte Spinnweben, zerfetzt und schwarz von Staub, hängen fast bis in Kopfhöhe von der Decke. Frigga stutzt. Das Licht ist eingeschaltet! Wahrscheinlich haben die Beamten des Erkennungsdienstes vergessen, es zu löschen. Es ist ein schwaches Licht.

Eine Holztreppe mit einem guten Dutzend mittig abgeschmirgelter Stufen führt hinab auf den gestampften Boden. Die Backsteine der Wände sind mit Lehm gemauert, und die Fugen tief ausgehöhlt. Wenn Frigga ganz still ist, dann kann sie es rieseln hören.

Die Treppe knarrt, als Frigga sie betritt. Der Handlauf ist glatt und hart, aber er wackelt. Gleich im ersten Raum rechts stehen mehrere Waschmaschinen, im erste Raum links sind Wäscheleinen gespannt. Schwarze Sweatshirts mit Aufdrucken von Heavymetal-Gruppen und Startreck hängen nebeneinander. Frigga braucht nicht zu rätseln, wem die wohl gehören. Zwischen Zweien klafft eine Lücke. Hier muss der Pullover gehangen haben, von dem Scheibelhuds Kollegin Erika gesprochen hatte.

Weiter hinten liegen die Kellerräume der Mieter. Jeder ist mit einer hölzernen Gittertür verschlossen, aber nicht an jeder hängt ein Schloss. Frigga findet Viktorias Keller anhand der Zeichnung sofort, öffnet das Schloss, drückt gegen die Tür, und sie schwingt auf. Im fahlen Licht des Kellerfensters kann sie neben der Tür einen Drehschalter erkennen, und als das Licht aufflammt, bietet sich ihr ein Anblick des Bedauerns.

Hier findet sich alles, was Viktoria in der Wohnung stört. Das meiste davon hätte sie längst entsorgen können, aber Viktoria kann so etwas nicht. Frigga kennt den Stapel alter Reifen, den aufgerollten Teppich und mehrere Kisten mit Zeitschriften und Büchern. Beim letzten Umzug hat sie sich damit herumgequält. Ein paar Koffer und einige Holzlatten sind seitdem genauso dazugekommen wie eine dicke Folie, eine Kiste mit kaputten Puppen, ein, nein zwei Fahrräder ohne Räder, eine Werkzeugkiste mit ein paar Schrauben und einem Winkeleisen darin, alte Farbeimer und Pinsel, ein Lampenschirm, drei Türen und was nicht sonst noch alles.

Beim nächsten Umzug hat sie den Kram entweder entsorgt, oder ich helfe nicht mehr mit, denkt Frigga und lehnt die Leiter an eine Wand. Jetzt steht hier wenigstens etwas, was sich einzuschließen lohnt.

An ein paar unzugänglichen Kellern vorbei geht es weiter hinten um eine Ecke. Dort brennt kein Licht. Frigga vermutet, dass entweder die Glühbirne kaputt oder der Schalter defekt ist. Sie starrt in die Dunkelheit. Dann ist da plötzlich ein Lufthauch, eine Bewegung, ein Rascheln von Kleidung? Oder eine Ratte? Da steht doch jemand! Dann streift etwas Friggas Haare. Sie packte instinktiv zu und bekommt etwas zu fassen, einen Arm vielleicht. Frigga dreht das, was sie zu fassen bekommt, blitzschnell um, und ein älterer Mann in einem abgetragenen Anzug und einem Strohhut auf dem Kopf fällt ihr ächzend vor die Füße. Der Strohhut kreiselt auf dem Boden.

„Martin Oberkamp, wenn ich nicht irre", keucht Frigga.

Es dauert einen Moment, bis sich Martin Oberkamp auf dem Boden sortiert hat. Vielleicht sechzig Jahre alt, alleinstehend, ein größerer Leberfleck auf der Schläfe, müsste mal untersucht werden, verdickte, etwas gelbe Fingernägel, ungewaschene Haare, er riecht nach altem Mann, viele kleine und kleinste Cent-Münzen in den Taschen, kein Trinkgeld nach nur kurzer Fahrt, resümierte Frigga. Bevor ich aber eine Leerfahrt mache, würde ich ihn mitnehmen.

„Oh nein, oh nein", wimmert Oberkamp. „Ich glaube meine Hüfte ist gebrochen."

„Was schleichen Sie sich auch so an mich heran!", ruft Frigga. „Hätten Sie nicht mal einen Ton sagen können, anstatt mich anzufallen? Und wenn Ihre Hüfte gebrochen wäre, dann würden wir nicht so miteinander reden."

Martin Oberkamp befühlt seine Knochen.

„Scheint doch noch alles heil zu sein. Tut mir leid, wenn ich Sie erschreckt habe."

Er greift nach dem Strohhut, klopft ihn ab und setzt ihn auf. Hermine hat Recht, denkt Frigga. Es sieht sofort nach Urlaub aus.

„Kommen Sie, ich helfe Ihnen auf."

Oberkamp bedankt sich, indem er den Hut ein wenig lüftet. Frigga hilft ihm dabei, den trockenen Lehm vom Anzug zu klopfen. Er ist bestimmt einen Kopf größer als ich, denkt sie.

„So sehen Sie doch schon wieder ganz passabel aus", sagt sie. „Was haben Sie denn hier unten in der Dunkelheit verloren?"

Oberkamp dreht sich suchend um und bückt sich ächzend. Aus dem Schatten einer Ecke zieht er eine Raviolidose hervor. Dann humpelt er ein paar Schritte in den dunklen Bereich des Kellers und kehrt mit einer Erbsendose zurück.

„Die ist ganz schön weit gerollt."

„Es tut mir ja leid, aber hier im Hause wurde ein Mord begangen, da konnte ich nicht darauf warten, bis Sie sich mir vorstellen", rechtfertigt Frigga sich.

„Du kannst mich Martin nennen. So nennen mich sowieso alle."

„Und ich bin Frigga, Frigga Lendel. Ich bin bei meiner Freundin Viktoria Birk zu Besuch."

„Ach, wie nett", sagt Martin.

„Ja, das war es am Anfang noch", sagt Frigga. „Inzwischen hat sich das Blatt gewendet."

„Du meinst den Mord? Grauenhaft. Heinz Bause war zwar nicht gerade mein Freund, aber einen alten Mann umzubringen kann doch nur das Werk eines Feiglings sein."

Er streckt sich und befühlt einmal mehr seine Hüfte.

„In Wirklichkeit habe ich mich auch deshalb nicht zu erkennen gegeben. Mörder sollen ja manchmal zum Tatort zurückkehren. Und da ich dich nicht kannte, hatte ich ein wenig Angst. Die Polizei hat ja wohl Andi Woitek abgeholt, aber der ... das glaube ich nicht."

Er lüftet erneut den Hut, streicht sich mit der anderen Hand die Haare nach hinten und setzt den Hut wieder auf.

„Ich habe übrigens auf dich gewartet", sagt Frigga.

„Tatsächlich?", fragt Martin verblüfft. „Hier im Keller?"

„Nein, nein, nur grundsätzlich."

„Da bin ich aber gerührt", meint Martin. „Eine junge Frau, die auf mich wartet. Das ist lange her. Wie komme ich zu der Ehre?"

„Ich brauche unbedingt deinen Schlüssel zum Dachboden. Du bist der einzige, der noch einen hat. Was bin ich froh, dass du wieder da bist."

„Ich müsste nur erst in meine Wohnung", sagt Martin nach einem Zögern.

„Wenn es nur das ist, dann bin ich bereit, erneut auf dich zu warten", lacht Frigga.

Sie steigen die Kellertreppe empor, Martin verschwindet in seiner Wohnung, und Frigga lehnt sich an die Wand im Treppenhaus. Jetzt ist es gleich soweit. Endlich hat die quälende Suche nach diesem verdammten Schlüssel ein Ende. In der Wohnung hört sie Martin herumräumen. Von Zeit zu Zeit flucht er, dann folgt wieder eine Räumphase. Offenbar schiebt er Möbel zur Seite.

„Kann ich helfen?", ruft Frigga gedämpft. Das Treppenhaus hallt trotzdem nach.

„Es geht schon", hört sie ihn zurückrufen.

Frigga nähert sich vorsichtig der angelehnten Tür und späht durch den Spalt. Drinnen steht Martin mit dem Rücken zu ihr und kratzt sich den Kopf.

„Vier Augen sehen mehr als zwei", sagt Frigga.

Martin zuckt zusammen und dreht sich um. Frigga drückt die Tür weiter auf. Es riecht verraucht in der Wohnung. Die Wände haben einen leichten Gelbstich. Ein alter, großer Hund, vielleicht eine Mischung aus Collie und Schnauzer, kommt langsam auf sie zu. Da er auch träge mit dem Schwanz wedelt, macht sich Frigga keine Sorgen.

„Das ist Bienchen", erklärt Martin. „Die will nur wissen, wer da zu Besuch kommt."

Frigga tätschelt Bienchen den Kopf und lässt sie an ihrer Hand riechen. Ihre Hand riecht nach Bienchen.

Martin hat einen Teil der Sitzmöbel verrückt. Die Teppichmulden geben Frigga einen Hinweis darauf, wo sie zuvor gestanden haben. Die Wände sind dicht mit gerahmten Bildern von Insekten behängt. Einige der Bilder sind aber bei genauerem Hinsehen keine Bilder, sondern es sind die aufgespießten Exemplare exotischer Insekten. Frigga juckt es vom bloßen Hinsehen.

„Ich fürchte, dass ich dir doch nicht werde helfen können", sagt Martin leise.

„Was soll das heißen?", fragt Frigga.

„Ich muss meinen Schlüssel bei meinem Bruder vergessen haben."

„Und das wusstest du noch nicht, als wir im Keller waren? Wie bist du dann überhaupt ins Haus gekommen?"

„Die Haustür war nicht zu, und meine Tür ist sowieso nie abgeschlossen. Außerdem bestand die Möglichkeit, dass ich den Dachbodenschlüssel nicht am Bund hatte. Aber wie es aussieht, ist er es. Dabei brauche ich den eigentlich nie, denn ich hänge die Wäsche immer im Keller auf."

„Dann ruf´ deinen Bruder an, damit er den Schlüssel herschickt. Oder besser: Wo wohnt dein Bruder? Ach verdammt, der wohnt ja in Aachen. Dafür reicht meine Kohle nicht mehr."

„Und wir würden ihn da auch nicht mehr antreffen. Inzwischen wird er auf Montage nach Belgien gefahren sein."

Dichter Nebel zieht vor Friggas inneren Augen auf. Warum nur scheint sich alles gegen sie verschworen zu haben? Es ist gerade so wie damals, als jemand auf die

Idee gekommen war, den Abiball wie in Amerika zu begehen. Jeder brauchte dafür einen Tanzpartner. Erst sah es so aus, als nehme niemand dieses Ereignis Ernst, dann hatten ihre engsten Freundinnen plötzlich ihre Partner gefunden, und als sie selbst Jörg Hunnecke, den schnellsten Sprinter der Schule fragte, musste der ihr eine Absage erteilen, weil er sich schon ein halbes Jahr zuvor die Konzertmeisterin des Schulorchesters gesichert hatte. Frigga schraubte ihre Ansprüche nach unten, musste aber feststellen, dass genau ein Mädchen mehr als Jungen die Abifeier besuchen würden. Es war wie die Reise nach Jerusalem. Alle Stühle waren beim Aussetzen der Musik besetzt. Nur dem Umstand, dass Mechthild Ridder am Tag der Feier erkrankte, war es zu verdanken, dass Frigga ein Tanzpartner zur Verfügung stand. Mechthild Ridder hatte sich aber auch Zeit gelassen, und so war Frigga mit Bernhard Kaltz, dem übelsten und unmusikalischsten Halunken der Schule, über das Parkett geschoben. Heute leitet Bernhard Kaltz den Baumarkt seines Vaters.

„... weiß ich gar nicht, wie ich dann ins Haus komme soll, jetzt, wo Bause und Andi nicht mehr da sind. Ich werde hier festgenagelt sein, bis irgendwer heimkehrt. Und um die Zeit, wo alle Feierabend haben, einzukaufen ist doch die Hölle", hört sie Martin jammern. Er sinkt auf einen Stuhl. „Und Roland kommt erst in einer Woche zurück. Warum passiert mir so was nur immer?"

Er vergräbt seinen Kopf in die Hände.

„Vielleicht hat Viktoria einen Zweitschlüssel von der Haustür", sagt Frigga. „Den gibt sie dir vielleicht. Dann wäre dir doch schon geholfen."

Martins Gesicht erhellt sich.

„Das ist eine tolle Idee", sagt er. „Und wenn sie keinen hat, dann vielleicht Gesine oder die Westadts."

Er erhebt sich und will die Wohnung schon verlassen, als er innehält.

„Aber dir ist damit keineswegs geholfen", murmelt er.

„Ach, lass mal," winkt Frigga ab, „was macht es schon, wenn ich ohne Teleskop nach England komme. Noch lächerlicher kann ich mich wohl kaum machen."

„Nein, nein, nein", unterbricht Martin. „Ich bin dir zwar nicht unbedingt etwas schuldig, aber ich sollte für meine Schusseligkeit büßen."

„Wieso habt ihr nur diese verdammte Sicherheitstür eingebaut?", fragt Frigga.

Martin winkt ab.

„Die Gegend ist nicht die beste. Gerade hier im Norden gibt es regelmäßig Schlägereien und Überfälle. Vor einiger Zeit hat eine Bande dieses und die angrenzenden Viertel mit Einbrüchen überzogen. Die Diebe sind auf die Dächer geklettert, haben sich von dort Zugang in das Dachgeschoss verschafft und dann die beiden obersten Etagen ausgeräumt. Herr Karadasch, der Vermieter, hat sich mit Günther und mir beraten, und dann wurde diese Sicherheitstür eingebaut, um Eindringlinge vom weiteren Vordringen abzuhalten. Aber die Welle verebbte kurz darauf. Wahrscheinlich war es eine Artistenbande aus dem Osten, so wurde vermutet. Und die ist dann wohl weitergezogen. Bause hat es richtig mit der Angst bekommen, als er von den Einbrüchen hörte. Er hat sich aufgeführt, als hieße er

Aldi, dabei hat er nur seine und die Lebensversicherung seiner Frau ausgezahlt bekommen. Schön, das ist weit mehr als manch anderer hier hat. Aber muss man sich dann wie ein Arsch verhalten? Wenn man schon was verleiht, dann kann man sich auch angucken, wem man was verleiht. Und dann muss man nicht jeden Tag nachfragen, wann man es wiederbekommt."

Martin hält inne.

„Entschuldige, aber das musste mal raus", sagt er schnell. „Nur einmal habe ich die Haustür offen stehen lassen, da war ich gerade eingezogen. Da hat der alte Kerl einen Aufstand gemacht, so was habe ich noch nicht erlebt. Ich lass mir so was natürlich nicht bieten und hab auch ausgeteilt. Dann war Bienchen dran."

Er wirft einen Blick hinüber zu seinem Hund, der es sich unter dem Tisch gemütlich gemacht hat und bei Nennung seines Namens in Erwartung auf Abenteuer oder Fressen oder beidem den Kopf hebt.

„Stinken soll mein Bienchen", fährt Martin fort und beugt sich zu dem Tier hinunter, um ihm den Kopf zu tätscheln. „Als ob den Kerl das was angeht. Wenn ich damit klar komme, dann braucht Bause auch nichts daran auszusetzen. Tiere riechen eben immer etwas. Mal abgesehen davon hat Bause, bevor sich die Marie Keller um ihn gekümmert hat, auch nicht nach Veilchen gerochen. Was die Tür angeht, habe ich aber noch eine Idee."

Seine Augen blitzen.

„Ich soll eine Straftat begehen?", ruft Frigga.

Sie stehen vor Andis Wohnung.

„Wenn das deine letzte Möglichkeit ist", sagt Martin.

„Ich will aber keine Straftat begehen, zumal gar nicht sicher ist, dass sie mir weiterhelfen wird."

„Es ist ganz ungefährlich, und niemand wird etwas merken", versichert Martin.

„Aber wir müssten ein Dienstsiegel öffnen", sagt Frigga.

„Wir kleben es hinterher wieder dran."

„Das soll aber gar nicht einfach sein. Diese Dinger haben Sollbruchstellen und zerfallen wie verkohltes Papier bei der geringsten Berührung."

„Nur, wenn man es nicht richtig macht."

„Und du hast Erfahrung damit?"

„Kannst mir vertrauen."

„Das Schloss muss auch geknackt werden."

„Kein Problem. Eine Kleinigkeit. Kein Vergleich zur Dachgeschosstür."

Martin zückt einen Fön. Er hat ein Verlängerungskabel aus seiner Wohnung bis hierher gezogen. Das Dienstsiegel klebt einschüchternd über Tür und Rahmen. Der Fön jault auf. Dann gibt der Kleber nach, und Martin zieht das Siegel ab. Vorsichtig legt er es auf den Boden.

„Jetzt bin ich aber gespannt", frotzelt Frigga. Sie sieht ihn schon mit Dietrichen herumhantieren, mehrere erfolglose Versuche durchführen, dann aufgeben, dann klebt das Siegel nicht mehr, und sie beide hocken im Bau. Martin zieht einen Schlüssel aus der Tasche.

„Ersatzschlüssel. Andi hat ihn mir mal gegeben für alle Fälle."

„Du hast einen Ersatzschlüssel für Andis Bude? Als ich ihn nach dir fragte, schien er dich überhaupt nicht zu kennen. Jedenfalls kannte er dich nicht mit deinem Namen. Wie kann das sein?"

„Ach, Andi wirft, was Namen angeht, oft was durcheinander. Es ist eben nicht so einfach, wenn man sich permanent in virtuellen Welten herumtreibt. Da fällt die Rückkehr in die reale Welt irgendwann schwer. Ich habe übrigens auch einen Ersatzschlüssel für Bauses Wohnung. Der war schließlich mein Nachbar."

Die Tür ist offen. Endlich ist mal eine Tür offen! Martin hat behauptet, Andi habe soviel Kram in seiner Bude, dass da etwas Nützliches gegen das Schloss der Dachgeschosstür zu finde sein könnte. Vielleicht sogar ein Trick, um sie zu öffnen. Frigga ist erstaunt, dass er sich so in die Sache hineinsteigert. Dass er glaubt, etwas gut machen zu müssen, weil er den Schlüssel bei seinem Bruder vergessen hat, kann auch nur ein Teil der Wahrheit sein.

Bei ihrem ersten Besuch bei Andi hatte Frigga nicht viel mehr als den kleinen, dunklen Flur der Wohnung gesehen. Die Wohnung ist genauso geschnitten wie Bauses, und deshalb verschwendet sie nicht die Zeit, um im Bad oder der Küche nach etwas Brauchbarem zu suchen. Sie betritt das Wohnzimmer.

Alles, was bei Bause edles Mobiliar ist, ist bei Andi zusammengetragener Müll. Bretter, die mit Steinen zu notdürftigen Regalen aufgebockt sind, mehrere Schränke aus genauso vielen verschiedenen Wohnungen, einst von der Straße geholt, nachdem sie zum Abtransport dort hingestellt wurden. An den Wänden hängen Poster von diversen Heavymetal-Gruppen, mehrere Raumschiff Enterprise Modelle, Obi-Wan Kenobi Figürchen, ein Tisch voller Elektroteile.

„Wonach sollen wir denn hier suchen?", fragt Frigga.

„Wenn er was gegen die Tür gefunden hat, dann steht es in einem Aktenordner", antwortet Martin. „Was das angeht, ist er sehr gewissenhaft. Ich schau mich mal um."

Während Martin in die Akten sieht, dreht Frigga doch eine Runde durch die Wohnung. Beim Anblick des Bettes, bezogen mit lila Seidenwäsche, wird ihr schlecht. Es gibt viele Ecken, die mit Plastiktüten vollgestopft sind. Andis Arbeitsplatz ist natürlich sorgfältigst hergerichtet. Ein sehr bequemer Sessel, ein riesiger Schreibtisch, drei riesige Monitore, eine Tastatur voller bunter Tasten, eine monströse Maus, ein Headset, aber kein Rechner. Die losen Kabel verraten, dass hier mehrere Rechner oder Notebooks gestanden haben müssen. Die Polizei hat alle einkassiert.

In die Toilette wirft Frigga auch noch einen schnellen Blick. Erstaunlich sauber und so übersichtlich, dass es keinen Bereich gibt, den man durchsuchen kann. Aus der Küche hört sie ein Geräusch. Durch die Glasscheibe der Tür sieht sie Müll.

„Der lebt ja fast nur von Chips und Pizza", murmelt sie. „Ach nee, Eistee mag der Herr auch."

Da will sie nicht hinein. Da könnten Ratten oder Kakerlaken sein. Das Geräusch aber klingt anders. Sie drückt die Tür auf.

Ein paar Verpackungen schiebt sie damit beiseite. Das Geräusch bleibt. Der Kühlschrank? Frigga traut ihren Augen kaum. Ein riesiger Klotz mit zwei übereinanderliegenden Türen. In die obere ist ein Monitor eingelassen. Screenfridge liest Frigga. Von Electrolux. Ihr stockt der Atem. Wie ist er denn an den geraten?

Es muss im Jahr 2000 gewesen sein, da präsentierte diese Firma diesen Kühlschrank als Neuheit, baute aber nur fünfzig davon und stellte sie ausgewählten Testpersonen zur Verfügung. In Serie ist der nie gegangen. In der Fakultät für Physik damals träumten ihre Kommilitonen davon, so ein Ding zu Hause zu haben. Es war bestimmt der erste netzfähige Kühlschrank weltweit. Man kann über das Touch Display ins Internet gelangen, man kann E-Mails bekommen und auch schreiben, man kann Rechnungen bezahlen und sogar Fernsehen gucken. Eine absolute Rarität. Für solch einen Schrank hätten manche von denen getötet, denkt Frigga. Und jetzt macht er schon wieder ein Geräusch. Nicht das eines Kühlschrankes, nein, das Geräusch zeigt den Erhalt einer E-Mail an!

Sie kommt von Sally, und sie beschwert sich bei Andi darüber, dass er sich nicht meldet. Frigga tippt auf den Bildschirm. Das Menü springt auf. Da sind noch mehr E-Mails. Wenn Frigga den zeitlichen Verlauf abgleicht, dann hat Andi die Mordnacht vor diesem Monster verbracht. Sally war natürlich beeindruckt, dass sie mit einem Typ über einen Kühlschrank kommunizierte, und Andi muss das sehr genossen haben. Er hat ihren Namen mit einem Edding auf den Schrank geschrieben und dazu die Kritzelzeichnung eines Mädchen mit zwei Zöpfen angefertigt. Dann noch ein paar obszöne Zeichnungen, die besser auf eine Herrentoilette passen und auch älter sein konnten, und dann eine Telefonnummer.

Frigga wählt sie kurzerhand, aber sie ist nicht freigeschaltet.

Wenn der hier einen Mord verübt hat, dann den am guten Geschmack, denkt Frigga. Die Polizei hat den Kühlschrank vielleicht eines Blickes gewürdigt, aber nichts damit anzufangen gewusst. Aber er ist der Beweis dafür, dass Andi unschuldig ist. Er brach den Chat mit ihr erst gegen vier Uhr morgens ab. Sally war müde, sie wollten sich aber später wieder treffen, virtuell natürlich. Eventuell aber auch auf der Convention.

Frigga kehrt ins Wohnzimmer zurück und sieht gerade noch, wie Martin etwas in seiner Hosentasche verschwinden lässt. Sie will ihn schon darauf ansprechen, als sich eine Schildkröte in ihr Blickfeld schiebt. Es ist eine Landschildkröte. Sie ist etwa dreißig Zentimeter lang und gerade dabei, unter das Sofa zu kriechen.

„Da ist ja eine Schildkröte!", ruft sie, aber Martin scheint das nicht zu wundern. Natürlich weiß er von ihr, denkt Frigga. Wenn er mit Andi zu tun hat, dann weiß er von ihr. Er hätte mich doch warnen können. Am Ende wäre ich noch auf sie getreten. Wie unangenehm! Aber es muss doch jetzt, wo Andi weg ist, jemand für sie sorgen. Wenn Andi nicht so bald zurückkommt, dann wird sie verhungern. Schildkröten verhungern nicht so schnell! Aber sie könnte verdursten. Auch das tun sie nicht so schnell. Sie ist versucht, dem Tier etwas unter das Sofa zu stellen. Ach was! Andi wird freikommen. Sie muss Scheibelhud nur einen Hinweis auf die Schildkröte geben. Den Kühlschrank wird er dann schon selbst finden.

„Und, Martin? Wie sieht es aus?"

„Ach, er hatte noch einen Hefter von mir", sagt er und klopfte auf seine Hosentasche.

„Nein, ich meine wegen der Tür."

„Schlecht. Er hat wohl mal probiert, einen Schlüssel anzufertigen, aber die Ergebnisse waren niederschmetternd."

„Niederschmetternd?"

„So steht es hier. NIEDERSCHMETTERND! War wohl nicht so sein Ding. Wenn das Schloss über ein Display oder einen Rechner funktionieren würde, dann wäre er dort oben ein- und ausgegangen."

„Verstehe. Wir sollten hier abhauen."

Martin stellt alles wieder an seinen Ort. Dann verschließen sie die Wohnungstür. Der abgelöste Siegelstreifen klebt nicht mehr, aber Martin klebt einen neuen und identischen exakt über die Position des alten. Mit einem dünnen Filzstift kopiert er Datum und Unterschrift vom alten auf den neuen Streifen. Frigga kann nur staunen.

„Ein Kumpel hat mir mal einen ganzen Haufen von solch einem Zeug zur Aufbewahrung übergeben und nie wieder abgeholt", erklärt er das. „Keine Ahnung, wo der jetzt ist. Wahrscheinlich im Knast ... oder tot. Da fällt mir ein, dass der Vater von dem Typ Schlosser ist. Ich gehe mal davon aus, dass du bisher keinen gefunden hast, der das Schloss vom Dachgeschoss knacken kann, oder?"

Frigga schüttelte den Kopf.

„Ich habe noch keinen gefragt, aber Karadasch hat uns auch wenig Hoffnung gemacht."

„Da muss man sehr, sehr geschickt sein, und der alte Kerl ist so was wie ein Schlossflüsterer."

„Wo finde ich den denn?", fragt Frigga.

Als ihr Martin den Weg dorthin beschreibt, wird ihr klar, dass die Schlosserei Damczik in der Gegend im Süden Altenessens liegt, in der sie aufgewachsen ist.

17.

Frigga braucht nur ein Kurzstreckenticket für die wenigen U-Bahn-Stationen, und schon erreicht sie altvertrautes Terrain. Immer mal wieder ist sie hergekommen, aber seit dem letzten Mal sind bestimmt drei Jahre vergangen, denn wenn sie in Essen ist, dann besucht sie eigentlich nur noch Viktoria. Ein alter Schlossknacker soll also hier leben. Vielleicht die letzte Möglichkeit, die Dachgeschosstür zu öffnen, nachdem alle anderen wie in einem schwarzen Loch verschwunden sind.

Die Rolltreppe hebt sie aus dem U-Bahn-Schacht an die Oberfläche. Hier im Süden Altenessens haben sich wegen der nahen Universität auch Studenten eingenistet. Direkt am U-Bahn-Schacht liegt die Sparkasse. Der Kasse gegenüber steht eine Apotheke auf der Ecke, und daneben eine zweite, viel kleinere und ältere. Nein, die kleinere und ältere ist jetzt nicht mehr da. Das Fenster war einmal mit alten Zeitungen abgeklebt. Jetzt lappen sie teilweise herunter, weil die Klebestreifen nicht mehr halten. Seit fast eineinhalb Jahren hängt ein inzwischen verblichener, handgeschriebener Zettel im Fenster, mit dem ein Nachfolger oder Käufer gesucht wird.

Neben der alten Apotheke gibt es jetzt auch keinen Griechen mehr, sondern dort hat sich eine Shisha-Lounge eingerichtet. Der Laden mit Autozubehör ist inzwischen durch einen China-Supermarkt ersetzt worden. Reichlich viel Veränderung in den paar Jahren, denkt Frigga.

Der Grieche auf der anderen Seite der Kreuzung verkauft jetzt auch Pizza, aber der Edeka weiter stadtauswärts ist genauso verschwunden wie die Kneipe und die Postfiliale. Ein riesiger China-Imbiss hat sich die gesamte Zeile einverleibt. Postangelegenheiten kann man jetzt im ehemaligen Klimbimladen gegenüber vom Griechen erledigen. Der kleine Inder mit seiner kleinen Frau, die aber dennoch etwas größer als der kleine Inder ist, hat inzwischen den ehemaligen Laden voller Klimbim übernommen und anstelle des Klimbims Zeitungen, Zigaretten, Snacks und Alkohol in die Regale gestellt. Der hat sich gemacht, denkt Frigga. Sie erinnert sich noch daran, wie er in einer Art Hauseingang sein winziges Geschäft betrieb. Es gibt auch keinen Bäcker mehr, und der Schreibwarenladen mit Lottoannahme sucht einen Nachfolger. Die Entkernung des Ladens begann vor einigen Tagen. Ein Spaßvogel hat „Ohne Bier arbeitet fast gar keiner mehr. Ruft nach Stauder!" auf einen Zettel geschrieben und von außen an die Tür geklebt. Frigga kommt in den Sinn, dass die Anfangsbuchstaben der einzelnen Worte eine Eselsbrücke für Sternenklassifikationen sind. O-Sterne sind danach blau, S-Sterne sind rot. Seltsam, seltsam. In der Tankstelle sieht sie nicht mehr Harald stehen sondern eine ehemalige Mitarbeiterin des Schreibwarenladens.

Frigga überquert die Straßenkreuzung. Hier gibt es noch den türkischen Supermarkt. Erst sieht es so aus,

als sei auch dort bereits eine Entkernung vorgenommen worden, aber die Arbeiter bauen nur um. In zwei
Wochen soll Neueröffnung sein.

Sie geht zurück zur U-Bahn-Station, dann die Straße
entlang und steht schließlich vor dem Haus, in dem sie
einst wohnten. Sie hat es heller und mit weniger ver-
hängten Fenstern in Erinnerung. Damals spielten hier
auch Kinder.

Das eiserne Gatter am Ende der Stichstraße ist noch
da. Es soll verhindern, dass jemand von der Hauptstraße über das Gelände der Tankstelle in die Straße gelangen kann. Frigga hatte das nicht aufgehalten. Wenn sie
es eilig hatte, und damals hatte sie es immer eilig, klet-
terte sie über dieses Gatter. Dafür bekam sie es regelmäßig mit einem alten Mann zu tun. An seinen
Namen erinnert Frigga sich nicht mehr, aber sie weiß
noch, hinter welcher Gardine er lauerte. Später dann
bekam sie noch einmal Ärger, weil der Alte sie bei
Papa verpetzt hatte.

Das Gatter ist Frigga aber auch in Erinnerung geblieben, weil gelegentlich eines der älteren Mädchen selbst-
gemachten Saft davor verkaufte. Friggas kleiner Bruder
Theodor war ganz versessen auf diesen Saft. Wann
immer etwas von seinem Taschengeld übrigblieb, gab
er es für Saft aus. Bei ihm hieß das Mädchen nur die
Saft-Sandra. Frigga mochte Saft-Sandra nicht. Die hatte
so einen seltsamen Tick, wenn sie aufgeregt war. Dann
fuhr sie sich nämlich mit ihrer Zunge mehrmals
schnell zwischen ihren zusammengepressten Lippen
hin und her. Dabei riss sie die Augenbrauen hoch.
Wenn ihr die kleinen Rangen ihre vom Munde abge-

sparten, warmen und nicht selten klebrigen Münzen zuschoben, war sie auch aufgeregt und passte genau auf, dass auch keine verschwitzte Münze zu wenig in ihrer Hand ankam. Später fand Frigga heraus, dass Saft-Sandra einfach ein paar Tetrapacks aus dem Laden einkaufte und dann mit Wasser streckte. Ihren Handel konnte sie nach dieser Entdeckung schließen.

Der alte Schlosser Damczik hat seinen Laden eine Querstraße weiter. Frigga kann sich nicht an ihn erinnern, aber der Laden liegt auch in einem Innenhof, und man muss durch eine Toreinfahrt, wenn man ihn betreten will. In Friggas Erinnerung ist diese Toreinfahrt immer geschlossen gewesen.

Damczik ist ein großer, dicker Kerl. Der graue Arbeitskittel spannt sich um die schwarzen Plastikknöpfe vor seinem Bauch. Er trägt einen Cordhut, sitzt auf einer Bank vor seinem Laden und raucht eine Zigarre.

„Ah, Kundschaft!", ruft er, als Frigga den Hof betritt. Er lüftet den Cordhut.

„Das wird sich zeigen", sagt Frigga.

„Alles, was aus Eisen ist, kann ich Ihnen bauen", sagt Damczik und schickt eine hellblaue Wolke in den Himmel.

„Es geht weniger um etwas, was gebaut werden soll, sondern um etwas, was geöffnet werden muss", sagt Frigga.

Damczik zieht die Augenbrauen hoch.

„Dann brauchen Sie wohl eher einen Schlüsseldienst. Davon stehen tausendundeiner in den geben Seiten."

„Ich hörte, dass Sie da besondere Fähigkeiten haben", sagt Frigga.

„Wer sagt so was?", fragt Damczik. „Ach, ich will es gar nicht wissen. Man hat Sie da jedenfalls falsch informiert."

Er dreht im Aschenbecher ein wenig Asche von der Spitze der Zigarre ab. Der Zeigefinger seiner linken Hand ist zwei Glieder kürzer.

„Man sagt, Sie seien ein Schlossflüsterer", meint Frigga.

„So, sagt man das?"

Frigga nickt.

„Aber vielleicht sind Sie es ja auch nicht. Bei dem Handicap ..."

Sie zeigt auf seine Hand.

„Sie glauben wohl, Sie könnten mich hier in Versuchung führen, ihnen was zu beweisen, wie?"

„Könnte ich?"

„Wenn ich viel jünger wäre, dann vielleicht."

„Oder wenn ich ein RESO-Zylinder mit Sicherheitsbeschlag wäre?"

Ein leichtes Lächeln spielt um Damcziks Mund.

„2000 Gamma?"

„Kann sein."

„Fabrikneu?"

„Nicht viel älter."

„Bin etwas aus der Übung. Ich brauche sowieso die genaue Bezeichnung, und dann fehlen mir bestimmt die passenden Werkzeuge."

„Aber Sie können alles bauen, was aus Eisen ist."

Damczik lächelt breit.

„Vor Übermorgen früh wird daraus nichts. Und versprechen tue ich auch nichts. Und es wird nicht nur ein wenig kosten, es wird auch eine Weile dauern."

„Mehr kann ich nicht verlangen", sagt Frigga.

Zu Hause findet sie Viktoria zusammengesunken auf der Couch sitzend. Eine beklemmende Stille umgibt sie.

„Was ist los?", fragt Frigga.

„Andi Woitek hat sich erhängt", flüstert Viktoria.

„Nein!", ruft Frigga.

„Ich habe es gerade bei Brauckmann an der Bude erfahren", sagt Viktoria.

„Wann ist das passiert", will Frigga wissen.

„Irgendwann heute Morgen auf der Wache in der Zelle", sagt Viktoria.

„Aber wie hat er ..."

„Er trägt doch diese Seidenhosen. Die haben sogar extra verstärkte Nähte, damit sie lange ..."

Viktoria bricht die Stimme weg. Dann sammelt sie sich.

„Die soll er wohl genommen haben. Groß genug sind die Hosen ja", fährt sie fort.

„Warum nur?", murmelt Frigga.

Eine Weile starren sie beide vor sich hin. Vor Friggas innerem Auge sieht sie Andi in einem seiner schwarzen T-Shirts vor dem Rechner Befehle brüllen, im Hintergrund plappert der Kühlschrank, die Zigarette qualmt zwischen seinen Fingern, und die Schildkröte frisst sich durch einen Haufen Salat.

„Vielleicht hat er den alten Bause ja wirklich auf dem Gewissen, und die Schuld hat ihn dazu getrieben", meint Viktoria.

„Andi hat Bause nicht umgebracht", sagt Frigga. „Er kann es gar nicht gewesen sein."

Viktoria setzt sich gerade.

„Vielleicht war Andi vom Internet abhängig."

„Das glaubst du doch selbst nicht."

„Ich habe mal in einer Sendung gesehen, wie welche eine Woche auf ihr Handy verzichtet haben. Einige davon sind durchgedreht, obwohl die sich freiwillig für das Experiment zur Verfügung gestellt haben. Andi hätte sich niemals freiwillig an sowas beteiligt. Da wäre er lieber gestorben."

Sie presst ihre Hand vor den Mund und starrt Frigga mit weit aufgerissenen Augen an.

„Du magst ja Recht habe, aber mir erscheint das doch etwas zu dünn. Immerhin hatte er sich wohl kurz zuvor in eine Sally verliebt."

„Da hast du es! Eine Chatbekanntschaft! Wenn er denken musste, aus der Sache nicht mehr herauszukommen, weil ihm eine langjährige Haftstrafe droht, und dass er sein Mädchen niemals kennen lernen wird, da kann er doch zusammengebrochen sein? Solche Typen sind am Ende sensibler als man denkt", meint Viktoria. „Und mal ehrlich, wie viele Chancen, eine Frau kennenzulernen, wird es wohl in seinem Leben gegeben haben?"

„Das ist allerdings denkbar. Der arme Kerl", meint Frigga. „Hast du schon was gegessen?"

Viktoria schüttelt den Kopf.

„Wenn du willst, dann mach ich uns Westfälischen Pickert."

Viktorias Augen glänzen.

„Du meinst diesen Kartoffelpfannkuchen? Ich hab zwar keine Rosinen, aber ich kann schnell welche holen gehn", schlägt sie vor und ist schon bei der Tür. „Kannst ja schon mal die Kartoffeln reiben."

„Dann bring auch Leberwurst mit", sagt Frigga.

Weil der Teig des Pickerts für zwei Stunden gehen muss, bevor man ihn braten kann, steigt Frigga erneut die Treppe zum Dachgeschoss empor. Sie hat Damczik versprochen, den genauen Typ des Zylinders in Erfahrung zu bringen.

Sie kniet sich vor die Tür und leuchtet mit ihrer Handylampe das Schloss ab. Es wird ihr wieder bewusst, dass das Teleskop nur wenige Meter von ihr entfernt steht. Zum Greifen nahe und doch unerreichbar, als wolle es Frigga verhöhnen. Dabei hat sie doch nur vorgehabt, bei gutem Wetter ein paar Untersuchungen vorzunehmen. Sie wollte die paar Tage in Essen nutzen. Heute wäre sogar klarer Nachthimmel. Die Ausrichtung stimmt, um sich zumindest noch einmal aller Funktionen zu vergewissern und dabei ein wenig die Venus zu beobachten und zu dokumentieren. Selbst hier in Essen. Sicher, in Bielefeld ist der Himmel natürlich bedeutend klarer. Vor allem über Sennestadt. Aber da die Großindustrie im Revier fast völlig verschwunden ist, ist die Luft inzwischen sauber genug. Und die paar Tage in Essen sollten ja auch nur der Überprüfung und Korrektur der Einstellungen an diesem eigentlich handelsüblichen Teleskop dienen. Frigga hat lange getüftelt, damit es das leistet, was für gewöhnlich von weit teureren Geräten zu erwarten ist.

Damit hat sie im Forum geprahlt, aber es wurde ihr nicht geglaubt. Sie hat Bilder gepostet, aber die hielt man für einen Fake. Dann näherte sich der Termin der Tagung in Northumberland. Frigga kündigte an, dass sie mit ihrem Umbau dort auftauchen und alle Lügen strafen könne. Es hagelte Häme, einige zeichneten Karikaturen von Frigga und ihrem Rohr. Böse und unverschämte Bildchen. Aber sie hatten sie eingeladen. Die erste Frau, die dort auftauchen durfte. Ein paar von ihnen wollten sich erst nach ihrer Demonstration festlegen, ob die eingebauten Erweiterungen etwas taugten, aber Frigga hatte in anderen Posts gelesen, dass sie sich eigentlich doch bereits entschieden hatten. Frigga, eine Frau, die täglich Taxi fuhr, sollte aus einem Billigprodukt etwas Hochwertiges geschaffen haben? Aber Frigga will ihnen ihres zeigen. Es steht für so viel mehr, als diese Kerle sich vorstellen können. Sie ist zwar überzeugt von dem, was sie gebaut hat, aber sie muss es eben auch demonstrieren können. Es nützt ihr nichts, wenn es hinter dieser verdammten Tür gefangen steht. Sollte sie es überhaupt daraus befreien können, dann wäre sie zwar beruhigt, aber beruhigter wäre sie, wenn sie es zuvor noch einmal testen könnte. Sollte etwas fehlerhaft funktionieren, dann könnte sie es hier viel leichter reparieren. Wenn aber alles schief liefe, dann wäre es auch schade um das Geld, denn die Reise ist nicht für nur neunzehn Euro neunzig zu haben. Dafür wollen zu wenige in die Region. Ein ganzes Jahr hat sie darauf gespart. Für die Reiserücktrittsversicherung hat es nicht mehr gereicht. Sie muss also fliegen. Notfalls auch ohne Teleskop, aber dann würde sie nicht zur Tagung gehen. Dort setzte sie sich nur dem Spott aus. Dann erkundete sie eben nur die Gegend und bliebe unsichtbar.

Nein! Das kommt nicht in Frage! Nicht einmal daran denken will sie im Moment. Es muss klappen. Die Tür muss geöffnet werden! Und da hier im Hause niemand mehr helfen kann, muss Damczik es schaffen. RESO 4000S Gamma kann sie lesen.

„Du hast tatsächlich jemanden gefunden, der dir die Tür aufmachen kann?", fragt Viktoria bei ihrer Rückkehr.

„Er kann erst übermorgen, und er gibt keine Garantie."

Sie wählt Damcziks Nummer und gibt die Information durch. Der will sich an die Herstellung des Werkzeugs machen.

„Hört sich aber gut an", meint Viktoria.

„Ich werde trotzdem für alle Fälle Plan B in der Zwischenzeit verfolgen", sagt Frigga. „Ich weiß, dass Andi den Grafen nicht umgebracht haben kann, weil er mit einem Life-Chat beschäftigt war. Außerdem hat Hermine von einer sich schnell bewegenden Gestalt gesprochen. Andi ist zu solchen Bewegungen überhaupt nicht fähig. Das wird die Polizei auch bald herausbekommen. Dann wird sie daraus schließen, dass jemand anderes den Bause ermordet hat. Sie müssen alle Indizien neu prüfen und bewerten. Das dauert. Solange die aber prüfen und bewerten, können die mir nicht den Dachgeschossschlüssel vom Bause geben. Das ist aber nach wie vor der einzige, der im Moment verfügbar ist. Mir rennt die Zeit davon."

„Und was willst du also tun?", fragt Viktoria langsam.

„Ich muss selbst ein paar Nachforschungen anstellen!"

„Na endlich!", ruft Viktoria.

„Durch die Gegend rennen und die Leute fragen, was sie gesehen haben, kann ich auch."

„Aber das hat Scheibelhud doch schon gemacht."

„Ja, aber werden die Leute ihm auch alles erzählen? Der Polizei? Hier? Wohl kaum."

Frigga blickt versonnen zum Fenster.

„Ich wohne hier nur für kurze Zeit, ich bin deine Freundin, dich mögen sie hier, und mich mögen sie darum wahrscheinlich auch. Außerdem ..."

„... außerdem ..."

„... außerdem kann ich gut zuhören. Ich fahre Taxi."

„Als ob Taxifahrer gut zuhören!", ruft Viktoria. „Bis auf die Adresse und wie viel Trinkgeld ich geben will, hat sich noch nie einer gemerkt, was ich ihm gesagt habe."

„Dann waren es schlechte Leute. Ein guter Taxifahrer sollte sich möglichst alles merken, was der Gast erzählt. Man weiß nie, wozu man es mal brauchen kann."

Frigga lehnt sich zurück.

„Wenn ich es mir recht überlege, dann habe ich sogar schon das eine oder andere erfahren, während ich nach dem Schlüssel gesucht habe. Es ist alles hier drin."

Sie tippt sich an die Schläfe.

„Aber du hast doch noch nicht einmal Akteneinsicht, und die wirst du auch nicht bekommen", wirft Viktoria ein.

„Hey, die Polizei hat ihre Methode, und ich werde meine eigene entwickeln. Die Frigga-Methode!"

Der Gedanke daran gefällt ihr so sehr, dass sie jetzt aufsteht und sich an das Fenster stellt. Sie blickt auf die Straße hinunter.

„Da liegt es, das Unbekannte, das Geheimnisvolle. Die Stadt hat einen neuen Sheriff, und er ist gnadenlos, gwieft und voller Überraschungen."

„Red′ du mal", lacht Viktoria. „Am Ende bekommst du noch eine Belohnung!"

Frigga fährt herum.

„Und wieso nicht?", ruft sie. „Irgendwer hat den Grafen umgebracht, und dieser Irgendwer hat dafür gesorgt, dass sich Andi aufgehängt hat. Jemand muss ihm das Handwerk legen. Jemand muss für Gerechtigkeit sorgen. Hier muss jemand seine Pflicht tun!"

Sie stampft mit dem Fuß auf.

„Du klingst, als wärest du betrunken, Frigga", lacht Viktoria.

„Das mag sein, aber darum ist es noch lange nicht weniger wahr. Ich, Frigga Lendel ..."

„... aus Bielefeld ..."

„... aus Altenessen-Süd werde der Gerechtigkeit Genüge tun. Ich werde dem Bösen die Fratzenmaske herunterreißen und sie vor aller Welt zur Schau stellen."

Mit großen Schritten durchmisst sie das Zimmer.

„Auf dass die Kinder und Frauen wieder ruhig schlafen können und jeder wieder in Frieden leben kann. Das, meine sehr verehrten Damen und Herren, habe ich mir auf die Fahne geschrieben, und ich werde nicht eher ruhen, als bis eben dieser Friede wieder in die Hütten eingezogen ist. Wenn auch Sie ein kleines Hündchen haben, wenn auch Sie voller Stolz auf ihren Gartenzaun sind, wenn auch Sie wieder eine Gurke ohne Sauerei essen wollen, dann denken Sie am Sonntag daran, Ihr Kreuz an der richtigen Stelle zu machen!"

Sie fällt erschöpft und seltsam glücklich in den Sessel. Viktoria klatscht in die Hände.

„Bravo, bravo, Frau Physikerin! Meine Stimme hast du! Aber was ist mit deiner Mutter? Wolltest du es nicht vermeiden, sie in Sorgen zu versetzen?"

Frigga fasst Viktoria scharf ins Auge.

„Mütter haben immer irgendwelche Sorgen. Hier ruft das Schicksal, und das ist weit größer als die Sorgen meiner Mutter. Alles hat sich bis zu diesem Punkt verdichtet. Eine Singularität ist entstanden, aus der ein neues Universum erwachsen kann. Die Heldin ist nicht aufzuhalten, und darum werde ich gleich morgen anfangen. Ich kann doch auf deine Hilfe zählen, wenn ich sie brauche, oder?"

Viktorias Lächeln gefriert.

„Du hast das am Ende doch nicht ernst gemeint."

„Warte nur ab. Der Mörder soll sich warm anziehen. Ab jetzt lebt er selbst gefährlich!"

Sie reibt sich die Hände.

„So, und jetzt geht es ans Pickertbraten."

18.

Am nächsten Morgen hockt Frigga auf der Kante des Sofas und wünscht sich die Zuversicht von gestern Abend zurück. Gestern Abend hatte die Euphorie das Heft in die Hand genommen und aus ihr eine Marionette gemacht. Sie hatte wie in fremden Zungen gesprochen, sie hatte sich ein Versprechen gegeben. Das kann sie gar nicht einlösen. Denn wer ist sie schon? Eine Studienabbrecherin, die mit Taxifahren ihr Geld verdient. Wenn Onkel Horst richtig liegt, dann steckt zwar in ihr genügend Potential, um alles Mögliche zu erreichen. Aber eine Mordermittlung?

Ach was, denkt sie. Mach dich nicht selber klein. Eine heiße Dusche und ein Frühstück später wird die Sache schon wieder viel besser aussehen. Ich muss nur einmal scharf nachdenken und nach einem Packende suchen. Vielleicht sollte ich einfach mal zusammenstellen, was ich über den Fall überhaupt weiß.

„Na? Ausgeschlafen?", fragt Viktoria.

„Geht so."

„Angst vor dem eigenen Mut?"

„Lass es gut sein", knurrt Frigga.

„Kann das ekelige Ding, das Symbol unser aller Dasein, das dich an die Willkür des Staatsapparates erinnert, endlich weg?", fragt Viktoria und hebt die Zeitung mit dem toten Insekt darauf an.

„Was?"

„Das Vieh hier! Kann das weg, oder ist das inzwischen Kunst?"

Frigga lächelt. Schon die Zeitung in der Hand zu halten muss Viktoria einiges an Überwindung kosten. Inzwischen ist das Tier getrocknet, und eine kleine Neigung der Zeitungsunterlage kann dafür sorgen, dass es Viktoria direkt in die Hand rollt. Nicht auszudenken, wie sie dann durch die Wohnung springt. Bestimmt geht sie dann wieder duschen.

„Lass mich noch einmal einen Blick darauf werfen. Will mal sehen, ob es dazu taugt, dass ich mich an was erinnere. Und dann werfe ich es selbst weg."

Viktoria legt ihr das Tier mit Zeitung auf den Couchtisch und verschwindet in der Küche. Ja, das erinnert Frigga an ihr Abenteuer im weißen Gummi-Overall. Sehr viel mehr, als dass das Tier beschädigt ist, kann Frigga nicht erkennen. Ein Flügel ist zur Hälfte abgebrochen.

„Du hast doch da diese Lupe", sagt Frigga, als Viktoria wieder im Raum erscheint.

„Ich habe keine Lupe, ich habe ein Stereomikroskop", korrigiert Viktoria. Sie holt es aus dem Regal und stellt es Frigga hin. „Aber sei vorsichtig. Wenn du das Tier damit anschaust, dann mach dich auf was gefasst. Die Viecher sehen darunter aus wie Monster. Ich habe mir mal einen Marienkäfer angeschaut, und seitdem lasse ich die Finger davon. Zumindest wenn es um Insekten geht. Gräser dagegen sind einfach nur bizarr."

Frigga legt den Falter auf den Objekttisch. Vorsichtig nähert sie sich den beiden Okularen. Sie kann schon erahnen, was sie erwarten wird, wenn sie richtig hindurchsehen kann. Und tatsächlich: ein Berg aus Pelz und Farben.

Der Falter ist zirka vier Zentimeter lang, rötlich braun mit dunkleren Querlinien und vormals zwei deutlich sichtbaren gelben Punkten im hinteren Flügelbereich. Einer dieser Flügelbereiche fehlt.

Nicht übel, was ich da eingesammelt habe, denkt Frigga. Ob das eine seltene Art ist? Wahrscheinlich nicht, denn wie soll die in den Hausflur geraten? Sie wird ja nicht aus Martins Sammlung entkommen sein, nachdem sie sich die Stecknadel aus dem Leib gezogen, ein Loch durch den Rahmen gebohrt und sich dann bis unter die Eingangsschwelle vor Bauses Wohnung geschleppt hat. Trotzdem will sie sicher gehen. Die Wahrheit steht auf dem Spiel, also will sie nicht schon zu Beginn anfangen zu schludern. Sie will ihr Handy benutzen, aber die Verwendung der Lampe gestern an der Sicherheitstür hat den Akku geleert. Sie hängt das Gerät sofort an das Ladekabel.

„Viktoria, gib doch mal Nachtfalter in Deutschland in dein Handy ein.“

Falter über Falter lassen sich dort finden.

„Das ist er!“, ruft Frigga. „Eine Satelliten-Wintereule. Genau so ein Falter lag vor Bauses Tür …“

„… und jetzt liegt er auf meinem Couchtisch. Ich hoffe, dass du damit zufrieden bist. Ein stinknormaler Nachtfalter, der überall vorkommt. Siehst du, hier steht es: Ein stinknormaler Nachtfalter, der überall vorkommt.“

„Wer schreibt denn solche Artikel?“, fragt Frigga, ist aber beruhigt, als er sich als Beitrag aus einem Fan-

Forum entpuppt. Ein anderer Schreiber geht vor allem genüsslich darauf ein, dass die Raupen dieser Tiere als Mordraupen bezeichnet werden, denn sie fallen über Raupen anderer Arten her.

„Wenn das mal kein Zeichen ist", meint Viktoria.

Das Tier stammt sicher nicht aus Martins Sammlung, denkt Frigga. Sie schenkt ihm noch einen letzten Blick, stutzt und sieht genauer hin. Sie hebt die Zeitung an, lässt den Falter auf den Tisch rollen, überhört das „Iiihh!" von Viktoria, behält die Zeitung aber fest im Blick.

„Was ist los?", fragt Viktoria.

„Ich glaube ...", beginnt Frigga und liest weiter.

„Ja, was glaubst du?"

„Wir brauchen ..."

„Was? Was brauchen wir?"

Frigga lässt die Zeitung sinken.

„Hast du ein leeres Marmeladenglas oder etwas Ähnliches?"

Viktoria denkt nach.

„Ich habe ein paar leere Kosmetikprobendosen. Die habe ich aufbewahrt, weil sie so schön aussehen. Ich habe sie vollständig geleert und auch noch ausgeputzt."

„Sind sie durchsichtig?"

„Die eine oder andere schon."

„Das ist perfekt! In so eine kommt unser kleiner Freund hinein."

„Frigga, ich bitte dich!"

„Keine Widerrede! Du wolltest mir helfen, also halte dich auch daran. Wir bewahren dieses Tierchen darin auf, und ich werde mich mal im Kaiser-Wilhelm-Park umsehen. Fährst du mich hin?"

„Wir kommen mit der U-Bahn bis direkt dorthin. Ach was, wir könnten sogar hinlaufen."

„Umso besser. Ich will nur noch ein wenig warten, bis mein Handy wieder etwas Saft hat."

Der Park liegt inmitten eines Wohngebietes in einer Mulde. Er ist für gewöhnlich recht überschaubar, aber das feine Gleichgewicht aus Temperatur, Luftfeuchtigkeit und Windstärke hat sich zugunsten einer Kondensation kleinster Wassertröpfchen verschoben. Daran wird der mäßig große Teich seinen Beitrag geleistet haben, denkt Frigga. Sie kann vielleicht hundert Meter weit über eine Wiese blicken. Alles über diese Distanz hinaus wird zum Schemen im Nebel. Das Geräusch des fernen Straßenverkehrs oder auch nur das Singen der Rabenkrähen dringt gedämpft an ihre Ohren und ist auch nicht klar ortbar. Der Gang durch diese Welt in Watte führt die beiden Frauen an einer fast fünf Meter hohen Skulptur, einem Pavillon mit dem Bildnis des Linkin Park Sängers Chester Bennington und einer Statue aus Bergarbeiter und Hüttenarbeiter vorbei. Hundebesitzer tauchen unvermittelt vor ihnen auf und verschwinden hinter ihnen wieder, als wären sie nie da gewesen. Sie sind wie so viele merkwürdigen Hinweise in diesem Fall, denkt Frigga. Sie zeigen sich, aber versinken in Bedeutungslosigkeit.

Sie gelangen in einen Bereich mit dichter beieinander stehenden Bäumen. Von den Ästen hängen rote Streifenfetzen zu hunderten herab. Ein grausiges Lametta. Frigga kommt augenblicklich das Bild eines Indianerfriedhofes in den Sinn, wie sie ihn einmal in einem

Spielfilm gesehen hat. Es stinkt so penetrant nach Wein, dass Frigga der erste Abend bei Viktoria wieder einfällt.

„Warum sind wir jetzt hier?", fragt Viktoria. Frigga hört das leichte Beben in ihrer Stimme und weiß, dass es ihrer Freundin nicht geheuer ist.

„Ich hoffe, dass wir hier eine Spur zu Bauses und Andis Mörder finden werden", sagt sie.

Der Zeitungsartikel hat sie darauf gebracht. Nur gut, dass Viktoria ihn nicht längst entsorgt hat. Frigga kennt niemanden, der dieses Lokalblättchen liest. Auch Viktoria ist keine Leserin davon. Aber es wird Woche für Woche in den Hausflur gelegt, und taugt dazu, um nasse Schuhe damit auszustopfen. Darum hat Viktoria immer eine in Petto.

Der Falter, den sie vor Bauses Tür aufgewischt hatte, lag auf einem Bericht über einen Forscher. Der versucht die Anzahl unterschiedlicher Nachtfalterarten zu ermitteln. Dazu kocht er Mehl und Zucker in Wein, tränkt Stofffetzen damit und hängt diese an die Bäume. Der Geruch des Weines lockt die Tiere an. Sie haben eine so ungeheuer sensible Sensorik, dass der Forscher davon ausgeht, dass inzwischen kein Nachtfalter mehr außerhalb des Parks auf dem Stadtgebiet zu finden sein dürfte. Die Falter saugen den Zucker und werden gezählt.

„Wenn aber einer dieser Falter in eurem Haus auf dem Boden gelegen hat, dann ist er von hier in euer Haus getragen worden", schließt Frigga. „Ich will mich jetzt nur vergewissern, dass ich mit meiner Vermutung richtig liege. Vielleicht finden wir ja sogar diesen Wissenschaftler."

Viktoria schaut sich um.

„Es wird ja dann wohl der da sein?", sagt sie und weist auf einen großen Mann. Er macht sich unter den Bäumen an einem der Fetzen zu schaffen. In seiner kakifarbener Kleidung ist er im Nebel kaum zu erkennen.

„Hallo, Sie!", ruft Frigga und winkt ihm zu. „Sind Sie Dr. Hangebrauck?"

Der Mann lässt von seiner Tätigkeit ab und kommt langsam auf die beiden Frauen zu. Obwohl er sicher über sechzig ist, hat er sich gut gehalten. Ist bestimmt oft an der frischen Luft, denkt Frigga. Seine Haut ist gebräunt und voll kleiner Fältchen. Er trägt einen grauen Schnauzer und einen Fischerhut.

„Der bin ich. Was kann ich für Sie tun?"

„Dann machen Sie dieses Experiment mit den Faltern, stimmt´s?", fragt Frigga.

Der Mann nickt.

„Wir haben uns gefragt, ob die Falter Schaden nehmen, wenn Sie die mit Wein abfüllen."

Dr. Hangebrauck lächelt.

„Warum sollten die es nicht auch mal etwas gut haben?", entgegnet er. „Gib einem Falter Wein, und er wird glücklich durch die Luft taumeln."

Er lacht schallend.

„Aber Spaß beiseite. Ich koche den Wein ab, und dann ist kein Alkohol mehr darin. Aber er riecht halt ganz verführerisch für diese Tiere. Es muss ein recht teurer Wein sein, damit genug Aroma darin ist. Die Tiere sind da wählerisch. Ich habe das in einer Studie herausgefunden. Wenn es Sie interessiert, dann lasse ich ihnen das Paper zukommen. Sind Sie Studentinnen von mir? Oder von irgendeiner Tierschutzorganisation?"

„Nein, das sind wir nicht, aber wir sind durch den Zeitungsartikel auf dieses Experiment aufmerksam geworden", sagt Frigga.

„Sie können ganz beruhigt sein. Die Zeitungen machen immer ein großes Fass auf, wenn der Artikel, den sie planen, nicht nach Knüller klingt. Ich hätte denen das mit dem Wein nicht erzählen sollen. Jetzt denken wahrscheinlich noch mehr so wie Sie, dass ich hier was Unanständiges tue", erklärt Dr. Hangebrauck.

„Aber es steht ja nichts Falsches in dem Artikel, oder?", fragt Frigga. „Ich meine, gibt es wirklich nur noch hier Falter in Essen?"

„Nun, wir locken jetzt schon etwa zwei Wochen. Inzwischen dürfte es sich unter ihnen herumgesprochen haben, dass es hier etwas zu holen gibt", sagte Dr. Hangebrauck.

„Es sind aber nicht so viele Falter hier", bemerkt Viktoria.

„Das täuscht", erwidert Dr. Hangebrauck, „die haben sich nur zurückgezogen. Aber kommen Sie mal nachts hierher. Da kann man fast die Hand nicht mehr vor Augen sehen, so viele Falter sind dann in der Luft. Es sind schließlich Nachtfalter, was die Sache hinreichend erklärt. Kommen Sie her, ich zeige Sie Ihnen."

Dr. Hangebrauck führt sie zu einem Baum. Dort sitzen dicht bei dicht die Falter auf der Rinde.

„Eigentlich halten die Tiere im Moment ihre Winterruhe", erklärt Dr. Hangebrauck. „Aber da unsere

Winter in der Regel relativ mild sind, wachen sie von Zeit zu Zeit auf und gehen auf die Suche nach beispielsweise faulenden Früchten oder Honigtau. Denn fressen müssen sie auch während ihrer Winterruhe. Genau das mache ich mir zunutze. Haben Sie sonst noch eine Frage? Ich habe noch ein strammes Pensum vor mir."

Er stapft zurück zu seinem Baum und fährt fort, die roten Fetzen zu kontrollieren. Einzelne tauscht er aus.

„Wir werden uns das hier auch zunutze machen", sagt Frigga zu Viktoria.

„Was hast du vor?"

„Ach, Herr Dr. Hangebrauck. Eine Frage hätte ich noch."

Er kehrt noch einmal zu ihnen zurück, und Frigga zeigt ihm ihren Nachtfalter, den Dr. Hangebrauck sofort als eine Satelliten-Wintereule identifiziert.

„Können Sie mir sagen, ob die Falterarten auf das gesamte Areal verstreut sind, oder bevorzugen die einzelnen Arten vielleicht bestimmte Stellen?"

Dr. Hangebrauck zieht die Augenbrauen hoch.

„Eine ausgezeichnete Frage. Die Arten sind zwar über das gesamte Gelände verteilt, aber nicht so statistisch, wie man meinen könnte. Tatsächlich kommen die Satelliten-Wintereulen gehäuft in der Gegend um den Kaiserbrunnen vor. Wahrscheinlich hat sich wegen der Futterpflanzen erst eine dort niedergelassen, dann gesellte sich eine dazu, schließlich kamen noch mehr. Offenbar fühlen sie sich unter ihresgleichen wohler. Es ist zwar noch keine Paarungszeit, aber wenn ich eine Satelliten-Wintereule wäre, dann würde ich mir auch schon jetzt einen Vorteil verschaffen, wenn Sie verstehen, was ich meine."

Er lacht wieder schallend.

Frigga dankt für die Auskunft und macht ein Bild von der Stelle am Wegrand, wo er gestanden hat. Die Stelle ist mit feinem Sand bedeckt.

„Das ist nur zur Sicherheit", erklärt sie Viktoria. „Wir wollen ihn doch von den Spuren, die wir entdecken werden, ausschließen können, oder?"

Der Kaiserbrunnen ist das Denkmal der beiden Arbeiter und liegt unweit von dem kleinen See des Parks direkt an einem Fußweg. Frigga geht einmal drumherum. Dann verschwindet sie dahinter und untersucht dort den Boden. Hier hinter dem Denkmal wächst kein Gras, sondern hier liegt nur trockenes Laub, oder der Boden ist mit einer sehr dünnen und feinen Mulchschicht bedeckt. Unter einem Busch hat jemand mehrere Plastiktüten entsorgt. Vögel oder Füchse haben die Tüten auf der Suche nach Fressbarem zerfleddert und großflächig verteilt. Hier steht auch eine dicke Rotbuche. Der Wind hat sie leicht schief wachsen lassen. Frigga kramt in ihren Taschen und findet einen kurzen Bleistift. Den legt sie vor der Buche auf die Erde und zückt ihr Handy. Das Blitzlicht flammt auf. Dann sucht sie den Baumstamm ab. Hier sitzen oder ruhen Falter. Frigga will sie nicht stören und bewegt sich daher sehr vorsichtig.

„Was suchst du?", fragt Viktoria vom Weg her und verschränkt fröstelnd die Arme vor der Brust.

„Es ist nur ein Versuch, und große Hoffnung habe ich nicht. Im Grunde reicht mir schon das, was wir bisher in Erfahrung gebracht haben aus. Aber noch besser wäre es natürlich ..."

Sie geht ganz dicht an den Baumstamm heran. Dann wirft sie einen intensiven Blick auf das Insekt in ihrem Probenglas. Dann lächelt sie.

„Warte einen Moment hier auf mich", sagt sie zu Viktoria.

Wenig später ist sie wieder zurück. Mit einer Pinzette nimmt sie etwas vom Baumstamm auf und befördert es in das Probenglas.

„Ich bin mir noch nicht ganz sicher, aber ich denke, mit Hilfe deines Binokulars, entschuldige, deines Stereomikroskops werden wir es sein. Komm bitte einmal her."

Viktoria macht die paar Schritte durch das Unterholz, und Frigga schiebt sie bis knapp vor den Baumstamm. Dann drückt sie den Bleistiftstummel in eine Ritze in der Rinde über Viktorias Schulter. Das Blitzlicht flammt noch einmal auf.

„So, das sollte reichen", sagt Frigga. „Wir bringen dem Doktor noch seine Federstahlpinzette zurück und können dann nach Hause gehen."

Zuerst misst Frigga Viktorias Körpergröße. Es folgt eine ungeheure Fummelei. Sie flucht, weil sie mit Viktorias Augenbrauenpinzette nichts anfangen kann. Aber mit einer so weichen aus Federstahl, wie Dr. Hangebrauck sie ihr geliehen hatte, kann Viktoria nicht dienen. Also benutzt Frigga zwei Nadeln, um ihre Vermutung zu untermauern.

Das winzige Bruchstück, das Frigga vom Baum aufgelesen hat, ist ein Flügelstück. Es gelingt ihr, dieses

Bruchstück so abzulegen, dass sie den Flügelrest des Falters direkt daran anlegen kann. Es passt perfekt. Sie macht noch ein Foto davon, und verstaut beides wieder in dem Probendöschen.

Frigga ist sehr zufrieden mit sich, und Viktoria ist so erstaunt, dass sie den Mund gar nicht mehr zubekommt.

„Wie hast du das gemacht?", fragt sie. „Da waren so viele Bäume im Park, und du findest genau das Flügelbruchstück, das zu unserem Falter hier passt. Du bist eine Hexe!"

Frigga lacht.

„So schwer war das nicht, und wenn ich es dir erkläre, wirst du enttäuscht sein. Das ist wie bei Zauberkunststücken. Am besten, man verrät sie nicht."

„Frigga Lendel findet ein fünf Millimeter großes Flügelbruchstück in einem großen, verdammten Park im Nebel! Und nicht irgendein Bruchstück, nein, genau das, was zu unserem Falter passt! Nun sag schon, wie hast du das gemacht?"

„Ich hatte eine Theorie, und die wurde bestätigt."

„Nun hör schon mit deinem Wissenschaftlergequatsche auf. Woher kennst du nur so Namen wie Federstahlpinzette. Du hast doch Physik studiert ..."

„... angefangen zu studieren ..."

„... ja, angefangen zu studieren, aber nicht Biologie!"

„In Bielefeld sind alle Fakultäten unter einem Dach, und darum finden auch alle Parties unter einem Dach statt. Die Biologenparties waren jedoch viel lustiger als die der Physiker. Und da bleibt dann auch was hängen."

Viktoria kneift die Augen zusammen.

„Ja, ich hatte mal was mit einem Biologen."

Viktoria nickt lächelnd.

„Dachte ich es mir doch. Ich lerne auch immer von meinen Beziehungspartnern. Aber nun zurück zu dem hier."

Sie zieht mit dem Finger einen Kreis durch die Luft, der alles, was auf dem Tisch liegt, einschließt.

Frigga holt tief Luft.

„Also: Alle Falter im Stadtgebiet sind inzwischen, nachdem das Experiment jetzt schon einige Zeit läuft, mit größter Wahrscheinlichkeit im Kaiser-Wilhelm-Park versammelt. Wenn wir aber dennoch einen feuchten Falter hier im Hause gefunden haben, dann muss er kürzlich eingetragen worden sein. Diese speziellen Falter sind vorzugsweise an einer bestimmten Stelle im Park zu finden. Also muss jemand, der den Falter eingetragen hat, auch an dieser Stelle gewesen sein. Es gab nur einen Baum dort, unter dem ich noch einen anderen Fußabdruck als den von Dr. Hangebrauck finden konnte. In Schulterhöhe habe ich diesen Baumstamm abgesucht in der Annahme, dass sich jemand dagegen gelehnt hat. Vielleicht, weil dieser Jemand nicht mit den vielen Faltern in der Luft in der Nacht gerechnet hat, vielleicht wurde er erschreckt und hat sich an den Baumstamm gelehnt. Dabei hat er den Falter an die Kleidung bekommen. Ich behaupte mal, dass wir es, was den Falter angeht, nicht mit einem Mord zu tun haben, sondern nur mit fahrlässiger Tötung. Unserem Falter fehlte ein Stück Flügel, und ich hatte gehofft, dass dieses Flügelstück vor Ort noch zu finden ist. Voilà!"

„Das klingt logisch", meint Viktoria, „und es ist wirklich wie bei den Zaubertricks."

„Ich habe dich gewarnt."

„Und wie bringt uns das jetzt weiter?"

„Nun, wir haben einen Anfang. Jetzt heißt es herauszufinden, wer hier im Hause etwas mit dem Kaiser-Wilhelm-Park zu tun hatte zur Tatzeit."

„Kaffeepizza?"

„Gerne."

Viktoria setzt den Kaffee auf und schiebt die Pizzas in den Ofen. Eine Weile klappert es darum in der Küche. Dann kehrt sie zurück.

„Der kleine Ausflug in den Park hat uns aber noch mehr Ergebnisse geliefert", sagt Frigga und weist auf einen Zettel, der jetzt mit allerhand mathematischer Berechnungen übersät ist.

„Der Täter hat vermutlich eine Schuhgröße zwischen sechsunddreißig und achtunddreißig, wenn ich eine Zugabe von etwa zwei Zentimetern annehme. Außerdem ist er zwischen einem Meter sechzig und einem Meter achtzig groß."

Viktoria starrt sie an.

„Wie hast du das denn herausgefunden?"

„Nur ein wenig Rechnerei. Theoretisch könnte man auch das Gewicht ermitteln, aber dafür habe ich nicht genug Fakten, also zum Beispiel die Einsinktiefe im Boden vor Ort, vermerkt. Die Einsinktiefe würde auch noch vom Wetter beeinflusst."

„Und du willst mir erzählen, dass du wegen der Mathematik nicht Physik weiterstudieren konntest?"

„Das hier ist doch alles nur Dreisatz. Als Referenz habe ich den Bleistift genommen und, nun ja, dich. Danach ist alles ganz einfach. Die Mathematik während des Physikstudiums fängt aber mit dem, was du in der Oberstufe an Mathematik lernst, erst an. Und du kommst ganz schnell in Welten, die nicht mehr mit dem Verstand fassbar sind. Da bin ich ausgestiegen. Bei mehr als vier Dimensionen weigert sich mein Körper, das Ergebnis einer Berechnung zu akzeptieren."

„Scheint dir damit genau so zu gehen, wie auf eine hohe Leiter zu steigen, wie?", lächelt Viktoria.

„Es ist immer bitter, wenn man sich Grenzen eingestehen muss", sagt Frigga, und ihr Blick wird leer.

„Hee, nun werd aber nicht trübsinnig. Immerhin hast du doch hier eine ganze Menge herausgefunden. Wenn das alles richtig ist ..."

„Das ist alles richtig!"

„Ich glaube dir ja. Da das alles also richtig ist, dann haben wir es mit einem recht kleinen Mann zu tun ..."

„... oder einer mittelgroßen Frau", sagt Frigga.

„Wieso bist du dir auch bei der Körpergröße unsicher?"

„Wir wissen nicht, mit welchem Körperteil sich der Täter an den Baumstamm gelehnt hat. Es könnten die Schultern gewesen sein, es könnte aber auch der Kopf oder besser der Hinterkopf gewesen sein. Ein regelrechter Riese ist nicht nur wegen der kleinen Schuhe unwahrscheinlich, sondern auch, weil der Baum in Richtung des Täters geneigt ist. Der Täter muss den Baum mit Kopf oder Schulter berührt haben. Was ist los?"

Viktoria sieht ungewöhnlich nachdenklich aus.

„Nach deinen Angaben könnte auch ich die Täterin sein."

Frigga lacht.

„Wie so ziemlich jeder hier im Haus. Du aber müsstest stockbesoffen an mir vorbei in die Nacht gelaufen sein, einen Falter im Park aufgelesen, dann wieder zurückgekehrt, dann den alten Mann ermordet und dann deine Schuhe wieder an derselben Stelle hier im Raum auf den Boden gestellt haben, wo sie zuvor gestanden haben. Natürlich müsstest du dir noch ein Motiv ausdenken und mir dann auch genau sagen können, wie du es gemacht hast."

Viktoria atmet erleichtert auf.

„Trotzdem will ich so eine verrückte Geschichte nicht ausschließen."

„Hey!", ruft Viktoria.

„Die blockierte Haustür und der umgekippte Rollstuhl sind doch Finten wie so manches andere Detail, das Scheibelhud verwirrt. Er muss allerdings alles genau prüfen, ich aber kann locker darüber hinwegbügeln, wenn ich es für Unsinn halte. Wenn der Täter aber hier im Haus schon lauter Sackgassen verlegt hat, dann könnte er auch so eine wilde Nachtfahrt gemacht haben. Der Täter muss aber meiner Meinung nach ganz sicher einen Schlüssel zum Haus besitzen, weil das Haustürschloss nicht manipuliert wurde. Außerdem muss der Täter einen Schlüssel zu Bauses Wohnung haben. Im Haus weiß aber jeder, dass Martin einen hat, und Martins Tür kann jeder öffnen. Für mich kommen also nur die Hausbewohner und Marie Keller in Frage. Eventuell noch Marion."

Sie faltet ein Stück Papier so, dass es fünfundzwanzig Zentimeter lang und drei Zentimeter breit ist.

„Ich werde mir einmal die Schuhe der anderen im Haus genauer ansehen", sagt Frigga.

19.

Es kommt nicht so häufig vor, dass jemand bei Diakon Kramer an der Tür klingelt. Wenn es doch passiert, dann ist es in der Regel ein Versehen. In der Regel wollen die Besucher eigentlich einen der Pastoren sprechen. Die sind aber meist unterwegs. Umso erfreuter ist Kramer, als er in dem heutigen Besuch Frau Westadt erkennt, die zu ihm will. Sie trägt eine große, dunkle Sonnenbrille und hat sich ein Kopftuch umgebunden. Er kennt sie als fleißige Gottesdienstbesucherin, und er hat den Eindruck, dass er in all den Jahren ihr Vertrauen gewonnen hat.

Sie scheint nervös zu sein und blickt sich gelegentlich um. Er bittet sie in sein Dienstzimmer.

„Setzen Sie sich doch, Frau Westadt. Was kann ich für Sie tun?"

Sie nimmt die Sonnenbrille ab und setzt sich in einen der beiden Sessel vor dem Schreibtisch des Diakons.

„Ich weiß gar nicht, wie ich anfangen soll", sagt Frau Westadt.

„Nur Mut", ermuntert sie Kramer.

Sie dreht die Brille in den Händen, bis sie diese auf eine Kante des Tisches legt. Dann greift sie sich in eine Tasche ihres Mantels und zieht ein Päckchen hervor.

„Dies hier habe ich gefunden", sagt sie zaghaft und wickelt einen wunderschön glitzernden Gegenstand aus dem Tuch. „Ich weiß nicht, was ich damit machen soll. Und da Sie doch Diakon sind, können Sie mich doch sicher beraten, was zu tun ist."

Kramer kann die Augen nicht von dem glitzernden Ding abwenden. Es besteht zum größten Teil aus Gold, aber es sind auch ein paar Steine und Perlen eingelassen.

„Sie könnten damit zu einem Fundbüro gehen", meint er.

„Ich möchte eigentlich nichts mit einem Amt oder der Polizei zu tun haben. Es ist schon schlimm genug, dass wir zu Hause gerade ... Könnten Sie das nicht für mich übernehmen?"

„Man wird mich dort fragen, wo ich es gefunden haben."

„Auf der Straße. Sage Sie einfach, dass Sie es auf der Straße gefunden haben", wirft Frau Westadt ein.

„Auf welcher Straße?"

Sie denkt kurz nach. Sie erinnert sich vielleicht nicht an den Namen, denkt Kramer.

„Sie können mir auch beschreiben, wo die Straße liegt."

„Es ist gleich bei uns um die Ecke. Sie wissen schon, gleich an der großen Kreuzung."

Diakon Kramer hat eine grobe Vorstellung. Er verspricht, dass er sich darum kümmern wird. Er verspricht auch, dass er ihr den Finderlohn zukommen lässt, sollte sich derjenige, der das Stück vermisst, melden oder, wenn sich niemand meldet, ihr das Stück wieder auszuhändigen.

„Herr Diakon Kramer. Sie sind doch für die Armen, die Bedürftigen in der Gemeinde zuständig, richtig?"

Kramer nickt.

„Dann nehmen Sie doch einen Teil des Finderlohns, oder was auch immer dabei herumkommt, für diese Armen."

Zurück auf der Straße scheint sie erleichtert zu sein. Kramer schaut ihr nach. Als sie sich etwas entfernt hat, nimmt sie sogar Kopftuch und Brille ab. Diakon Kramer aber schließt nachdenklich die Tür.

Oberkommissar Scheibelhud hat den Anblick, der sich ihm gestern geboten hat, noch nicht verdaut. Man kann mich in jedes dunkle Loch schicken, und ich gehe hinein, denkt er. Ich gehe hinein und rechne mit allem. Aber auf dem Weg zum Kaffeeautomaten einen Blick in die Gewahrsamszelle zu werfen und dann dort drinnen einen Kerl in seinem Alter, aufgeknüpft mit seiner eigenen Jogginghose zu erblicken, das ist ihm zu viel. Und dann soll man sofort wieder Profi sein. Natürlich hat sich Woitek in seine Grobrippunterhose genässt. Natürlich quoll ihm die Zunge aus dem Mund. Traurig hat es ausgesehen. Chancenlos. Verzweifelt. Was muss in ihm vorgegangen sein, um zu solch einer Entscheidung zu kommen? Scheibelhud könnte heulen, wenn da nicht so viele säßen, die etwas ganz anderes von ihm erwarteten. Man kann ja schon einmal schief mit seinen Verdächtigungen liegen, sagen sie. Es sind manchmal auch andere Schlussfolgerungen möglich. Aber dass sich ein Kerl wie ein Baum nach ein bisschen Vernehmung direkt umbringt, und dann auch noch auf dem Revier, damit ist nicht zu rechnen, sagen sie und sind fertig damit. So scheint es zumindest.

Jetzt heißt es, dafür zu sorgen, dass sich die Lage wieder beruhigt. Sobel würde eine Menge Erklärungen verlangen, die er dann, in geeigneter Form gefiltert an die Presse weitergeben kann. Vor allem aber ist zu klären, warum sich der Mann aufgehängt hat.

Am naheliegendsten ist natürlich, dass er dem Druck durch seine Schuld nicht mehr gewachsen war. Aber, und dieses Aber ist der eigentliche Grund für Scheibelhuds mulmiges Gefühl, es kann auch eine andere Möglichkeit geben. Im Nachhinein war seine Reaktion auf einen eventuell zerstörten Rechner doch ungewöhnlich gewesen. Sollte es wirklich Menschen geben, die so sehr mit der virtuellen Welt verbunden sind, dass sie in eine Sinnkrise geraten, wenn sie von ihr getrennt werden? Und sei es auch nur für eine überschaubare Zeit? Nun, sie hatten Woitek natürlich etwas ganz anderes in Aussicht gestellt, aber sie sind ja auch nicht von der Heilsarmee. Es geht hier schließlich um Mord. Wenn er aber wirklich geglaubt hat, nein, glauben musste, dass seine Verbindung ein für alle Mal gekappt war, und wenn er sich über diese Verbindung definierte, dann, ja dann war der Weg, den er eingeschlagen hat, nachvollziehbar. Dabei hat er noch nicht einmal mit seinem Anwalt geredet. Zumindest das hätte er doch abwarten können. Ich bin mir ja selbst nicht sicher, ob ich richtig mit meinen Vermutungen liege, denkt Scheibelhud. Da wäre noch manches zu überprüfen gewesen. Hätte er ein Geständnis abgelegt, dann wäre jetzt alles klar, aber so ist die Schuldfrage im Fall Bause nicht geklärt. Der Mörder läuft vielleicht weiterhin frei herum.

„Und? Wie sieht es aus?"

Kommissarin Sigrid Mlaka steht mit einer Akte im Arm neben Scheibelhuds Schreibtisch. Sie ist gerade zurückgekommen. Der Terrorist hatte sich als Ehrenmörder herausgestellt.

„Geht so."

„Und wie lief es mit Pumuckel?"

Scheibelhud lächelt. Es tut gut, sie zu sehen und sprechen zu hören.

„Sie ist zwar größer als eine Bierflasche, aber unsichtbar kann sie sich offenbar machen", bringt er sogar zustande. „In der ganze Zeit habe ich sie kaum gesehen. Vielleicht geht sie mir aus dem Wege."

Er zeigt auf die Akte in Mlakas Arm.

„Wenn da nichts Brauchbares steht, dann müssen wir nochmal zu Woiteks Wohnung. Es muss Hinweise darauf geben, wie er zu Bause stand. Vielleicht müssen wir die Nachbarn auch noch einmal befragen."

Mlaka blättert in der Akte.

„Die Frau Rathenau hat was von Streitigkeiten wegen Lärm in der Nacht zu Protokoll gegeben", sagt sie.

„Ja, das hatten wir doch schon. Das habe wir ihm auch alles unter die Nase gerieben. Sogar die Sache mit seiner einstweiligen Verfügung. Immer konzentriert bleiben, Mlaka. Was sagen denn die ganzen Zettel, die bei Bause gefunden wurden?"

Mlaka setzt sich auf einen Stuhl, um die Akte besser durchblättern zu können. Immer konzentriert bleiben, Mlaka. Scheibelhud spürt, dass er sie zu scharf angegangen ist. Warum muss ich denn jetzt den harten Kerl raushängen lassen? Sie wirkt verstockt und das zu Recht.

„Der Bause hat an Oberkamp Geld verliehen. Woitek hat keines erhalten, aber der verdient ja auch was mit seinem Internetanschluss."

„Verdammt! Ob am Ende irgendein Clan seine Finger im Spiel hat? Die riechen doch, wenn sich irgendwo Geld bewegt."

Mlaka wiegt den Kopf hin und her.

„Bause war mal Pförtner. Da hat er mit Hinz und Kunz zu tun gehabt. Ein Exzentriker war er schon immer, und jemand könnte geglaubt haben, dass da was zu holen ist. Aus den Papieren geht das aber nicht hervor. Andererseits sitzen die Clans doch eher rund um die Kreuzeskirche. Aber warum sollten die da bleiben?"

„Wir nehmen uns eins nach dem anderen vor. Zuerst nochmal Woiteks Wohnung, dann sehen wir weiter."

20.

Da Frigga irgendwo den Anfang machen muss, klingelt sie bei Gesine Rathenau. Sie trifft sie noch in Schlafanzug und Bademantel an. Wie beim ersten Mal schreckt sie zurück, als Frigga unvermittelt vor ihr steht.

„Das muss aber aufhören", meint Frigga.

„Entschuldige, aber ich rechne nie damit, dass jemand direkt vor der Tür steht, wenn es klingelt."

Sie richtet sich ihre Kleidung.

„Musst wohl nicht arbeiten, wie?", fragt Frigga.

„Ich habe mir doch frei genommen."

„Es war ein bisschen viel für dich, nicht wahr?", fragt Frigga.

„Ich bin noch nie von der Polizei mitgenommen worden", sagt Gesine.

„Du warst zumindest vollständig angezogen."

Gesine lächelt bitter.

„Das stimmt. Aber dann ..."

„Ich wollte zumindest mal hören, wie es dir heute ...", wirft Frigga schnell dazwischen, ärgert sich aber im selben Moment, denn warum soll sie sich zurückhalten? Sie ermittelt, und da wird niemand geschont!

Unten wird die Haustür aufgeschlossen, und Frigga hört Scheibelhuds gedämpfte Stimme.

Gesine blickt etwas verstört.

„Sollen wir drinnen weiter reden?", fragt Frigga leise, und Gesine lässt sie eintreten.

„Wir müssen ja nicht im Hausflur palavern, wenn Scheibelhud hier wieder herumstreicht, nicht wahr?", sagt sie.

Gesines Wohnung ist ganz genau so geschnitten wie Viktorias. Rechts neben dem Eingang stehen Gesines Schuhe aufgereiht.

„Hoppla!"

Frigga hat den Papierstreifen zwischen die Schuhe fallen lassen. Er ist deutlich kürzer als Gesines Schuhe.

„Ich möchte nur wissen, was die Polizei hier wieder zu suchen hat", sagt sie, obwohl sie es sich denken kann, und hebt den Papierstreifen auf.

„Vorgestern hätte ich ja Stein und Bein geschworen, dass du selbst eine Polizistin bist", gesteht Gesine.

Frigga hört kaum hin, denn das Ambiente der Wohnung nimmt sie gefangen. Wenn sie sich nicht im ersten Obergeschoss eines Mietshauses befände, dann könnte sie auch gut in einem dieser Ein-Euro-Läden stehen. An allen Wänden des Wohnzimmers sind Regale angebracht und mit Plastikkörben vollgestellt. Darin liegen Niedrigpreisartikel.

Gesine hat aufgehört zu reden, weil Frigga mit offenem Mund dasteht.

„Oh, das hatte ich ganz vergessen zu sagen. Ich sammel solchen Kleinkram. Ganz egal, wo ich bin, in welcher Stadt ich unterwegs bin, ich finde überall solche kleinen Sachen."

„Aber das ist ja ganz erstaunlich", sagt Frigga schließlich.

„Nicht wahr? Da ist jedes Teil anders. Und wenn ich mal wieder auf eines stoße, dann kann ich nicht anders und muss es haben."

„Wie viele Haarbürsten hast du denn beispielsweise?"

Frigga hört, wie Scheibelhud Andis Wohnung betritt.

„Genau weiß ich es nicht, aber ich merke sofort, wenn ich eine sehe, die ich noch nicht habe. Es ist wie eine innere Stimme, die mir sagt, dass ich zugreifen soll. Und das tue ich dann auch ..."

„... und dann stehst du plötzlich draußen vor dem Laden ..."

„... draußen vor dem Laden und weiß gar nicht ..."

„... weißt gar nicht, wie du hinausgekommen bist. Ich kenne das", sagt Frigga.

„Du kennst das?"

Gesine steht mit weit geöffneten Augen da.

„Dann hast du auch solch eine Sammlung?", fragt sie schließlich.

„Sicher! Ich karre täglich billigen Plunder aus Ein-Euro-Läden nach Hause, um sie in Plastikkörben zu sammeln. Nein! Natürlich habe ich keine solche Sammlung! Und du willst mir weismachen, dass du noch nie von der Polizei aufgegriffen wurdest? Du kannst froh sein, dass sie dich mit mir zusammen weggeschafft und dich nicht hier in deiner Bude aufgesucht haben."

Gesine rinnen lautlos Tränen über die Wange. Dann bricht sich ein Schluchzen seinen Weg.

„Hör auf zu heulen. Ich vermute mal, dass du die beiden Bullen, die gerade bei Andi drüben sind, bald hier drin haben wirst, denn die gehen bestimmt noch einmal alles durch, weil Andi nicht in Frage kommen kann. Dann solltest du besser nicht verheult hier herumsitzen und vor allem vorsichtig mit deinen Äußerungen sein."

Gesine putzt sich die Nase und setzt sich auf das Sofa.

„Du verrätst mich also nicht?", fragt sie.

„Einen Teufel werde ich", antwortet Frigga. „Dabei fällt mir ein, dass bei Bause eine Brosche geklaut wurde. Hast du etwa auch damit etwas zu tun?"

Gesine schüttelt heftig den Kopf.

„Die habe ich nicht mehr. Ich habe sie bei den Westadts in den Briefkasten geworfen."

„Oh, Mann!", ruft Frigga. „Das Ding ist wirklich etwas wert."

„Ich weiß", haucht Gesine. „Es hat aber auch so schön geglitzert."

„Moment mal! Du bist doch immer direkt hinter mir hergelaufen", sagt Frigga. „Wann hattest du denn da die Möglichkeit."

Gesine ruckelt unruhig hin und her.

„Du bist gar nicht mir mir das erste Mal in die Wohnung gegangen, stimmt′s? Du warst vorher schon einmal ..."

„Ich wollte nur schauen, ob Bause noch den kleinen Becher von mir hat. Den habe ich ihm einmal geliehen und nie zurückbekommen. Sieh her!"

Gesine springt auf, greift zielsicher in einen der Plastikkörbe und holt einen silbrig glänzenden kleinen Becher hervor. Frigga erinnert sich an den kreisrunden

Abdruck auf dem Sekretär. Marie Keller ist eine lausige Putzfrau, denkt sie.

„Bestimmt zwei Jahre hat er ihn behalten. Und als ich seine Wohnung offenstehen sah, bin ich nur kurz ins Wohnzimmer, habe den Becher sofort gesehen und mitgenommen."

„Und die Brosche gleich dazu. Und der Tote? Was war mit dem Toten?"

„Ich stand plötzlich draußen vor der Wohnungstür und wusste wieder nicht, wie ich dorthin gekommen bin. Ja, und dann fiel mir erst auf, wie still es in der Wohnung gewesen ist. Mir wurde es unheimlich. Dann sah ich die Brosche in meiner Hand und habe sie sofort in den kaputten Briefkasten geworfen, denn in die Wohnung wollte ich nicht zurück."

„Und dann hast du bei Viktoria geklingelt. Den Rest kenne ich schon. Warst du schon mal im Kaiser-Wilhelm-Park?"

„Kaiser-Wilhelm-Park? Wo soll das sein?"

„Der ist ganz um die Ecke. Da gibt es auch einen Kinderspielplatz mit einem Sandkasten. Kleine Menschen mit kleinen Plastikautos und kleinen Püppchen spielen da drin herum, ganz genau so ein Zeug, wie du es hier ..."

„Um Himmels willen, nein! Das musst du mir glauben! Ich würde niemals etwas von einem Kind anrühren!", beeilt sich Gesine zu sagen.

„Na, ich weiß nicht ..."

„Bitte, Frigga, ich kenne mich hier überhaupt nicht aus. Ich fahre doch immer nur zur Arbeit ins Rathaus und wieder zurück. Manchmal gehe ich ins Allee-Center zum Fitness."

„Dann will ich dir mal glauben", sagt Frigga. Sie öffnet vorsichtig die Wohnungstür, lauscht in den Flur hinein und hört die Polizei in Andis Wohnung reden. Sie huscht nach draußen.

Na, da bin ich ja über was gestolpert, denkt sie, als sie die Treppe emporsteigt, und grinst.

Das erste, worüber Scheibelhud und Mlaka in Andis Wohnung beinahe stolpern, ist die Schildkröte.

„Steht was zu der Schildkröte da drin?"

Mlaka blättert in der Akte.

„Nein, keine Schildkröte."

„Warum waren die bloß so nachlässig. An diesem Kühlschrank hängt doch fett ein Zettel: Fünf Kilo Salat einkaufen! Da muss man dann doch mal schauen, wofür so ein Kerl so viel Salat einkaufen sollte."

Scheibelhud schüttelt den Kopf.

„Und warum hat sich den hier bisher niemand richtig angesehen?", fragt er und legt die Hand an den Kühlschrank.

„Keine Ahnung. Ich war nicht dabei!"

„Ja richtig", sagt Scheibelhud und will sich zusammenreißen. Mlaka hat weitergeblättert.

„Sie wollen sich später drum kümmern. Zum Mitnehmen ist das Ding zu schwer."

„Und hier steht der ganze Rest. Alles steht hier drin!", ruft Scheibelhud. „Sogar mit Uhrzeit. Dieser Chat hier entstand während der Tatzeit. Woitek hat rumgeflirtet mit ... Sally."

Er tippt auf das Display ein.

„Tolles Ding, will ich meinen."

„Wenn wir diese Sally ausfindig machen könnten und sie diese Chatterei bestätigen kann, dann haben wir den Beweis, dass Woitek permanent beschäftigt war zum Tatzeitpunkt", sagt Mlaka. Sie tippt die Telefonnummer vom Kühlschrank ab.

„Der Anschluss ist tot", sagt sie.

„Man kann sogar Fernsehen empfangen", staunt Scheibelhud.

„Also ich wollte beim Fernsehen nicht in der Küche stehen", meint Mlaka.

„Das ist doch nicht das Ding. Ich wollte das auch nicht, aber mit diesem Ding könnte man. In der Möglichkeit, Mlaka, in der Möglichkeit liegt der Reiz."

Für seinen Geschmack sind die plumpen Anbändeleien unterste Schublade. Immer wieder gibt es Anspielungen auf Fernsehserien, ob die cool seien oder welche eben nicht. Andi hat sich in manche verstiegen, Sally in andere. Andi liebt Star Trek, Starwars, MASH, Game of Thrones und Columbo. Sally steht auch auf Game of Thrones, MASH und Columbo, aber auch auf Big Bang Theory, Lindenstraße und Daktari. Lindenstraße findet Andy scheiße, aber Clarence, dem schielenden Löwen aus Daktari, kann er schon etwas abgewinnen. Sally hat ihren Kater nach ihm benannt, Andi seine Schildkröte nach Colonel Potter von MASH. Das findet Sally klasse. Das wiederum findet Andi klasse.

„Da passt kaum ein Klogang dazwischen. Ach, da geht er doch. Zwei Minuten. In der Zeit konnte er gerade bis ins Erdgeschoss laufen bei seinem Gewicht", sagt Scheibelhud entnervt. „Wir sollten uns den Verlauf rausziehen lassen und diese Sally finden. Wir setzen Görtzig mal drauf an. Wahrscheinlich müssen wir uns einen anderen Tatverdächtigen ausgucken. Das heißt, die Akte noch mal durchsehen. Vielleicht folgen wir einfach mal wieder dem Weg des Geldes. Warum kommen wir da eigentlich nie sofort drauf?"

„Was machen wir mit den anderen Hausbewohnern?", fragt Kommissarin Mlaka.

„Ich habe Viktoria Birk noch nicht befragt. Das muss ich nachholen. Jetzt, wo diese Scheiße passiert ist, sollten wir uns nicht noch mehr Blößen geben."

„Das Ehepaar Westadt und dieser Herr Oberkamp stehen auch noch aus. Wie konnte Ihnen das überhaupt passieren?"

„Jetzt fangen Sie nicht auch noch damit an! Ich musste hier alles alleine machen. Und dann ist alles so schnell gegangen mit Woitek. Außerdem hatte ich Frau Birk nicht mehr auf dem Schirm. Sie ist die Freundin, bei der Frigga Lendel nächtigt. Ich habe wohl aus ihrer Unschuld auf Frau Birks Unschuld und aus Lendels Wissen auf Frau Birks Wissen geschlossen."

„Das ist ja totaler Unsinn!", sagt Mlaka ungläubig. „Na, dann sehen Sie mal zu, was Sie aus ihr herausbekommen. Vielleicht weiß sie ja was über diese Sally."

„Ich werde mich gleich drum kümmern. Sie packen die Schildkröte ein. Wir bringen sie ins Tierheim. Und lassen Sie sich nicht beißen."

Scheibelhud will gerade an Viktorias Tür klopfen, als Frigga aus der Wohnung herauskommt.

„Nur zu, Herr Oberkommissar", sagt Frigga, „Sie werden schon sehnlichst erwartet."

Frigga drückt die Tür auf, und Scheibelhud lässt die zum Klopfen erhobene Hand sinken.

„Ah, Frau Lendel. Sie wollen mir wieder zeigen, wie ich meine Arbeit zu machen habe?"

„Was Sie hinter dieser Tür zu schaffen haben, geht mich nichts an", antwortet Frigga. „Aber ich rate Ihnen, dass Sie sie gut behandeln. Viktoria!"

„Jetzt drohen Sie mir auch noch?"

Frigga tritt dicht an ihn heran.

„Ich kann nichts dafür, wenn Sie Ratschläge mit Schlägen gleichsetzen. Sie haben da übrigens wieder etwas auf der Jacke."

Sie zeigt vage auf seine Schulter, dreht sich um und steigt die Treppe hinab, während Scheibelhud seinen Kopf verdreht, um das, was Frigga gesehen haben will, auch zu sehen. Aber da ist nichts. Noch einmal wird er nicht auf Frigga hereinfallen.

Als er wieder aufblickt, stockt ihm der Atem. Hier wohnt sie also, denkt er. Sie ist ihm schon häufiger aufgefallen, wenn er im Allee-Center zu tun hat. Da er aber nie einen dienstlichen Grund hatte, sie anzusprechen, ist es im Moment ihres Anblicks dort lediglich zu kurzen Tagträumen gekommen, die aber durch dienstliche Ereignisse schnell wieder verflogen waren. Hier steht sie nun direkt vor ihm.

„Frau Birk? Frau Viktoria Birk?"

Ein bezauberndes Lächeln huscht über ihr Gesicht und vertreibt eine gewisse Anspannung, die zuvor darauf gelegen hat.

„Da sind Sie ja endlich", sagt Viktoria. „Aber so kommen Sie doch herein."

Scheibelhud fährt sich durch die Haare und betritt die Wohnung.

Hier riecht es überhaupt nicht muffig wie sonst überall im Haus. Hier riecht es nach Frühling. Frau Birk scheint die Quelle dieser Gerüche zu sein.

„Darf ich Ihnen etwas zum Trinken anbieten?", fragt Viktoria und hält eine Karaffe mit Limonade in der Hand. Noch bevor Scheibelhud etwas sagen kann, hat sie bereits zwei Gläser damit gefüllt.

„Eigentlich bin ich noch im Dienst. Aber da Sie sich bereits bemüht haben ..."

„Aber das ist doch keine Mühe", sagt Viktoria und bietet ihm einen Platz auf dem Sofa an. Sie setzt sich gegenüber in einen Sessel.

Scheibelhud nimmt einen Schluck Limonade. Sein Pistolenhalfter bohrt sich in weiche Kissen. Auf diesem Sofa sind aufregend viele davon verteilt. Eins weicher als das andere. Ihre Farben changieren von hell grün bis hell blau. Sie erinnern ihn an die Farben der Zuckerwatte auf einem Jahrmarkt. Aber was denke er denn hier. Das ist eine Zeugin, die er befragen muss. Er zückt seinen Notizblock.

„Frau Birk ..."

„Viktoria", sagt Viktoria schnell.

„Viktoria ... Sie wohnen in dieser Wohnung schon wie lange?"

Viktoria überlegt kurz und gibt dann an, dass sie bereits etwa ein Jahr hier wohnt.

„Aber Sie trinken ja gar nicht", bemerkt sie dann und schiebt außerdem eine kleine Schale mit Plätzchen etwas auffälliger ins Blickfeld. „Greifen Sie ruhig zu. Habe ich selbst gebacken."

Scheibelhud fühlt sich überrumpelt und entwaffnet und greift trotzdem nach einem Plätzchen, nimmt auch einen weiteren Schluck Limonade und schwört sich, ab jetzt wieder Profi zu sein.

„Sie haben sicher von dem Vorfall im Erdgeschoss und wahrscheinlich auch von Herrn Woitek gehört. Mich interessiert, ob Sie auch etwas davon mitbekommen haben."

Viktoria gibt an, dass sie an dem Morgen etwas schlecht aus dem Bett gekommen sei. Das habe sie dem Besuch ihrer Freundin Frigga zu verdanken. Als sie endlich wach war, sei es bereits halb zehn gewesen und das Haus voller Leute.

„Ich meinte auch eher, ob Sie in der Nacht, sagen wir einmal zwischen zehn und zwei Uhr, etwas mitbekommen haben", fragt Scheibelhud.

Da habe sie schon fest geschlafen. Die kleine Feier mit Frigga sei etwas ausgelassen gewesen, wenn er verstehe, was sie meine, und sie sei sofort danach eingeschlafen. Wenn sie erst einmal schlafe, dann könne sie nichts so leicht wecken.

Frigga ist nach Scheibelhuds Eintreffen zwar die Treppe hinuntergestiegen, aber als er in Viktorias Wohnung verschwunden ist, kehrt sie auf den Treppenabsatz zurück. Sie legt ein Ohr an die Tür und hört, wie Viktoria ihm offenbar ein paar Kekse aufzwingt. Ein wenig tut ihr der Mann leid, aber wer kann wissen, ob er es nicht sogar genießt.

Dann wendet sie sich der westadtschen Wohnung zu. Die machen es ihr einfach, denn die Westadts lassen ihre Schuhe vor der Tür stehen. Aber Frigga braucht ihre Schablone gar nicht erst zu bemühen. Vielleicht habe ich auch inzwischen einen Blick dafür, denkt sie. Die Männerschuhe wie die Frauenschuhe sind genau in der richtigen Größe!

Das kann nicht sein, denkt Frigga. Sollte einer der beiden mit dem Fall etwas zu tun haben? Oder am Ende beide? Sie erinnert sich, dass Frau Westadt glaubt, der Teufel habe Herrn Bause geholt. Vielleicht ist Herr Bause das rote Tuch, gegen das sie angehen würden. Aber Mord?

Nur wenn ich niemand Geeigneteren finde, denkt Frigga, steigt jetzt endgültig die Treppe hinunter und steuert auf Martins Wohnung zu. Sie klingelt, und Martin öffnet. Wie er gesagt hat, ist seine Tür unverschlossen. Im Gegensatz zu allen anderen Türen befindet sich bei dieser auch an der Außenseite eine Klinke, und Frigga wundert sich, dass ihr das nicht schon längst aufgefallen ist. Dass es beim Öffnen kein Schließgeräusch gegeben hat, war ihr allerdings nicht entgangen.

„Ah, Frigga. Komm doch herein", lädt Martin sie ein.

Frigga betritt das zweite Mal Martins Behausung. Diesmal kommt Bienchen nicht unter dem Tisch hervor, um sich mit träge wedelndem Schweif von Frigga den Kopf tätscheln zu lassen. Nach einem Blick auf seine Schuhe behält sie den Papierstreifen in der Hand. Martin trägt Elbkähne.

„Ganz schön schlimm das mit Andi, woll?"

Martin nickt.

„Gestern stöbern wir noch in seiner Bude rum, und heute ist er nicht mehr auf der Welt", fährt Frigga fort.

Martin geht zur Tür und lauscht. Dann öffnet er sie vorsichtig und horcht in das Treppenhaus hinein.

„Und kaum jemanden kratzt es, wenn sich da ein junger, dicker Bursche in der Polizeiwache aufhängt."

Martin tritt einen Schritt ins Treppenhaus hinaus und lauscht noch angestrengter. Dann scheint er gehört zu haben, was er hören will, aber sein Gesicht verrät seine Unruhe.

„Du weißt nicht zufällig, wo man hier zwei, drei Kätzchen herbekommen kann", fragt Frigga.

Martin geht zum Fenster und starrt hinaus. Frigga stellt sich neben ihn. Draußen steht der Polizeiwagen, mit dem Scheibelhud gekommen ist. Kommissarin Mlaka lädt eine Plastikkiste ein. Weil sich schon etwas im Laderaum befindet, muss sie die Kiste etwas ankanten, und Frigga erhascht einen Blick auf die Schildkröte.

„Sie sollten alle unterschiedliche Farben und offene Augen haben."

Mlaka beugt sich tiefer ins Wageninnere und zuckt plötzlich zurück. Sie schaut erschrocken auf ihren Zeigefinger, den Frigga selbst auf die Entfernung bluten sieht.

„Und Bienchen sollte sie natürlich auch mögen..."

„Was? Was redest du denn da, Frigga?"

„Ah, der Herr ist zu Hause!", ruft Frigga. „Was ist los mit dir?"

„Hat der Bulle irgendwas wegen der Tür bei Andi gesagt? Ich meine, machte er den Anschein, dass er die

Unversehrtheit der Versiegelung bezweifelt? Oder die Unterschrift? Oder anders gesagt, scheint der Bulle zu planen, hier vorbeizukommen, um mich darüber zu befragen?"

Frigga nickt.

„Du hast sie definitiv nicht mehr alle. Wenn die etwas gemerkt hätten, dann hätten die sofort Alarm geschlagen. Dann säße die Dame dort nicht so ruhig im Fahrzeug, und dann würde Scheibelhud sich nicht von Viktoria verköstigen lassen. Gestern warst du doch so überzeugt von deiner Arbeit. Warum hast du heute diese Zweifel?"

Martin setzt sich auf einen Stuhl, und Bienchen legt ihren Kopf auf sein Knie. Das scheint Martin zu beruhigen.

„Du hast ja Recht. Ich bin eben ein gebranntes Kind. Ist schon zu viel schiefgelaufen bei mir, und wenn dann mal was klappt, dann kann ich es meist nicht glauben. Mir wäre halt nur lieber, die beiden wären schon wieder weg."

„Kannst beruhigt sein. Die Tür war geradezu fachmännisch versiegelt."

Sie klopft ihm auf die Schulter. Draußen bindet Mlaka ihr Taschentuch um den Finger.

„Sag mal Martin, hast du auch von dem Schmetterlingsexperiment im Kaiser-Wilhelm-Park gehört? Ich meine nur, dass du als Experte auf diesem Gebiet dieser Sache bestimmt mehr abgewinnen kannst als unsereins."

Martin nickt.

„Sicher, stand ja in der Lokalzeitung. Es interessiert mich aber eigentlich nicht so sehr. Es werden die üblichen Wald- und Wiesenfalter sein. Nichts, was meine an Exotik übertreffen könnten. Außerdem werden tagsüber nicht viele zu sehen sein, und nachts gehe ich nicht in den Park."

„Wieso denn nicht?"

„Ich bin doch nicht verrückt! Wer weiß, welche Leute sich dann da herumtreiben. Es gibt ein paar in der Gegend, die warten nur darauf, dass so einer wie ich nachts im Park herumläuft."

Frigga zuckt die Schultern.

„Wer zum Beispiel?"

„Letztes Jahr haben welche einen alten Mann zusammengeschlagen und dann versucht, ihn anzuzünden! Das muss man sich einmal vorstellen. Einen Menschen anzünden, nur weil er sich keine Wohnung leisten kann. Nur weil er kein eigenes Bett hat, wird er angezündet! Und was wird dagegen gemacht? Nichts. Sie haben natürlich niemanden gefunden, der zur Verantwortung gezogen werden kann."

„Habe ich Sie nicht schon einmal im Allee-Center gesehen?", fragt Victoria.

„Nun ja, immerhin ist das Revier ganz in der Nähe. Es kommt gelegentlich vor, dass wir dort dienstlich zu tun haben", sagt Scheibelhud.

„Dachte ich es mir doch, dass Sie mir bekannt vorkommen", lacht Viktoria. „Sie sind ja auch eine imposante Erscheinung. Wem Sie nicht auffallen, der muss blind sein."

Scheibelhud fühlt sich wohl.

„Um noch einmal auf die besagte Nacht zurückzukommen. Waren Sie die ganze Zeit hier in der Wohnung, oder …"

„Sie meinen, weil in diesem Haus noch die Toiletten auf dem Treppenabsatz sind?"

Scheibelhud nickt. Im Moment ist ihm egal, was sie ihm erzählt, wenn sie nur etwas erzählt.

„Wir habe alle auch eigene Toiletten. Die auf dem Treppenabsatz sind aber praktisch, wenn man mal Besuch hat. In jener Nacht ist aber keine von uns beiden dorthin gegangen, es sei denn, Frigga war dort, als ich mal auf meiner war."

Sie denkt nach.

„Nein, auch Frigga war nicht dort. Wir haben auch das Haus nicht verlassen. Ich hatte doch alles für die kleine Feier besorgt."

„Dann hätte ich nur noch eine Frage", sagt Scheibelhud. „Wie gut kannten Sie Herrn Bause?"

Viktoria scheint enttäuscht zu sein, dass er diese Frage stellt.

Sie kenne Herrn Bause kaum. Wenn seine Haushaltshilfe nicht da war, dann blieb er für gewöhnlich in seiner Wohnung, und wenn sie da war, ließ er sich von ihr in seinem Rollstuhl durchs Viertel schieben. Sie müsse da aber meistens arbeiten, so dass sie es nur im Urlaub habe hatte sehen könne. Ein- oder zweimal habe er für sie ein Päckchen angenommen, aber darüber hinaus haben sie kaum ein Wort gewechselt. Sie wolle aber damit nicht den Eindruck erwecken, dass er sie nicht interessiert habe.

„... oh, das muss jetzt seltsam klingen. Ich meine interessiert natürlich nicht in dem Sinne ..."

Sie weist abwechselnd mit dem Zeigefinger auf Scheibelhud und sich selbst.

Ausgerechnet jetzt knackt es im Funkgerät.

„Ja?"

„Ich habe eine 031. Ich muss sofort zu einem 056!",
sagt Mlaka.

„Verdammt", sagt Scheibelhud und steht auf. „Wir
werde dieses Gespräch später fortsetzen müssen."

„Ach, Sie müssen schon gehen? Beim nächsten Mal
lassen Sie sich aber nicht so viel Zeit, um hierher zu
kommen, und dafür mehr, um hier zu sein", sagt sie
gespielt vorwurfsvoll.

„Ich werde daran denken", sagt Scheibelhud und
meint das ganz ernst.

Frigga stellt sich wieder ans Fenster und blickt hinaus.
Kommissarin Mlaka steckt das Funkgerät gerade
zurück in seine Halterung und setzt sich ermattet auf
den Beifahrersitz. Kurz darauf geht oben im Haus eine
Tür. Schwere Schritte poltern die Treppe herunter.
Wenig später steigt Scheibelhud in den Wagen. Er ver-
stellt Fahrersitz und Spiegel. Frigga sieht ihn eindring-
lich reden. Mlaka hält die Hand senkrecht.
Scheibelhud fährt an. Die blauen Lichter auf dem
Dach rotieren, dann erklingt die Sirene.

„Jetzt gibt es nur noch eine Person, die Zugang zum
Haus hat, und das ist Frau Keller", sagt Frigga.

Martin verschluckt sich und hustet. Frigga dreht sich
zu ihm um. Er klopft sich mit der Faust gegen die
Brust und stellt sein Getränk auf den Couchtisch.

„Frau Keller? Wie kommst du denn jetzt auf die?"

„Wie ich schon sagte. Es gibt jetzt nur noch eine
Person, die Zugang zum Haus hat."

„Aber Marie ... Frau ...“

„So so, Marie.“

Martin wird rot. Fahrig nimmt er noch einen Schluck.

„Also Frau Keller ...“

„Bleiben wir ruhig bei Marie.“

„Ach das ist doch schon so lange her. Es ist auch nichts passiert. Das bisschen Händchenhalten und ein wenig Geknutsche.“

„Aha. Das ist ja nicht Nichts, oder?“

„Was ihr Frauen immer denkt. Wir hatten auch beide getrunken. Ist bestimmt anderthalb Jahre her. Sie hatte kurz vorher den Job hier angenommen. Dann war da das Stadtteilfest auf dem Karlsplatz, und da ist es halt passiert.“

Er nimmt noch einen Schluck.

„Mir war es am nächsten Tag furchtbar peinlich, aber sie hat es genommen wie ein Mann!“

„Da hast du aber Glück gehabt, wie?“

Martin blickt versonnen zum Fenster.

„Es gab schon den einen oder anderen Tag, wo ich es gerne wiederholt hätte, aber Marie schien nicht mehr zu wollen. Ich kann mir vorstellen, dass Bause ihr was über mich gesteckt hat. Also habe ich es mir aus dem Kopf geschlagen. Sie ist ja auch ein ganzes Stück jünger als ich, und ich wollte nicht wie ein verknallter Bengel hinter ihr herrennen.“

„Verstehe“, meint Frigga. „Gibt es noch etwas über sie zu sagen?“

Martin denkt nach.

„Ach ja. Marie ist schon wenigstens zwei Tage krank.“

„Sie hat dich angerufen?"

„Nein, Frau von Geesthausen hat es mir erzählt."

„Ich würde Marie gerne mal besuchen", sagt Frigga.

„Wer täte das nicht? Aber ich weiß leider nicht, wo sie wohnt."

Frigga starrt ihn verblüfft an.

„Du hältst Händchen und knutschst mit ihr, und weißt nicht, aus welchem Hause sie kommt?"

„Mach du nur deine Späße. Eines Tages werde ich sie nicht mehr aushalten können."

„Das ist das Schicksal der Gaukler und Barden", sagt Frigga. „Ich will dann mal wieder"

„Wenn du an der Bude vorbeikommst, bringst du mir dann ein Bier mit?"

„Kann ich machen, aber so schnell werde ich nicht wieder zurück sein."

„Macht nichts. Ich brauche nur was, auf was ich mich freuen kann."

21.

Frigga tritt hinaus auf die Straße und steuert direkt auf Hermine Jeskowiak zu. Die alte Frau schüttelt gerade ihr Kissen aus und platziert es dann ordentlich neu. Sie wird den Kaiser-Wilhelm-Park bestimmt von früher kennen, denkt Frigga, denn sie ist im Viertel aufgewachsen. Sie hat ihre Schulzeit, ihre Jugend hier verbracht. Der Park ist vielleicht ein Treffpunkt für sie und ihre erste Liebe gewesen. Er ist schließlich fußläufig zu erreichen. Aber heute kann sie kaum noch laufen und wird ihn sicher nur noch in ihrer Erinnerung betreten.

„Na, mein Schätzchen!", ruft Hermine ihr zu. „Komm, erzähl einer alten Frau etwas Neues. Kann auch was Altes sein, musst es dann aber neu verpacken."

„Ich möchte lieber was von dir wissen."

„Da bin ich aber gespannt."

„Wo wohnt Frau Keller?"

„Du lieber Himmel. Die hatte ich ja ganz vergessen. Man wird ihr doch wohl schon Bescheid gesagt haben? Eine ganz reizende Person. Aber sie ist nicht aus dem Viertel. Kommt immer mit ihrem kleinen Auto, wenn sie bei Bause hilft ... geholfen hat. Da wird sie einmal krank, schon passiert so was."

„Aber warum weiß denn niemand mehr über diese Frau!", ruft Frigga. „Sie hat doch bestimmt in der ganzen Zeit, wo sie hier arbeitet, mit jemandem gesprochen, oder?"

„Mir hat sie immer nur zugewinkt, wenn sie ankam, und wenn sie wieder wegfuhr, hat sie mir auch zugewinkt. Die hat doch sicher noch andere, denen sie hilft. Fleißige Frau."

„Aber das kann doch nicht alles sein."

„Sie ist halt nicht geschwätzig", meint Hermine. „Sie hat ihre Arbeit gemacht und gut. Für das bisschen Lohn würde ich auch nicht rumtrödeln."

Plötzlich dringt ein Dröhnen von der Kreuzung zu ihnen herüber, und da sieht Frigga auch schon Frau von Geesthausens roten Porsche die Straße entlangfahren. Ihr folgt ein Möbelwagen. Beide Fahrzeuge halten vor Haus Nummer neunzehn.

„Es geht doch nichts über ein kostenloses Schauspiel", sagt Hermine und setzt sich bequemer.

Frau von Geesthausen steigt aus dem Auto und beginnt sofort, die Möbelpacker zu dirigieren. Keine fünf Minuten später verschwindet das erste Möbelstück aus Bauses Wohnung im Wagen.

„Hast du es eilig?", ruft Hermine zu Frau von Geesthausen hinüber. Die aber winkt nur ab und verschwindet im Hauseingang.

„Kaum hat die Polizei den Tatort freigegeben, kommen sofort die Aasgeier", sagt Hermine.

„Der Tatort ist freigegeben?", fragt Frigga.

„Muss ja", sagt Hermine.

Frigga folgt Frau von Geesthausen in die Wohnung und findet sie telefonierend im Schlafzimmer. Sie versucht jemandem klar zu machen, dass er nur ja oder nein zu sagen brauche, und sie würde das Nötige dann in die Wege leiten. Aber das ist offenbar schwieriger als gedacht. Frigga bedeutet ihr, dass sie im Wohnzimmer warten werde.

Warum geht diese Pendeluhr eigentlich eine halbe Stunde nach? Frigga kennt genügend Leute, die ihre Uhren ein wenig vorstellen, um pünktlich ihre Ziele zu erreichen. Aber warum sollte man seine Uhr nachstellen? Sie glaubt nicht, dass es etwas mit dem Mord zu tun hat. Es könnte allenfalls eine der zahlreichen Ablenkungen sein, die der Mörder in der Wohnung verteilt hat. Frigga weiß, dass Scheibelhud diese Ablenkungen wahnsinnig machen, weil er jeder einzelnen ihren Ablenkungscharakter nachweisen muss.

„Also ich mach jetzt hier weiter. Wenn du dich entschieden hast, dann sag Bescheid."

Frau von Geesthausen betritt das Zimmer und verdreht die Augen. Dann unterbricht sie die Verbindung.

„Männer! Im Grunde verlorene Liebesmüh. Was kann ich für Sie tun?"

„Was ist eigentlich mit dieser Uhr los?"

„Was soll damit los sein?"

„Sie geht nach."

„Und?"

„Ich frage mich, ob das eine Bedeutung hat."

„So, das fragen Sie sich? Haben Sie nichts anderes zu tun?"

„Ich hätte schon, aber diese Angelegenheit hat mich ausgebremst."

Frau von Geesthausen atmet einmal tief ein und aus. Gut so, denkt Frigga, jetzt ist der Druck aus dem Topf.

„Ja, so kann man das wohl nennen", sagt Frau von Geesthausen leise. Ihr Blick ruht auf der Uhr.

„Meine Mutter hat immer vergessen, das Ding aufzuziehen. Sie hatte irgendwie keinen Bezug zur Zeit. Auch ihre Armbanduhr zeigte in der Regel eine Phantasiezeit an. Sie weigerte sich aber, eine batteriegetriebene zu benutzen. Mein Vater hat ihr mal eine geschenkt, aber die hat sie irgendwo liegenlassen."

Sie schaut auf ihre eigene Uhr.

„Ist schon seltsam, was einem so durch den Kopf gehen kann."

Sie atmet noch einmal tief durch.

„Dann hat ihr Vater die Uhr sozusagen zur Erinnerung an sie falsch einstellen lassen?", fragt Frigga.

Frau von Geesthausen nickt.

„Der blöde, alte Kerl", sagt sie.

„Haben Sie inzwischen Ihre Brosche zurück?", fragt Frigga. „Hatte davon gehört, dass Sie sie vermissen."

„Ja, die Brosche. Bisher ist sie nicht wieder aufgetaucht. Aber so leicht lässt sie sich auch nicht verkaufen. Wir müssen abwarten."

„Sie ist bestimmt wertvoll, oder?"

„Es sind weniger das Gold und die Steine, weshalb ich sie zurückhaben möchte."

„Nun, wenn man bedenkt, dass es schon der Energie einer Kollision zweier Neutronensterne bedarf, damit Gold entstehen kann, dann ist jedes Fetzchen davon schon etwas Besonderes", sagt Frigga. „Aber ich glaube zu verstehen, was Sie meinen. Haben Sie eigentlich die Adresse von Marie Keller? Ich hätte ihr etwas zu überbringen."

„Die wohnt hier irgendwo in Altenessen. Genauer weiß ich es nicht. Aber eine Telefonnummer habe ich."

Frau von Geesthausen durchsucht ihr Telefonverzeichnis. Die Telefonnummer hätte ich mir von Bauses Festnetzanschluss auch selbst holen können, denkt Frigga, aber Altenessen trifft sich gut. Nur der Form halber versucht sie abzuschätzen, wie groß die Füße von Frau von Geesthausen sind. Aber die trägt wieder hochhackige Schuhe, und so wirken sie kleiner, als sie tatsächlich sind.

„Haben Sie was zum Schreiben?"

Doktor Hangebrauck hat inzwischen den Park verlassen, und auch der Nebel hat sich längst verzogen. Ein paar Landschaftsgärtner bereiten den Park auf den Frühling vor. Wenn nicht irgendwo in der Ferne eine Baumaschine arbeitete, dann wäre es recht still. Der Straßenverkehr ist nur durch ein tiefes Rauschen zu erahnen.

Frigga setzt sich eine Mütze auf, die ihre Haare vollständig verdeckt, und kehrt an die Stelle zurück, wo sie das Flügelbruchstück gefunden hat. Hier kreuzt der Weg, auf dem sie gekommen ist, einen anderen. Geradeaus liegt weiter hinten der Minigolfplatz und die nächste Querstraße. Links führt der kreuzende Weg durch einen Torbogen, und von rechts kommt er aus der Siedlung.

Frigga wählt die von Frau von Geesthausen erhaltene Nummer. Sie hat die Rufnummernunterdrückung eingeschaltet und nimmt sich vor, genau aufzupassen, was sie gleich hören wird. Schon nach zweimaligem Klingeln meldet sich die Stimme, die Frigga schon auf dem Anrufbeantworter gehört hatte.

„Hallo?"

„Ich weiß nicht, ob ich bei Ihnen richtig bin", beginnt Frigga, aber in genau diesem Moment wird es sehr laut auf der Gegenseite.

„Was?", hört sie Marie Keller rufen. „Ich kann Sie nicht verstehen! Moment, ich mach kurz das Fenster zu!"

Frigga unterbricht die Verbindung. Der Lärm am anderen Ende war Baustellenlärm, und er hat genau so geklungen wie der, den sie in der Ferne hört. Das war ja einfach, denkt sie, und folgt dem Weg geradeaus am völlig verwahrlosten Minigolfplatz vorbei bis zur Querstraße außerhalb des Parks.

Die Baustelle ist unübersehbar. Auf einer Länge von gut dreißig Metern ist die Fahrbahndecke aufgerissen. Gerade setzt der Bagger einen am Arm befestigten Meißel an. Nach mehreren wuchtigen Stößen hat er den Asphalt durchdrungen. Mit einer knappen Bewegung wird eine ganze Platte herausgehebelt. Der Meißel sucht sich eine neue Stelle. Hier in der Nähe muss Marie Keller wohnen. Das Geräusch aus dem Telefon war so laut gewesen, dass die Wohnung nur in einem der beiden Häuser sein kann, die der Baustelle am nächsten stehen. Frigga wirft einen Blick auf die Klingelschilder des Hauses Nummer sechsundfünfzig, aber dort wird sie nicht fündig. Bei Haus Nummer siebenundfünfzig sticht der Name aber sofort heraus. Was habe ich für ein Glück, denkt Frigga. Mann, hat das Spaß gemacht, denkt sie auch noch. Sie geht ein

Stück den Weg zurück bis zum Minigolfplatz und wählt Viktorias Nummer. Hier ist der Baustellenlärm gerade nicht mehr störend.

Viktoria ist noch ganz aufgeregt. Scheibelhud sei so nett und höflich, schwärmt sie. Er sehe aus der Nähe sogar noch besser aus. Es sei goldrichtig gewesen, ihm die Kekse anzubieten.

„Das freut mich für dich", sagt Frigga.

„Entschuldige", sagt Viktoria, „du hast bestimmt nicht deswegen angerufen, oder?"

„Ich habe Marie Keller gefunden. Theoretisch könnte sie in Frage kommen", sagt Frigga. „Nein, besser: Ich denke, sie ist die Täterin!"

Am anderen Ende ist es still.

„Viktoria?"

„Ja, ich bin noch dran. Aber ich musste mich gerade an etwas erinnern, was Thomas gesagt hat."

„Thomas? So weit ist es also bereits?"

„Nein, nein. Aber du weißt ja, dass ich schon einmal übe. Wir sind irgendwie auf Frau Keller gekommen, und da hat er gesagt, dass die Frau ja krank im Bett gelegen habe."

„Das weiß ich auch. Ich habe mitgehört, als sie sich bei Bause telefonisch entschuldigt hat."

„Ja, aber Thomas hat auch gesagt, dass es da einen Herrn Bügel oder so ähnlich gibt, der bezeugen kann, dass sie auch zu Hause gewesen ist."

„Ist das ihr Freund?"

„Nein, viel schlimmer. Der beobachtet sie offenbar von der anderen Straßenseite aus."

„Was? Ein Spanner?"

„Spanner oder Stalker, meinte Thomas. Er hat ihm den Kopf gewaschen. Frau Keller wollte ihn nicht anzeigen, und so wird deswegen nichts weiter passieren."

Wie gruselig, denkt Frigga. Wenn mich einer permanent beobachten würde, dem hätte ich was erzählt. Aber vielleicht ist Marie Keller aus anderem Holz. Vielleicht steht sie ja sogar darauf!

„Wo bist du eigentlich gerade?", fragt Viktoria.

„Ich bin noch vor Ort. Hier ist so ein Minigolfplatz."

„Ach ja, den kenne ich!", ruft Viktoria. „Kommst du gleich zurück?"

„Jetzt bin ich schon einmal hier. Da kann ich diesen Herrn Bügel ..."

„... oder so ähnlich!"

„... mal abklopfen."

Der Unterschied zwischen Stadt und Land besteht unter anderem darin, dass man sich in der Stadt nicht auf der Straße grüßt. Zumindest grüßt man keine Wildfremden, was auf dem Lande gang und gäbe ist. In der Stadt gibt es eigentlich nur einen einzigen Wildfremden, den man, ohne dass es auf Verwunderung stoßen würde, auf der Straße grüßen kann, und das ist der Postbote.

Als Frigga den Park verlässt und auf die Querstraße tritt, fährt gerade einer auf seinem Fahrrad an ihr vorbei. Sie grüßt ihn. Der Postbote grüßt kurz zurück, fährt noch bis zu Marie Kellers Haus und bockt das schwere Fahrrad auf seine eingebaute Stütze. Zur Erleichterung des Boten hat es einen zuschaltbaren elektrischen Antrieb. Der Bote wendet sich den beiden gelben Koffern voller Post vorne und hinten auf dem Rad zu. Bald hat er einen Packen Briefe gesammelt und drückt auf mehrere Klingeln. Als ihm geöffnet wird, betritt er den Hausflur und ruft: „Die Poohost!"

Die Haustür fällt zu und verbirgt so sein Treiben an den Briefkästen vor Frigga.

Die Wohnung des Spanners muss gegenüber von Marie Kellers Haus liegen, und so ist es für Frigga ein Leichtes, sie ausfindig zu machen. Er heißt nicht Bügel, sondern Bürgel. Gerd Bürgel. Sein Briefkasten liegt auch innen. Das ist sehr gut! Frigga geht wieder zurück zum Parkeingang und dreht sich um. Der Postbote ist inzwischen auf Marie Kellers Seite die Straße bis ganz nach unten gefahren und hat schon kehrtgemacht. Jetzt kommt er auf der anderen Seite wieder zurück. Bis zu Gerd Bürgels Adresse sind es noch gute fünf Häuser.

Wenn Frigga sich jetzt langsam Bürgels Haus nähert, dann werden der Postbote und sie ziemlich gleichzeitig davorstehen. Sie muss nur abwarten, dass der Postbote zuerst die Klingeln drückt. Der Postbote wird keinen Verdacht schöpfen, wenn sie mit ihm das Haus betritt, denn obwohl er als einziger von Wildfremden gegrüßt wird, so merkt er sich die Grüßenden nicht. Das wäre hier nicht anders als in Bielefeld.

Jetzt erreicht er Bürgels Haus. Jetzt sollte er sein Fahrrad aufbocken, jetzt sollte … er fährt daran vorbei! Frigga tritt zwischen zwei parkend Autos, um ihm Platz zu machen und nickt ihm sogar kurz zu. Aber er ist zu sehr darauf konzentriert, sich an Frigga vorbeizumanövrieren. Frigga ist froh, dass sie diese Mütze trägt. Ihre rote Löwenmähne wäre ihm sicher aufgefallen, er hätte sich dann vielleicht weniger konzentrieren können, er wäre angeeckt, es hätte Palaver gegeben, und Palaver auf der anderen Straßenseite vor Marie Kellers Wohnung ist Frigga nicht Recht zumindest dann nicht, wenn sie selbst darin verwickelt ist. Zwei Häuser weiter bleibt der Postbote stehen, kramt in seinen Koffern und verschwindet mit einem Packen Briefe im Haus.

Frigga drückt die obersten Klingeln zu Bürgels Haus. Sie kann sie oben in den Stockwerken hören. Dann wird die Tür geöffnet.

„Die Poohost!", ruft Frigga mit tief verstellter Stimme. Dann geht sie zu den Briefkästen, klappert ein wenig daran herum, öffnet die Haustür und lässt sie wieder zufallen. Einen kurze Augenblick lauscht Frigga, ob sich irgendwer jetzt auf den Weg zum Briefkasten macht. Aber es bleibt ruhig im Haus, und daher macht sie sich daran, in das dritte Obergeschoss zu steigen.

Das Haus ist von neuerer Bauart als das von Viktoria. Die Gegend mutet sowieso etwas reicher an, als die bei Viktoria. Möglicherweise macht sich schon hier die kürzere Distanz zur Innenstadt bemerkbar. Das Treppenhaus ist auch nicht aus Holz sondern aus Stein. Hier kann keine Stufe knarren. Vom Treppenhaus führen Glastüren in die Wohntrakte. Wahrscheinlich hat man Friggas Post-Ruf nicht einmal gehört.

Im dritten Obergeschoss drückt Frigga die Glastür auf. Vor ihr erstreckt sich ein dunkler, kahler Gang mit Nischen. In jeder Nische befindet sich eine Wohnungstür. In den Wohnungstüren sind nicht nur bessere Schlösser, sondern auch Türspione verbaut. Hier hat man bestimmt keine Sicherheitstür für das Dachgeschoss installiert. Hier könnte Martin seine Tür nicht unverschlossen lassen. Am Ende des Ganges ist ein Fenster, das ein wenig Licht hereinlässt.

Frigga geht von Tür zu Tür, bis sie Gerd Bürgels Wohnung findet. Es ist die Wohnung neben dem Fenster. Frigga schaut hinaus. Unten verläuft die Straße. Es stehen dort auch einige Bäume und Büsche. Rechts vom Haus liegt die Baustelle. Es sieht so aus, als verlegten sie ein Regenwasserrohr. Vielleicht sind die Keller einmal zu viel vollgelaufen, und die Gemeinschaft hat sich darum stark gemacht. Über dem Dach des Hauses gegenüber kann sie die Baumwipfel des Kaiser-Wilhelm-Parks sehen.

Frigga ist sich noch nicht darüber im Klaren, wie sie vorgehen will. Dieser Mann kennt sie nicht. Er ist zwar von Scheibelhud bezüglich Marie Keller befragt worden, aber möglicherweise hat er ihm nicht den eigentlichen Grund dafür genannt. Wenn er Marie Keller tatsächlich permanent beobachtet, dann muss er sich jetzt in die Enge getrieben fühlen.

Wer nicht wagt, der nicht gewinnt, denkt sie und kehrt zur Tür zurück. Sie legt das Ohr dagegen. Drinnen spielt leise Musik. Frigga schellt und tritt einen Schritt zurück, damit man sie durch den Türspion gut sehen kann, aber sie hört weder Schritte sich nähern, noch verdunkelt sich das Licht im Türspion. Frigga schellt ein weiteres Mal. Diesmal klopft sie auch noch leicht gegen die Tür, aber all dies bleibt erfolglos.

Sie will sich gerade zum Gehen wenden, als der Tür-spion gegenüber flackert. Jemand hat sie hier die ganze Zeit beobachtet! Jetzt wird es wieder dunkel im Spion. Ein Auge klemmt von der andren Seite dagegen. Frigga geht darauf zu, der Spion wird wieder hell. Frigga klingelt. Frigga klingelt noch einmal, weil sich nichts tut, und klopft auch hier gegen die Tür.

„Hallo, ich möchte nur kurz mit Ihnen reden", hallt ihre Stimme im Gang.

Auf dem Klingelschild steht J. Hansen.

„Bitte, ich brauche eine Auskunft."

„Wer sind Sie", hört sie eine Frauenstimme.

„Frau Hansen?", fragt Frigga.

„Ja, aber wer sind Sie?"

„Ich bin eine Bekannte von Herrn Bürgel."

Ein Schlüssel dreht sich im Schloss. Die Tür wird so weit aufgezogen, bis die Sicherheitskette gespannt ist.

„Sie brauchen keine Angst zu haben", beruhigt Frigga die junge Frau, die in einer Hand ein Pfeffer-spray hält. „Ich will nur mit Herrn Bürgel sprechen. Da ich Musik aus seiner Wohnung hören kann, nehme ich an, dass er da ist."

„Wenn Musik spielt, dann ist er auch da", sagt Frau Hansen.

„Aber er öffnet nicht", entgegnet Frigga.

Die junge Frau lässt das Pfefferspray sinken.

„Das ist allerdings seltsam", meint sie. „Einen Moment, ich komme heraus."

Die Tür wird geschlossen und unmittelbar darauf wieder geöffnet. Vor Frigga steht eine zierliche Frau mit braunen Haaren. Frigga schätzt sie auf achtundzwanzig Jahre. Sie trägt eine Trainingshose und eine Kapuzenjacke. Die Sorge um ihren Nachbarn scheint ihren Argwohn Frigga gegenüber völlig weggeblasen zu haben. Sie zückt einen Schlüssel.

„Gerd hat mir den einmal gegeben, falls mal was sein sollte. Bisher brauchte ich den nicht zu benutzen. Aber wenn Sie sagen, dass da Musik aus der Wohnung zu hören ist, er sich aber nicht rührt, dann ist das bestimmt so ein Fall, wo ich den Schlüssel benutzen darf", sagt sie.

Auch sie legt ein Ohr an Bürgels Tür.

„Sie haben Recht. Da spielt Musik. Vielleicht warten wir noch einen Moment. Am Ende sitzt er auf der Toilette."

Als sich auch fast drei Minuten später nichts weiter in der Wohnung tut, schließt sie die Tür auf.

Frigga fühlt sich unvermittelt in das andere, noch keine zwei Tage zurückliegende Ereignis versetzt. Schon wieder steht sie in einer fremden Wohnung vor einer Leiche, und schon wieder sackt die Frau, mit der sie diese Leiche findet, zusammen.

22.

Scheibelhud hat sich in seinem Sessel zurückgelehnt und starrt auf vier Aktenordner.

„Und? Sprechen sie mit dir?", fragt Kommissarin Mlaka mit einem Pott Kaffee in der Hand. Der Zeigefinger der anderen Hand ist bandagiert. Scheibelhud findet das irgendwie süß.

„Der Finger?", fragt er.

„Wird wieder in Ordnung. Hab auch ne Spritze gekriegt."

„Und das Tier?"

„Ist im Heim. Was ist nun mit den Akten?"

„Ich weiß nicht", sagt Scheibelhud. „Irgendwas stimmt mit diesen Belegen nicht. Ich weiß noch nicht was, aber irgendwas ist hier faul."

Mlaka setzt sich zu ihm.

„Erzähl", fordert sie ihn auf und nippt am Becher.

„Den vierten Ordner können wir, glaube ich, vernachlässigen. Hier stehen alle drin, denen er einmal Geld geliehen hat. Diese Phase scheint aber schon länger vorbeizusein. Nur Martin Oberkamp schuldet ihm noch hundertfünfzig Euro. Das aber schon seit einem dreiviertel Jahr."

Er schiebt den Ordner ein wenig in den Hintergrund.

„Wenn ich mir nun den Ordner mit den Bankauszügen anschaue, so fällt auf, dass der Mann seit ziemlich genau zwei Jahren pro Monat etwa dreihundert Euro mehr im Monat ausgegeben hat als davor. Das deckt sich in etwa mit dem Beginn der Tätigkeit von Marie Keller bei ihm. Aber eben nicht ganz."

„Inwiefern?"

„Die ersten drei bis vier Monate sind in etwa so, wie die Jahre zuvor."

„O.K. Das ist doch schon mal was", meint Mlaka.

„Man könnte jetzt vielleicht denken, dass Frau Keller sich sozusagen eingeschlichen hat, denn ..." er zieht einen Zettel aus dem mittleren Ordner, „er hat ihr Kontovollmacht gewährt ab dem Zeitpunkt, wo die Ausgaben steigen."

„Aber das ist dann doch eindeutig!", ruft Mlaka.

„So scheint es. Das Geld taucht aber nicht bei Frau Keller auf dem Konto auf. Das könnte bedeuten, dass sie es entweder sofort ausgegeben hat, oder aber sie hat es in bar bei sich oder wo auch immer herumliegen. Oder aber ..."

„... sie hat ein weiteres Konto!", sagt Mlaka.

Scheibelhud nickt.

„Sie hat kein weiteres Konto. Was aber auffällt, ist, dass Bause, oder besser Frau Keller, ab besagtem Zeitpunkt bestimmte Nahrungsergänzungsmittel gekauft hat."

„Aber die kosten doch nicht so viel", meint Mlaka.

„Die hier schon. Es sind einige Vitamine, Magnesium, aber auch ein Q10-Präparat. Das alleine kostet schon etwa zweihundert Euro pro Monat."

„Du lieber Himmel!"

Scheibelhud hebt einen Zettel hoch.

„Er hat die alle täglich eingenommen."

„Da verliert man ja die Übersicht", meint Mlaka.

„Ja, da weiß man am Ende nicht mehr, wie viel man noch hat von dem Zeug. Frau Kellers Aufgabe war es unter anderen, darüber Buch zu führen. Ich stelle mir vor, dass sie über die noch vorhandenen Mengen nicht die Wahrheit gesagt hat. Wird aber schwer zu beweisen sein, ob er weniger in der Packung hatte als angegeben."

„Jetzt haben wir doch schon zwei Anhaltspunkte, oder?", fragt Mlaka.

„Das, was mich so richtig stutzig macht, das ist in diesem Ordner."

Er zieht den dritten Ordner hervor.

„Hier hat er Rechnungen und Quittungen aller Art abgeheftet. Frau Keller ist für ihn auch Einkaufen gegangen."

„Das klingt ja erst einmal nett."

„Braucht ein Mann Damenbinden?"

„Keine Ahnung. Braucht ein Mann Damenbinden?"

Scheibelhud stutzt.

„Nein, braucht er nicht. Das ist aber auch nicht so wichtig. Ab und zu tauchen Dinge auf den Quittungen auf, die nicht recht zu Bause und seinem Lebensstil passen wollen. Aber noch interessanter finde ich, dass die Quittungen an Tagen und zu Uhrzeiten ausgestellt wurden, an denen Frau Keller überhaupt keinen Einkauf geplant hatte."

„Vielleicht hat sie die Dinge außerhalb der Arbeitszeit eingekauft, als es ihr passte", meint Mlaka.

„Sie ist immer freitags einkaufen gegangen. Das steht in ihrem Dienstplan. Montags putzen, mittwochs

Wäsche, freitags einkaufen. Die Quittungen sind aber über die ganze Woche verstreut. Sogar samstags ging sie für Bause einkaufen. Da war sie aber gar nicht hier. Das finde ich sehr seltsam, denn man sollte annehmen, dass sie für ihren jeweiligen Kunden in der Zeit einkaufen geht, wo sie auch für ihn sowieso tätig ist. Hat sie eigentlich mehrere Kunden gehabt?"

Mlaka zuckt die Achseln.

„Wir wissen noch nicht so viel über sie, aber es ist anzunehmen."

„Wir könnten das nachprüfen. Offenbar war sie immer im Kaufland des Allee-Centers. Zumindest für die letzte Woche müssten doch die Kameras an der Kasse aufgezeichnet haben, ob sie wirklich dort war."

Scheibelhud nickt.

„Das werden wir sofort prüfen."

23.

Frigga hilft Frau Hansen wieder auf die Beine und führt sie in ihre Wohnung. Dort legt sie ihr auf dem Sofa die Beine hoch. Das ist alles ganz schlecht, denkt Frigga.

Sie holt ein Glas Wasser aus der Küche. Langsam bekommt Frau Hansen wieder Farbe im Gesicht.

„Es ist sehr nett, dass Sie sich so um mich sorgen", sagt Frau Hansen schwach.

„Ist doch selbstverständlich. Der Tote wird ja nicht weglaufen."

„Wie schrecklich", stöhnt Frau Hansen. „Dabei habe ich doch vor nicht einmal drei Stunde mit ihm gesprochen."

Warum sagen die Leute so etwas, fragt sich Frigga nicht das erste Mal. Wie viel Zeit muss in der Vorstellung der Leute vergangen sein, damit der Tod eines Menschen nicht mehr diese Art der Verwunderung, diese Art der Erschütterung bewirkt? Drei Stunden scheinen zu wenig zu sein, in anderen Fällen reichen aber auch mehrere Wochen nicht aus. Sind wir erschüttert, weil uns der Tod unanständig nahe gekommen ist? Hat der Tod still und leise in großer Entfernung und zeitlich weit zurück einzutreten? Am Ende ist die Reaktion weder Verwunderung noch Erschütterung, sonder Empörung?

„Ist Ihnen denn gar nichts aufgefallen?", fragt Frigga.

„Was hätte mir denn auffallen sollen?", fragt Frau Hansen zurück, was Frigga, ihren Zustand einbeziehend, reichlich frech findet.

„Für jemanden, der hinter der Tür lauert, wäre das doch eine Kleinigkeit. Ich bin ihnen doch auch aufgefallen."

„Ich lauere nicht hinter Türen", rechtfertigt sich Frau Hansen. „Ihr Verhalten war nur ungewöhnlich, denn hier klopft niemand an Türen."

„Dann will ich nichts gesagt haben", sagt Frigga.

„Ist schon gut", sagt Frau Hansen, „es musste Ihnen ja ungewöhnlich vorkommen, dass ich hinter der Tür gelauert habe."

„Das heißt, bevor ich an die Tür geklopft habe, hatten Sie von meiner Anwesenheit keine Ahnung?", fragt Frigga.

„Nein, die Türen halten einen Großteil der Geräusche aus den Wohnungen heraus. Jetzt, wo wir drüber reden, fällt mir ein, dass der Postbote immer in den Hausflur ruft, dass er da ist. Wenn man nicht direkt an der Glastür des Ganges wohnt und noch dazu seine Wohnungstür geöffnet hat, dann kann man ihn überhaupt nur hören, wenn die Glastür auch offen steht. Das tut sie aber nie. Warum macht er das dann eigentlich?"

„Ich denke, er ist es so gewohnt. Die anderen Häuser hier sind anders aufgebaut, und dort macht es Sinn. Woher wussten Sie denn dann, dass Gerd Bürgel zu Hause war?"

„Ich habe mir etwas Mehl für einen Kuchen von ihm borgen wollen. Sicher, der Supermarkt ist nicht so weit weg, aber mir fehlte nur eine halbe Tasse, und ich hatte den Ofen schon angeheizt. Aber er hatte keines, und da musste ich dann doch zum Supermarkt."

Sie setzt sich aufrecht.

„Bereits zu dem Zeitpunkt hat die Musik gespielt. Ich habe zwar gedacht, dass diese Musik doch eigentlich nicht zu ihm passt, denn für gewöhnlich hört er viel härtere Musik. Aber vor allem hat mich gewundert, dass er so kurz angebunden war. Genau genommen hat er die Zähne nicht auseinander bekommen. Ach ja, er hat sich irgendwie zurechtgemacht. Ich kann mich nur über mich wunden, dass mir das erst jetzt auffällt. Er hat auch nach einem Parfum oder Rasierwasser gerochen. Gerd ist gar kein Typ für solche Düfte", sagt sie nachdenklich. Dann scheint ihr eine überraschende Idee gekommen zu sein.

„Er hat jemanden erwartet, oder?", fragt sie. Ein bisschen Wehmut schwingt in diesem Satz mit, und Frigga macht sich daher eine Gedankennotiz dazu.

„Ich kann Ihnen da nur beipflichten", sagt sie. „Wenn Sie für einen Moment alleine zurechtkommen, dann würde ich gerne noch einmal einen Blick in Gerds Wohnung werfen."

„Oh, kein Problem, ich komm klar."

„Ich werde auch die Polizei alarmieren. Soll ich auch einen Krankenwagen rufen?"

Frau Hansen schüttelt den Kopf.

„Mir geht es schon wieder ganz gut."

„Wenn etwas sein sollte, dann rufen Sie. Ich lass die Türen offen stehen."

Bei genauerer Betrachtung liegt nicht Bürgels ganze Wohnung im Chaos. Genau genommen betrifft es nur das Wohnzimmer, und tatsächlich hat der Täter dort eine Ecke komplett ausgelassen. Das kann nur bedeuten, dass er etwas gesucht und gefunden hat. Danach ist er verschwunden. Doch was hat er gesucht und gefunden? Frigga kann es nicht sagen und lässt ihren Blick schweifen. Da ist eine Schreibmaschine. Sehr seltsam. So etwas hat nicht einmal Mama mehr, denkt sie. Frigga geht näher heran. Sie öffnet die Abdeckung. Es ist kein Papier eingespannt.

Warum soll da auch etwas eingespannt sein, fragt sich Frigga. Bestimmt ist sie nur aus nostalgischen Gründen hier. Gerd Bürgel hat immerhin auch einen Rechner. Aus purer Neugier entnimmt Frigga das Farbband. Hier kann man in Spiegelschrift das lesen, was er zuletzt geschrieben hat.

Ich habe deine Beine gesehen, Marie! Ich lade Dich ganz herzlich dazu ein, mit mir den kurzen Film von vorgestern Nacht anzusehen.

Was soll denn das bedeuten? Wenn das Schreiben von heute ist, dann bezieht es sich auf die Mordnacht. Bürgel soll Frau Keller ein Alibi verschafft haben, aber das hier klingt eher wie ein Erpresserschreiben! Dann könnte es sich bei dem, was hier gesucht und gefunden wurde, um einen kurzen Film handeln.

Die kleinen Buchstaben verschwimmen vor Friggas Augen. Sie braucht mehr Licht. Frigga will zur Fensternische gehen und noch einmal genau lesen, was die kleinen Hämmer in das Plastik geprägt haben. Doch sie stößt mit dem Fuß gegen etwas Hartes, das unter dem dicken Vorhang ein wenig hervorschaut. Frigga zieht den Vorhang beiseite, und da steht ein Teleskop auf einem Stativ. Kein Vergleich zu ihrem eigenen. Frigga sieht hindurch. Es ist auf das Fenster einer Wohnung auf der andern Straßenseite ausgerichtet. Die Vorhänge dort sind beiseite geschoben, und so ist der Blick auf das Fußende eines Bettes frei. Jetzt huscht ein Schatten durch den Raum. Dann tritt eine Gestalt ans Fenster. Das muss Marie Keller sein. Sie starrt direkt zu Frigga herüber. Die will sich aus einem ersten Impuls heraus in den hinteren, dunkleren Teil des Zimmers zurückziehen, aber Marie Keller lässt plötzlich ihre Zunge mehrmals schnell zwischen ihren zusammengepressten Lippen hin und her fahren. Dabei reißt sie die Augenbrauen hoch.

Frigga versteinert. Die Frau in der Wohnung auf der anderen Straßenseite heißt nicht Marie Keller. Das ist Sandra Nowak! Jetzt kann sie auch Ähnlichkeiten mit dem jungen Ding von damals feststellen. Der hatte Friggas kleiner Bruder Theodor einmal zu wenig Geld gegeben und wollte dann auch noch stiften gehen. Sandra vergalt es ihm, indem sie den kleinen Kerl gegen das eiserne Gatter schleuderte. Dabei brachen ihm seine gerade neu gewachsenen Schneidezähne ab, und ein scharfer Rest bohrte sich durch die Unterlippe. Sein ganzer Mund war voller Blut, die Zahnsplitter lagen verteilt auf der Straße, und Saft-Sandra lachte. Frigga stellte Sandra später zur Rede und knallte ihr eine. Ihr war es schon immer egal, wie viel älter oder größer oder stärker jemand war. Theo bekam acht Kronen, und Sandra eine Narbe auf der Wange. Frigga muss nur genau hinsehen, und da wird aus Marie Keller die Saft-Sandra.

24.

Scheibelhud und Mlaka sitzen vor einem Überwachungsmonitor. Unten im Bild werden Datum und Uhrzeit angezeigt. Der Bildausschnitt ist recht großzügig, so dass nicht nur ein halbes Dutzend Kassen zu sehen sind, sondern auch ein Teil des Bereiches mit den Einkaufswagen.

Scheibelhud hasst solche Arbeiten. Wenn es nach ihm ginge, dann hätte jede Kasse ihre eigene Überwachungskamera, und die hätte eine grandiose Auflösung. Solch aufwändige Technik ist den Unternehmen aber in der Regel zu teuer, und darum setzen sie auf die Schrotschussmethode und aufmerksames Personal. Wirklich erkennen lässt sich auf diesen Videos daher meist nicht viel. Diebstähle sind sowieso in die Preise eingerechnet, und außerdem gibt es eine Versicherung. Da Scheibelhud Frau Keller bisher als einziger live gesehen hat, ist es auch an ihm, sie in der Menge der Kunden zu finden. Das hasst er ganz besonders. Sie sind zwar zu zweit, er aber hat die ganze Arbeit bei schlechtem Bildmaterial.

Er schaut auf den Kassenzettel vom vergangenen Freitag, der als Basis für ihre Suche dient. Das sollte die Sache etwas leichter machen. Nach dem Kassenzettel soll Frau Keller um 9:47 Uhr an Kasse vier bezahlt haben. Er lässt das Video etwas langsamer laufen, denn es nähert sich diesem Zeitpunkt.

Ein dicker Mann bezahlt, dann eine Frau mit zwei Kleinkindern, dann kommt ein junger Mann, dann noch eine Frau, dann zwei Jugendliche. Die Zeit ist überschritten. Scheibelhud spult zurück. Wenn die Angaben stimmen, dann hat die Frau mit den beiden Kleinkindern um 9:47 Uhr bezahlt. Aber das ist nicht Frau Keller.

„Sind Sie sicher, dass das Kasse vier ist?", fragt Scheibelhud Herrn Fischer vom Kaufland. Der wirft einen prüfenden Blick auf den Kassenzettel und dann auf das Video. Er nickt.

„Das müsste alles stimmen."

„Wir können nicht näher heranfahren, um die Einkäufe abzugleichen?", fragt Mlaka.

Fischer schüttelt den Kopf.

„Nur das, was Sie hier sehen."

Scheibelhud kann einen Kürbis erkennen. Auf dem Zettel ist auch einer. Im Video sieht er, wie eines der beiden Kleinkinder etwas aus dem Verführbereich nimmt und heimlich auf das Band legt. Auf dem Zettel steht ein Überraschungsei. Die Mutter ist so im Stress, dass sie es nicht mitbekommen hat. Scheibelhud spult vor. Da, jetzt hat sie es gesehen. Aber da ist es schon gebongt worden. Wegen des einen Eies will sie aber keinen Umstand machen.

„Ich denke, das ist der Einkauf, der auf dem Zettel steht", sagte er.

„Aber Frau Keller hat ihn nicht getätigt", sagt Mlaka.

Scheibelhud nickt. Auf dem Monitor hat die Mutter alles in Tüten verpackt und ist gerade im Begriff, den leeren Einkaufswagen zurück ins Depot zu schieben.

Scheibelhuds Augen beginnen zu brennen. Eine Frau ist zu der kleinen Familie getreten. Sie hält etwas in der Hand, das Scheibelhud nicht erkennen kann. Die Mutter nimmt es entgegen und überlässt den Wagen der anderen Frau. Es ist Frau Keller.

„Da ist sie", sagt Scheibelhud.

Sie greift in den Wagen und holt etwas heraus. Es ist der Kassenbon. Den Wagen schiebt sie ins Depot. Scheibelhud ahnt, dass Frau Keller das Center durch den Nebeneingang verlassen wird, denn er verfolgt, wie sie nach links aus dem Bild verschwindet.

„Haben Sie das gesehen?", fragt er Mlaka.

„Es sah so aus, als hätte sie der Mutter ein Geldstück für den Wagen gegeben."

„Ja, aber danach hat sie sich nur den Bon genommen."

Er erinnere sich an eine alte Masche, nach der anhand eines Kassenbelegs ein leerer Einkaufswagen gefüllt wird. Dann fügt man einen weitere Artikel hinzu, fährt zur Kasse und gibt vor, eben diesen Artikel vergessen zu haben. Die Masche sei so alt, dass sie kaum noch jemand kennen dürfte.

„Aber", sagt Scheibelhud, „das hat Frau Keller nicht gemacht. Sie hat das Haus verlassen. Herr Fischer, haben wir eine Kamera zum hinteren Parkplatz?"

Herr Fischer zeigt auf einen andern Monitor. Es dauert eine Weile, bis er den Zeitpunkt gefunden hat. Scheibelhud sieht deutlich, wie Frau Keller das Center verlässt und zu ihrem Fahrzeug geht.

„Was macht sie denn mit dem Kassenbon?", fragt Mlaka.

„Ich habe da so eine Ahnung", sagt Scheibelhud. „Und wenn die sich bestätigt, dann erklärt das Frau Kellers Einkaufsverhalten nicht nur, dann hat sie auch sicher Dreck am Stecken."

Das Meer ist türkis. Niedrige Wellen brechen sich am flachen Strand. Es ist einer der schönsten Strände Floridas, sogar einer der schönsten der USA. Der Tag verspricht auch sehr schön zu werden. Die Temperaturen werden vierundzwanzig Grad Celsius erreichen, aber das tropische Klima wird es doch wärmer erscheinen lassen.

Jenseits der Flutlinie steht seit bereits mehreren Jahrzehnten eine Strandbar. Noch ist dort kein Betrieb. Der setzt erst um die Mittagszeit ein, und darum nutzt Salvatore Encuda die Zeit der Ruhe. Er ist ein sehr großer, schwer beleibter Mann und sitzt in einem der Rattansessel auf der Veranda. Auf seinen fetten Knien ruht sein Laptop. Auf dem Tisch liegen mehrere zusammengeheftete Seiten Papier. Der laue Wind spielt ein wenig mit ihnen. Hier draußen ist das WLAN hervorragend. Von Zeit zu Zeit blickt er auf, um zu prüfen, ob seine beiden Angestellten auch an alle Vorbereitungen für den Barbetrieb denken. Salvatore ist zufrieden, als er Manuel hinter dem Tresen wischen und Angelica die Gläser spülen sieht. Oft genug hat er ihnen Standpauken gehalten, und heute trägt seine Erziehung Früchte.

Salvatores dicke Finger flitzen über die Tastatur. Das Laptop piept eine Fehlermeldung. Sollte er sich kürzlich umsonst einen halben Tag um die Ohren geschlagen haben? Den Nerd aus Deutschland hatte er wunderbar schnell eingewickelt. Salvatore kennt ihn nicht, zumindest kennt er ihn nicht persönlich. Aber er kennt seinen World of Warcraft Avatar. Kein anderer Avatar ist so violett. Wie ein Dieb in der Nacht schlich sich Salvatore in den Deutschen hinein. Er fand in Andis Beziehungslosigkeit seine Schwachstelle und ritt darauf herum. Bald war der Einfaltspinsel weichgekocht und glaubte, mit einer tollen Frau in seiner Nähe in Kontakt getreten zu sein. Es brauchte dann nur noch gelegentliche Schmeicheleien, und der Typ redete wie unter Drogen. Er behauptete, dass er über einen Kühlschrank, einen Netzkühlschrank, mit Salvatore kommunizierte, was Salvatore völlig egal war. Für einen Avatar in violett schien der Typ auch etwas zu leichtgläubig zu sein. Was mochte das Leben mit ihm angestellt haben? Salvatore konnte ihn davon abbringen, Bilder zu senden. Sein Modem sei zu langsam dafür, hatte Salvatore behauptet. Aber er wolle sich bald ein leistungsstärkeres besorgen, um das Netz, das ihm eigentlich zur Verfügung stünde, richtig ausnutzen zu können. Das glaubte der Typ. Und warum auch nicht? Schließlich hatte Salvatore ihn außerhalb von WOW aufgegabelt. Schon das hatte ihn etwas Zeit gekostet. Was tut man nicht alles für einen violetten Avatar.

Seitenweise Chat waren so zusammengekommen. Jetzt wehen die Seiten auf dem Tisch im leichten Wind. Aber welches Wort Salvatore auch in die Maske eingibt, es ist nicht das erlösende Passwort für den Account von Hellmaker. So heißt der Avatar von dem Typ. Der Typ selbst heißt Andi Woitek. Schon um das herauszufinden, war ein hübsches Stückchen Arbeit nötig gewesen. Viele Möglichkeiten stehen Salvatore nicht mehr offen. Selbst der Name von Andis Schildkröte ergibt keinen Treffer. In Salvatores Vorstellung hält man sich keine Schildkröte, wenn man daraus keine Suppe machen will. In den nahen Everglades gibt es jede Menge Schildkröten, und Salvatore geht regelmäßig auf Jagd, um seinen Gästen was zu bieten.

Hätte er nicht ein paar Jahre in Deutschland Wirtschaft studiert, so wäre Andi sicher nicht so gut einzuwickeln gewesen. Aber Salvatore hat schon immer gerne Menschen studiert, und die Studentinnen in Deutschland waren lohnenswerte Objekte. Gleich ist er am Ende seiner Liste. Ob er noch einmal Andi anmailen sollte? Auf die letzten Male hat er nicht reagiert. Vielleicht ist ihm nach einem erholsamen Schlaf doch ein Verdacht gekommen. Wer einen violetten Avatar hat, kann nicht so dumm sein. Wann ist noch diese Convention? Aber Typen wie Andi sind immer online. Salvatore hat sich schon so kurz vor dem Ziel gesehen. Alle Ausrüstungsgegenstände wollte er von Hellmaker haben. Dann noch ein paar Einstellungen, und Hellmaker müsste wieder nackt wie ein Vogelküken in WOW herumlaufen.

„Boss?"

Angelica winkt zu ihm herüber.

„Wir haben, glaube ich, ein bisschen wenig Bier!"

Salvatore klappt den Laptop zu. Ich werde es später noch einmal probieren, denkt er und quält sich aus dem Sessel. Vielleicht habe ich auch nur etwas übersehen. Wäre doch gelacht!

Der Wasserturm am Steeler Berg ist für Scheibelhud eigentlich kein Hotspot. Die Kollegen im mittleren Dienst dagegen können ein Liedchen davon singen.

Der Turm besteht im oberen Bereich aus einem Stahlzylinder und im unteren aus einem Backsteinwürfel. Der Stahlzylinder speichert zweitausend Kubikmeter Wasser und ist für alle Anwohner vorgesehen. Der Backsteinwürfel hingegen ist nur besonders Bedürftigen vorbehalten. Hier haben die Essener Tafeln ihren Sitz.

Als die beiden Beamten das Gebäude erreichen, ist es kurz nach Mittag und die Lebensmittelausgabe in vollem Gange. Die Schlange der Wartenden ist erstaunlich lang. Vor einiger Zeit gab es Ärger, weil die Betreiber nichts an Flüchtlinge ausgeben wollten. Das war sogar für die Tagesschau ein Thema gewesen. Inzwischen hat sich die Lage beruhigt, aber als die beiden Beamten an der Schlange vorbei bis nach vorne durchgehen, beginnen einige zu murren. Scheibelhud zückt seine Dienstmarke. Das reicht.

Mlaka hält ein Foto von Frau Keller parat. Sie ist darauf nicht besonders gut getroffen, denn Scheibelhud hat es bei seinem ersten Besuch bei ihr mit dem Handy gemacht. Man sieht ihr darauf an, dass sie mitgenommen ist, und wenn man genau hinsieht, dann kann man erkennen, dass sie vor einem Porsche-Poster im Bett sitzt.

Scheibelhud macht einen Verantwortlichen aus, und Mlaka hält ihm das Foto hin. Frau Keller wird sofort erkannt, aber hier heißt sie Elli. Der Verantwortliche wundert sich, dass sie jetzt eine Bleibe hat. Scheibelhud lässt sich die Unterlagen zu Elli zeigen. Die Unterlagen weisen sie als wohnungslos aus. Man habe ihr gesagt, dass sie auch zu einer der Verteilerstationen gehen könne, aber Elli sei da wohl etwas eigen. Niemand könne verstehen, wieso sie den Weg bis zum Wasserturm immer auf sich nehme, wo sie doch auch kürzere Wege nutzen könnte.

Weil sie mit dem Wagen herkommt, denkt Scheibelhud und sieht Mlaka an, dass sie exakt dasselbe denkt. Den beiden wird bestätigt, dass Elli wenigstens zweimal die Woche bei ihnen hereinschaut. Der Verantwortliche freut sich, dass es ihr jetzt wohl etwas besser gehe. Er sei schon mehrfach versucht gewesen, Hilfe für sie zu holen. Aber Elli habe sich immer dagegen gesträubt, und man lasse den Leuten hier ihren Willen und ihre Würde, so lange es eben gehe.

Die beiden Beamten kehren zu ihrem Fahrzeug zurück.

„Das wird ja immer besser", sagt Scheibelhud, und Mlaka kann dem nur beipflichten.

25

Die Polizei ist sehr schnell da. Horst Sobel selbst ist mitgekommen, weil Scheibelhud gerade am Wasserturm ist. Frigga hat zur Sicherheit doch um einen Krankenwagen gebeten, denn Frau Hansen kann ihren Zustand nicht sicher einschätzen. Im Moment geht es ihr wieder schlecht. Der Tatort wird abgesperrt, und der Erkennungsdienst nimmt sofort seine Arbeit auf.

Frigga steht draußen auf dem Flur an die Wand gelehnt, als Sobel auf sie zukommt.

„Schon wieder ein Tatort, Frigga? Am besten, du bleibst zu Hause sitzen und rührst dich nicht weg. Das ist eigentlich auch genau das, was du tun solltest."

„Das hier war purer Zufall, Onkel Horst."

„So, so. Purer Zufall, dass der Alibizeuge einer Verdächtigen tot auf dem Boden liegt, wie? Und du willst ihn einfach so gefunden haben?"

„Ich wollte ihn eigentlich nur fragen ..."

„Du hast hier nichts zu fragen. Das ist Sache der Polizei und geht dich nichts an."

„Ohne mich wäre er bestimmt noch nicht gefunden worden", sagt Frigga.

„Das mag ja sein, aber ohne dich wäre auch niemand quer durch den Tatort gelaufen."

„Also ich habe sehr aufgepasst, dass ich nichts berühre oder umwerfe."

„Du hast durch das Teleskop geschaut. Das ist am anderen Ende des Zimmers."

„Ja, und ich habe dieses Farbband aus der Schreibmaschine ..."

„Also das geht jetzt eindeutig zu weit, Frigga!"

„Ich hab es ganz vorsichtig angefasst und genauso vorsichtig rausgezogen."

Horst Sobel starrt sie an.

„Steck das Farbband in diese Tüte", sagt er heiser. „Wenn es unbrauchbar ist, dann hat das ernste Folgen."

„Aber es steht was Wichtiges ..."

„Mach, dass du wegkommst. Ich will dich vorerst nicht wiedersehen."

„Aber ..."

„Raus hier, oder ich lasse dich abführen!"

Frigga stampft den Flur hinunter. An der Glastür dreht sie sich noch einmal um.

„Dann macht doch euren Scheiß alleine! Da drüben sitzt die Mörderin von Bause und Bürgel, und den Andi Woitek hat sie indirekt auch auf dem Gewissen. Wahrscheinlich packt sie schon ihre Sachen, um zu verschwinden. Und so wie die drauf ist, findet ihr die nie wieder. Aber ihr habt nichts Besseres zu tun, als mich fertig zu machen. Ihr habt doch meine Daten, da könnt ihr doch leicht alles, was von mir ist, abziehen. Außerdem heißt die Sandra Nowak! Verdammt noch eins!"

Frigga reißt die Glastür auf und verschwindet im Treppenhaus. Sobel hat ihr nachgeblickt. Ein feines Lächeln breitet sich in seinem Gesicht aus.

„Die hat es dir aber gegeben, wie?", sagt Erika.

218

„Sie war schon immer so. Klug und dickköpfig und von einer auf die andere Sekunde ein Flammenschwert. Robert konnte ein Lied davon singen. Er hat mal gesagt, dass ich mich um sie kümmern soll, wenn mal was mit ihm ist. In gewisser Weise tue ich das im Moment. Taxifahrerin. Das ist doch Verschwendung. Hier, das hat sie aus der Schreibmaschine. Und ja, sie hat gelesen, was damit geschrieben wurde. Guck dir das genau an. Sonst noch Hinweise auf den ersten Blick?"

„Das Glas. Scheint ein Gift drin gewesen zu sein", sagt Erika. „Wenn ich mir das Opfer so ansehe, könnte es Zyanid sein. Aber man kann nichts riechen."

„Ich ruf mal Scheibelhud an. Der soll mal den Hintergrund von dieser Keller oder besser Nowak genauer ausleuchten. Das Problem wird nach wie vor sein, dass die Dame krank im Bett lag, als Bause erledigt wurde. Aber für diese Sache hier ist sie vielleicht nicht ganz so vorsichtig vorgegangen. Es wirkt auf mich etwas improvisiert. Also Augen auf!"

„Sicher Chef", sagt Erika.

„Frigga beruhigt sich schon wieder", meint Sobel. „Wirst sehen, der Spaß mit ihr ist bestimmt noch nicht zu Ende."

Scheibelhud ist doch herbestellt worden. Dazu hat er seine Nachforschungen unterbrechen müssen. Sobel hat ihm aufgetragen, sich nochmals um Marie Keller alias Sandra Nowak zu kümmern. Und so stehen Scheibelhud und Mlaka vor ihrer Tür und warten darauf, dass ihnen geöffnet wird.

Scheibelhud hat Friggas Behauptung, Marie Keller sei eigentlich Sandra Nowak, noch nicht geprüft und darum beschlossen, dies erst einmal außen vor zu lassen. Seit Andis Selbstmord prüft er alles doppelt und dreifach, bevor er es nutzt.

Wie schon beim ersten Mal vor zwei Tagen ist Marie Keller im Pyjama. Offenbar hat sie sich noch immer nicht vollständig erholt. Scheibelhud versucht vor Mlaka zu verbergen, dass er Marie Keller attraktiv findet. Er hält es für unhöflich, eine Frau in Anwesenheit einer anderen zu bewundern.

„Hallo, Frau Keller“, sagt er.

„Hallo“, antwortet Frau Keller.

„Wir müssen Sie leider noch einmal stören.“

Frau Keller lässt die beiden Beamten herein. Sie bittet darum, sich wieder in ihre Bett legen zu dürfen. Heute zittert sie nicht mehr. Den Wasserkasten hat sie jetzt neben dem Bett stehen.

Scheibelhud geht zum Schlafzimmerfenster. Von diesem Fenster aus kann man das Appartement von Gerd Bürgel sehen.

„Hatten Sie in letzter Zeit Kontakt zu Ihrem Beobachter?“

Marie Keller schüttelt den Kopf.

„Wann waren Sie das letzte Mal an Ihrem Briefkasten?“

„Das ist vielleicht eine halbe Stunde her.“

„Haben Sie in letzter Zeit einen Brief von Herrn Bürgel erhalten?“

„Nein“, sagt sie. „Wieso?“

„Nun, wir haben Herrn Bürgel soeben in seiner Wohnung tot aufgefunden“, sagt Mlaka.

Marie Keller reißt die Augen auf.

„Das ist ja schrecklich!", ruft sie und hustet. Dann stutzt sie.

„Soll das heißen, dass Sie mich damit in Verbindung bringen wollen?"

Scheibelhud weiß gerade nicht, ob er das will, aber alles in allem könnte da ein Motiv und auch eine Gelegenheit sein, wenn er einmal von Frau Kellers erbärmlichem Zustand absieht.

„Im Moment sammeln wir nur Indizien", sagt Mlaka.

Marie Keller nickt und zieht sich die Decke bis unter das Kinn.

„Ihnen geht es immer noch nicht viel besser, oder?", fragt Scheibelhud. Frau Keller lächelt verkniffen.

„Haben Sie ihre Stuhlprobe zum Arzt gebracht?"

„Ich habe mich noch nicht vor die Tür gewagt", sagt sie.

„Wir könnten Ihnen diesen Gang abnehmen", bietet Mlaka an. Frau Keller zögert nur kurz, bittet Mlaka dann aber, das Probenröhrchen aus der Toilette mitzunehmen.

„Wir werde Sie für heute erst einmal in Ruhe lassen", sagt Scheibelhud. Er wendet sich zum Gehen. „Bemühen Sie sich nicht. Wir finden alleine hinaus."

Nachdem sie die Wohnungstür hinter sich zugezogen haben, stehen sich Scheibelhud und Mlaka einen Moment gegenüber.

„Die ist doch irgendwie komisch", sagt Mlaka.

„Das will ich meinen", sagt Scheibelhud. „Aber wir haben noch nichts Konkretes gegen sie in der Hand. Das Röhrchen geben wir Erika."

Die halbe Stunde Fußmarsch zurück zu Viktoria hat Frigga innerlich abgekühlt. Der Rauswurf durch Onkel Horst ist das Tüpfelchen auf dem „i", das gefehlt hat, um jetzt erst recht die Sache zu Enden zu bringen. Aber sie ist sich darüber im Klaren, dass sie es nicht alleine fertig bringt. Sie braucht Hilfe.

Vor den Haus stößt sie auf Martin, der mit Bienchen Gassi geht. Der Hund hat die Katze, die hier immer herumstreicht, gewittert, aber er kann sie nicht sehen. Also läuft er laut bellend die Straße auf und ab. Martin kann rufen, was er will, der Hund lässt sich erst wieder auf ihn ein, als die Katze schließlich doch aus ihrem Versteck springt und das Weite sucht.

„Hallo, Martin", sagt Frigga. „Ich könnte einen guten Mann brauchen."

„Oha, und da kommst du auf mich?", fragt er.

„Komm doch bitte gleich hoch zu Viktoria. Wir haben da was zu besprechen."

Viktoria ist überhaupt nicht begeistert.

„Warum erzählst du der Polizei nicht endlich, was du herausgefunden hast. Der Falter ist doch ein super Hinweis."

„Du hättest Onkel Horst erleben sollen", sagt Frigga. „Wenn ich jetzt auch noch damit komme, dann dreht er völlig ab. Irgendwie habe ich das Gefühl, dass er dann keinen Spaß mehr verstehen wird. Ich kann erst wieder in Erscheinung treten, wenn die Mörderin gefasst ist."

„Aber meinst du nicht, dass so eine Jagd gefährlich ist?", fragt Viktoria. „Am Ende ist die Frau bewaffnet oder hat irgendwelche miesen Tricks auf Lager."

„Ein paar ihrer miesen Tricks sind mir geläufig, denn ich kenne die Dame von früher. Wir werden ihr daher nicht die Gelegenheit geben, diese Tricks anzuwenden", beruhigt Frigga sie.

„Was soll das heißen, dass du die Dame kennst?", fragt Viktoria.

„Sagen wir einmal so: Ich musste schon einmal ein Hühnchen mit ihr rupfen."

„Und was macht dich so sicher, dass sie die Täterin ist?", fragt Martin.

„Wenn du ihr in die Augen geblickt hättest, als sie am Fenster stand, dann hättest auch du keine Zweifel. Herr Bürgel ist noch nicht lange tot, und dann sieht sie von ihrem Fenster aus jemanden in seiner Wohnung. Ich bin überzeugt, dass sie kurz vor dem Durchdrehen steht. Da wird nicht mehr viel fehlen, wir müssen nur noch einen Akzent draufsetzen."

„Und woraus soll der bestehen?", fragt Viktoria.

„Nachdem sie mich gesehen hat, vermutet sie vielleicht, dass Bürgel einen Komplizen hatte. Wir geben ihr in der Sache Sicherheit. Ich weiß nicht, was Bürgel mit seiner Erpressung aus ihr herausholen wollte, aber wir wollen mit unserem Erpresserbrief natürlich Geld, denn Geld ist alles, was diese Frau jemals interessiert hat."

„Aber du hast doch nichts in der Hand. Wenn ich dich richtig verstanden habe, dann hat sie in Bürgels Wohnung gefunden, was sie gesucht hat."

„Sie hat alles gefunden, was Bürgel über sie in der Wohnung versteckt hielt."

„Und was macht dich da so sicher?", fragt Martin.

„Die Wohnung war nur teilweise durchwühlt, und eine Suche wird für gewöhnlich beendet, wenn man glaubt, das Gesuchte gefunden zu haben. Wahrscheinlich war dabei auch ein kurzer Film. Wir werden jetzt so tun, als habe Bürgel seiner Komplizin ein Duplikat geschickt. Ich weiß zwar nicht, was es mit ihren Beinen auf sich hat, aber wir werden es verstehen, wenn wir es sehen."

„Ich an ihrer Stelle würde ohne Beweise nichts herausrücken", meint Martin. „Vorher ließe ich mich auf nichts ein. Und du hast ja auch noch gar nicht gesagt, wofür du uns brauchst."

„Ich bin sowieso noch nicht überzeugt", sagt Viktoria. „Ich würde Thomas anrufen, der kommt dann mit seiner Kavallerie, und die Sache ist in trockenen Tüchern."

„Du willst, dass ich mir die Wurst vom Brot nehmen lasse? Nie im Leben!", ruft Frigga. „Du hast gesagt, dass du mich unterstützen willst. Ich sage dir jetzt, dass diese Frau die Zähne meines Bruders Theo auf dem Gewissen hat."

Viktoria blickt sie erst ungläubig an, dann gehen ihr die Augen über.

„Du meinst, dass ist die, die deinen Bruder damals ...'"

„Also, kann ich mich nun auf dich verlassen oder nicht?"

Viktoria schluckt.

„Dann rück schon damit raus. Was sollen wir machen?"

Frigga lehnt sich zurück.

„Ich denke, wir werden dein Auto brauchen."

26

Als sie das Haus verlassen, steht Herr Damczik vor ihnen. Er trägt nach wie vor seinen Kittel und den Cordhut, hat aber einen Werkzeugkoffer dabei.

„Herr Damczik!", ruft Frigga. „Mit Ihnen hatte ich noch gar nicht gerechnet."

„Ich konnte doch früher."

„Hervorragend", sagt Frigga. Da sie keine Mieterin des Hauses ist, unterschreibt Viktoria den Auftrag.

„Was wird es denn kosten?", fragt Frigga.

Damczik blinzelt und macht eine wegwerfende Handbewegung.

„Wie, nichts", sagt Frigga.

„Ich kann nicht garantieren, dass es klappen wird", sagt Damczik.

„Aber wenn Sie es schaffen, dann soll es auch etwas wert sein", entgegnet Frigga.

„Wenn ich es schaffe, dann hätte ich dafür gerne eine gute Flasche Tokajer."

„Einverstanden."

„Es kommt selten genug vor, dass mich der Ehrgeiz packt."

„Verstehe."

„Immer nur Gartentörchen kann einen Mann auf Dauer nicht zufriedenstellen."

„Wohl kaum."

„Da kann ich mal eine Ausnahme machen. Wo ist denn das gute Stück?"

Damczik pfeift anerkennend, als sie vor der Stahltür stehen. Das sei ja sogar ein Schloss der Sonderserie. Man könne das nur erkennen, wenn man von schräg oben einen Blick darauf wirft. Dafür brauche er noch ein weiteres Werkzeug. Er müsse noch einmal zurück und es herrichten. Aber da er schon mal hier sei, könne er noch ein paar andere Tests machen.

Viktoria lässt ihm ihren Ersatz-Hausschlüssel da, und dann machen sich alle auf ihre Wege.

Scheibelhud blättert in Bürgels Fallakte. Die Untersuchung seines Appartements gibt nicht viel her. Das Glas stellte sich als sorgfältig gespült heraus. Außer Bürgels Fingerabdrücken sind nur noch die der Nachbarin und natürlich Friggas gefunden worden. Die Nachbarin war nachweislich im nahe gelegenen Supermarkt einkaufen. Es bleibt nur der seltsame Brief an Sandra Nowak, doch mit dem kann Scheibelhud überhaupt nichts anfangen.

„Und, Scheibelhud, wie kommen wir voran?"

Horst Sobel steht neben Scheibelhuds Schreibtisch. Er ist bekannt für sein geräuschloses Auftauchen.

„Es ist zum Kotzen", sagt Scheibelhud. „Laut Autopsie ist Bürgel vergiftet worden, aber das Glas wurde gespült. Wir können da keinen Zusammenhang herstellen. Er könnte vergiftet worden sein oder aber selbst Hand an sich gelegt haben. Dagegen spricht die durchwühlte Wohnung und seine Position auf dem Teppich."

„Wissen wir, um welches Gift es sich handelt?"

„Die Rechtsmedizin ist sich uneins. Zumindest deutet es auf etwas hin, was sich schnell zersetzt. Wir müssen wohl noch etwas warten, bis die letzten Tests gelaufen sind."

„Hoi", sagt Sobel. „Das klingt wohl kaum nach Selbstmord, wenn es sich denn bewahrheitet."

Scheibelhud nickt.

„Ein schwer nachweisbares Gift klingt nach einer Krankenschwester, einem Arzt, einem Pharmazeuten oder Chemiker. Die Nowak hat mal Medizin studiert, bis sie wegen Drogen rausflog. Sie hätten sie heute mal sehen sollen. Sie ist zwar immer noch nicht fit, aber von Genesung kann noch keine Rede sein. Ich war froh, als ich dieses Lazarett wieder verlassen konnte."

Er blättert in seinen Aufzeichnungen.

„Sie behauptet, kein Erpresserschreiben erhalten zu haben. Ihr Briefkasten war leer. Wenn sie gelogen hat, dann muss sie ein solcher Brief in höchste Alarmbereitschaft versetzt haben. Wir haben aber auch keinen Hinweis darauf, dass überhaupt ein Schreiben versendet wurde. Ich habe deine Beine gesehen ... das muss etwas bedeuten. Es ist zum Kotzen!"

Sobel klopft ihm freundschaftlich auf die Schulter.

„Haben Sie denn inzwischen mal ihr Konto geprüft?"

Scheibelhud nickt.

„Sandra Nowak hat ein Konto mit etwa fünfunddreißigtausend Euro. Fünfzehntausend sind da in den letzten eineinhalb Jahren draufgewandert. Alles Bareinzahlungen. Wir können beweisen, dass sie sich die

Leistungen bei der Tafel erschlichen hat. Da wäre dann auch noch Urkundenfälschung mit drin und natürlich der falsche Name. Ich habe auch Bauses Konto durchleuchtet. In letzter Zeit ist recht viel Geld geflossen. Aber es ist nicht klar, wofür. Die Nowak hatte Kontovollmacht. Könnte sein, dass sich da bald was ergibt."

Er wirft die Akte auf den Schreibtisch.

„Was soll das hier werden, Scheibelhud?", fragt Sobel. „So ein Wir-verarschen-den-ersten-Hauptkommissar-Ding?"

„Ich verstehe nicht ganz", sagt Scheibelhud.

„Das, was ihr hier zusammengetragen habt, reicht allemal für eine Hausdurchsuchung und eine vorläufige Festnahme."

„Ja, aber ..."

„Was aber!"

„Das sind alles nur Indizien. Sie wissen selber, dass sich fünfundsiebzig Prozent aller Hausdurchsuchungen später als unrechtmäßig herausstellen. Da will ich auf keinen Fall dazugehören. Außerdem ist Frau Nowak krank ..."

„Da glaube ich bei einer ehemaligen Medizinstudentin erst einmal nichts von. Fahren Sie mit einem Amtsarzt hin und setzen die Frau dann fest."

„Ich will nicht noch einen Woitek-Fall hier haben!", ruft Scheibelhud.

„Unsinn! Wir werden permanent ein Auge auf sie haben. Außerdem haben nicht wir, sondern ich einen Woitek-Fall hier. Lassen Sie das also meine Sorge sein. Aber bis dahin stellen Sie ihr zur Sicherheit zumindest schon mal ein paar Kollegen vor die Tür."

Sobel verschwindet zurück in sein Dienstzimmer, als Scheibelhuds Telefon klingelt. Es ist ein Juwelier, der eine bei ihm aufgetauchte Brosche meldet. Es soll die sein, die bei Bause verschwunden ist.

Na, denkt Scheibelhud, wenn die Brosche von der Nowak gebracht worden wäre, dann hätte ich etwas Sicheres gegen sie in der Hand.

Die Dämmerung hat eingesetzt, und so fällt der kleine Wagen mit seiner dunklen Lackierung fast gar nicht auf. Langsam rollt er durch die verkehrsberuhigte Straße und hält etwa hundert Meter von Sandra Nowaks Behausung entfernt auf Höhe des Werkstores der verlassenen Molkerei.

„Wie willst du denn ins Haus kommen?", fragt Viktoria und stellt den Motor ab.

„Irgendwer wird schon hineinwollen, jetzt, nach Feierabend, und vielleicht kann ich mich hinterher schummeln", sagt Frigga.

Sie dreht einen weißen Umschlag in ihren Händen. Wie eine Bombe, denkt sie, aber sie wird nur in einem ganz bestimmten Kopf zünden. Auf ihren Kopf sitzt wieder die Mütze, damit ihre Haare nicht auffallen. Sie steigt aus und nähert sich vorsichtig dem Haus.

In einem Fenster im ersten Obergeschoss brennt Licht. Das ist das Schlafzimmer von Sandra Nowak. Den kleinen Trick mit dem Postboten kann sie jetzt nicht bringen, also stellt sie sich vor die Klingelleiste und will vorgeben, nach einem Mieter zu suchen, sobald sich jemand der Haustür nähert. Aber wer auch immer sich dem Haus nähert, der geht daran vorbei.

Verdammt, denkt Frigga. Hier wohnen auch weit weniger Leute als in Bürgels Haus gegenüber. Zu lange darf sie nicht hier herumstehen, denn sonst wird man auf sie aufmerksam.

Genervt drückt sie gegen die Haustür, und die gibt knirschend nach. Feiner Sand, den die Bewohner von der nahen Baustelle hergetragen haben, hat die Tür am vollständigen Zufallen gehindert. Großartig, denkt Frigga, huscht in den Hausflur und die Treppen hinauf. Von der Dämmerung draußen ist hier drinnen nichts mehr übrig, und wäre da nicht ein schwacher Lichtschein unter den Türen der Wohnungen, so könnte Frigga die Hand nicht vor Augen sehen. Sie schaltet die Lampe ihres Handys ein und untersucht die Klingelschilder. Hier ist es, das Appartement von Marie Keller oder besser Sandra Nowak. Hier dringt kein Licht unter der Tür durch. Sehr gut, denkt Frigga. Es ist also mindestens eine Tür zwischen dem Schlafzimmer und der Wohnungstür oder anders: Die Schlafzimmertür ist nicht die Wohnungstür. Sie kniet sich nieder, um den Briefumschlag unter der Tür hindurchzuschieben. Wenn Sandra im Schlafzimmer ist, dann müsste sie erst die Tür zum Flur öffnen, dann das Licht anknipsen und könnte erst dann den Umschlag sehen, wenn sie nicht noch um eine Ecke oder Ähnliches gehen muss. Egal, wie viel Strecke zwischen Schlafzimmertür und Wohnungstür Sandra zurücklegen muss, sie gibt Frigga etwas Zeit, um sich weit genug vom Haus zu entfernen.

An der Haustür angekommen, drückt sie auf Sandra Nowaks Klingel und verschwindet schnellen Schrittes zum Auto.

„Lass mich fahren", sagt sie, und Viktoria rückt auf die Beifahrerseite.

„Darf man hier im Auto eigentlich rauchen?", meldet sich Martin von der Rückbank.

„Sicher", sagt Viktoria, „du kannst dir auch nen Schuss setzen oder ein Feuerchen machen, wenn es dir zu kalt ist."

„Ich wollte es ja nur wissen", sagt Martin und versucht die Packung in die rechte Jackentasche zu stopfen. Da ist aber schon zu viel drin, weshalb er sie in die linke steckt. Dort hat er sie auch herausgeholt. Wahrscheinlich hat Viktoria ihn verwirrt. Ein Mann sollte immer wissen, was er in welcher Tasche hat.

„Wenn wir doch nur eine Ahnung hätten, was passieren wird", sagt Viktoria. „Und was ist, wenn überhaupt nichts passieren wird."

„Es wird etwas passieren, glaube es mir", sagt Frigga. „Sie wird jetzt den Brief gefunden haben, der wird ihre schlimmsten Befürchtungen bestätigen. Vielleicht hat sie aber auch mit so etwas gerechnet und ist vorbereitet. Darum mussten wir ja so schnell handeln. Wir haben Glück, dass sie noch da ist."

Scheibelhud nimmt sich Bauses Handy vor. Der alte Mann hat es erst kürzlich von seiner Tochter geschenkt bekommen und ein paar Test-Mails an sie geschickt. Marion reagiert von Mail zu Mail ungehaltener und kürzer. Soviel Kontakt hat sie offenbar lange nicht zu ihrem Vater gehabt.

Der alte Mann hat sich dann ans Surfen gemacht. Er war auf ein Portal mit Medikamenten gestoßen und hat seine eigenen Nahrungsergänzungsmittel dort wiedergefunden. Jetzt wird Scheibelhud auch die Bedeutung eines Zettels klar, den Bause in seinem Sekretär liegen hatte. Auf dem Zettel steht: Marie wegen Q10 fragen. Preis?

Scheibelhud kann nicht sagen, ob der Alte misstrauisch geworden ist oder sie nur auf einen Fitsch hatte aufmerksam machen wollen. Vielleicht hatte er sie auch noch gar nicht gefragt. Vielleicht war sie beim Putzen auf diesen Zettel gestoßen. Wenn Scheibelhud einige abgebuchten Beträge auf Sandras Konto ansieht, dann könnte sie die Substanzen im Netz und in größeren Gebinden viel billiger als in der Apotheke gekauft haben. Davon hätte sie lediglich die normale Packungsgröße portionsweise an Bause weitergegeben und den Apothekenpreis dafür verlangt. Um sicher zu sein, müsste er Frau Nowaks Wohnung auf den Kopf stellen und nach Belegen suchen.

So langsam zieht sich was zusammen, denkt Scheibelhud. Das Telefon klingelt. Es ist Erika. Sie gibt durch, dass sie in Frau Nowaks Stuhlprobe seltsame Keime gefunden habe. Die kämen für gewöhnlich nicht in einem Magen-Darm-Trakt vor, sondern eher in einem Spülensiphon. Erika glaubt, dass die Stuhlprobe manipuliert ist. Jetzt reicht es Scheibelhud. Er beordert zwei Beamte zum Haus von Sandra Nowak.

„Seht", raunt Martin und zeigt nach vorne.

Aus dem Hauseingang löst sich ein Schatten. Es ist jetzt schon so dunkel, dass die Straßenlaternen schwach glimmen. Noch zu wenig, um die Straße zu erhellen, aber es wird nicht mehr lange dauern, und sie haben ihre volle Leistung entfaltet.

„Da ist sie", flüstert Frigga. Sie hält ihr Handy so ruhig, wie es ihr möglich ist. „Kennt jemand von euch ihr Auto?"

„Ist auch so ein kleines wie dieses", sagt Martin. „Ich meine, es ist grau."

„Du bist mir ja ein Kerl", sagt Viktoria. „Jeder andere wüsste sogar Motorleistung und Spritverbrauch, und du ..."

„Ruhe," zischt Frigga. „Sie kommt in unsere Richtung!"

„Was hat sie denn da unter dem Arm?", fragt Viktoria, aber Frigga legt ihr die Hand auf den Kopf und drückt ihn nach unten. Sie selbst rutscht tief in den Pedalbereich. Nur ihre Hand mit dem Handy ragt über das Armaturenbrett hinaus.

„Scheiße, sie kommt immer näher. Martin, leg dich hin."

Frigga beobachtet wie ein U-Bootkommandant über sein Periskop die nahende Gefahr. Es sind nur noch vielleicht zwanzig Meter, bevor Sandra Nowak auf ihrer Höhe ist. In ihrem Zustand wird sie auf alles Ungewöhnliche sofort reagieren. Wenn sie auch nur einen der drei erkennt, dann bliebe das nicht folgenlos. Jetzt stehen nur noch vier Autos vor ihnen, dann nur noch drei.

„Wo ist sie?", flüstert Viktoria.

Das Piepsen eines Autoschlosses ist zu hören. Dann fällt erst eine, dann eine weitere Tür zu. Ein Motor springt an.

„Schwein gehabt", sagt Frigga und setzt sich auf. „Sie hat ihr Auto erreicht, und nein, es war nicht das direkt vor uns. Der Sack ist im Kofferraum."

Sie übergibt Viktoria das Handy.

„Und los geht es."

Sie haben sich gerade in den schwachen Verkehr eingefädelt, als ein Polizeiwagen vor Sandra Nowaks Haus Stellung bezieht.

In mäßigem Abstand folgt Frigga mit ihrer kleine Truppe Sandra durch die Abenddämmerung. Frigga lässt gelegentlich einen Wagen aus einer Nebenstraße einscheren, wenn die Distanz zwischen ihnen und Sandra zu kurz zu werden droht. Aber die Gegend wird schnell sehr einsam und damit erhöht sich die Gefahr, von Sandra als Verfolger enttarnt zu werden.

„Wir hätten uns ein weiteres Fahrzeug organisieren sollen", meint Frigga. „Dann könnten wir uns abwechseln."

In dem Moment klingelt ihr Handy.

„Geh mal ran", sagt Frigga.

„Hallo?", fragt Viktoria.

„Wer ist es?", will Frigga wissen.

„Es ist Frau von Geesthausen."

„Stell mal auf Laut."

„Ich habe noch einmal in meine Unterlagen geschaut und wollte Ihnen die Adresse von Marie Keller durchgeben."

„Oh, vielen Dank. Ich hab sie bereits gefunden. Und wenn sie es genau wissen wollen: Ich denke, sie hat ihren Vater auf dem Gewissen", sagt Frigga.

Am anderen Ende eisiges Schweigen.

„Frau von Geesthausen?"

„Ich bin noch dran", hört Frigga es gefährlich ruhig im Apparat. „Wo ist das Schwein!"

„Wir folgen ihr gerade mit dem Auto."

„Wohin fährt sie?"

„Wir können es noch nicht abschätzen. Im Moment nähern wir uns Zollverein."

„Ich komme hin. Wir bleiben permanent in Verbindung. Ich sitze sowieso bereits im Wagen und bin nur wenige Kilometer entfernt. Was für ein Fahrzeug fährt das Miststück?"

„Ein ... graues, kleines ..."

„Egal, es wird mir nicht entkommen!"

Aus dem Apparat schwillt plötzlich das kehlige Röhren des Porsches an.

„Wir sollten vielleicht auch die Polizei anrufen", flüstert Frigga Viktoria zu. Die nickt und zückt ihr eigenes Telefon. „Am besten, du verlangst Horst Sobel."

„Aber der wird Thomas schicken", flüstert Viktoria zurück, „und darum rufe ich Thomas an. Ich habe seine Karte. Ist die schnellere Variante."

Frigga sieht sie schmunzelnd an.

„Scheint was Ernsteres zu werden, wie?"

„Abwarten", antwortet Viktoria und wählt die Nummer.

Natürlich ist Scheibelhud außer sich, als Viktoria ihm von ihrer Verfolgung der mutmaßlichen Mörderin erzählt. Natürlich steckt da diese Frigga hinter, und natürlich treibt ihn das aus seinem Sessel. Sie sollen um Himmels willen vorsichtig sein und vor allem mit ihm in Kontakt bleiben. Jetzt sei es ja nicht mehr zu ändern, und sie seien jetzt sein verlängerter Arm.

Er hat schon einen Arm im Ärmel der Lederjacke. Viktoria kann noch nicht sagen, wo die Fahrt hingeht, aber sie gibt einen ersten Hinweis. Scheibelhud ist schon im Fahrzeug und klemmt das Telefon in seine Halterung. Er greift zum Funkgerät.

„Hört mal, ihr zwei Strategen!", bellt er hinein. „Habt ihr eigentlich geprüft, ob die Verdächtige noch im Haus ist?"

Nach ein wenig atmosphärischem Geknister wird ihm mitgeteilt, dass sie gerade erst eingetroffen seien.

„Aber ihr seid doch schon vor einer Viertelstunde losgefahren!"

Es habe eine kleine Verzögerung gegeben. Der Feierabendverkehr.

Das ist alles gelogen, denkt Scheibelhud. Bestimmt waren sie noch an einer Bude, weil sie für die Observierung Verpflegung brauchten. Ist ja auch nichts dagegen einzuwenden, aber sie könnten es trotzdem sagen. Er hasst diese kleinen Verschleierungen, die Notlügen, die Ungenauigkeiten, die sich durch die ganze Gesellschaft ziehen, und vor denen selbst die Kollegen nicht zurückschrecken, nur um sich in ein besseres Bild zu rücken.

„Die Verdächtige ist jedenfalls nicht mehr dort!", ruft Scheibelhud und wirft den Motor an. „Ihr werdet euch jetzt nach meinen Anweisungen auf den Weg machen. Richtung ist ganz grob Osten."

Den letzten Satz haben sie nicht verstanden und bitten um Wiederholung. Gerade sei ein roter Porsche mit überhöhter Geschwindigkeit an ihnen vorbei durch das Wohngebiet gerast. Scheibelhud wiederholt seine Anweisung. Die beide Kollegen sind irritiert. Sollen sie denn nun dem Porsche nachfahren und ihn anhalten, oder sollen sie auf Scheibelhuds Anweisungen …

„Ihr folgt ausschließlich meinen Anweisungen!“, brüllt Scheibelhud in das Gerät.

Sandra Nowak verlangsamt ihre Fahrt.

„Wo sind wir?“, fragt Frigga.

„Ahrendahls Wiese“, liest Viktoria.

„Kenne ich!“, tönt es aus dem Handy.

„Sie biegt in die Martin-Kremmer-Straße ein“, sagt Viktoria.

„Kenne ich auch!“, schreit es aus dem Handy. „Ist ne Baustelle von uns.“

Sandras Wagen rollt die verlassene Straße hinunter. Frigga parkt das Fahrzeug am Abzweig in der Dunkelheit. Sie macht das Licht aus und stellt den Motor ab.

„Jetzt wird es heikel. Was wird sie tun?“

Sandras Wagen hält in etwa hundert Metern Entfernung. Einen Moment glühen noch die Bremslichter in der Dunkelheit, bis auch sie verlöschen. Der Lichtkegel einer Taschenlampe irrt über den Boden. Dann leuchtet der Innenraum des Kofferraumes auf. Sandra zieht den Sack aus dem Wagen und lädt ihn sich auf die Schulter. Er ist länglich und beinahe halb so groß wie sie selbst. Dann klackt das Schloss des Kofferraumes, und der Lichtkegel sucht sich einen Weg auf eine Brachfläche.

„Wir gehen hinterher“, flüstert Frigga. „Viktoria, du filmst das Ganze, und Martin, du hältst dich nahe bei mir. Sie darf uns nicht entwischen, aber noch wichtiger ist, dass sie den Sack nicht loswird, ohne dass wir wissen, wo er liegt.“

Frigga schaltet die Wageninnenbeleuchtung aus, bevor die drei die Türen öffnen. Sie steigen aus und drücken vorsichtig die Türen zu.

Langsam gewöhnen sich ihre Augen an die Dunkelheit, und sie stellen fest, dass es gar nicht so dunkel ist, wie es zunächst den Anschein hatte. Das Licht der Großstadt lässt den Himmel orange glühen, und Zollverein wirft südlich von ihnen ebenfalls etwas Licht in ihre Richtung. Trotzdem müssen sie vorsichtig gehen, denn der Boden wird uneben. Die Schatten erhabener Stellen lassen kleine Mulden für das Auge verschwinden. In einiger Entfernung können sie Sandra laufen sehen. Den Sack wechselt sie von einer Schulter auf die andere.

Die Brachfläche, über die sie laufen, grenzt an eine kleine Halde. Daneben ist eine Grube mit Wasser vollgelaufen. Die Oberfläche spiegelt im spärlichen Licht. Frigga vermutet die Grube als das Ziel, auf das Sandra zusteuert.

„Wo seid ihr?", hört Frigga Frau von Geesthausen flüstern.

„Da ist eine vollgelaufene Grube an der Martin-Kremmer-Straße", haucht Frigga. „Sie werden uns schon sehen, wenn Sie da sind."

Sandra bleibt stehen. Sie dreht sich um. Der Schein ihrer Taschenlampe trifft Frigga mitten ins Gesicht. Verdammte LED-Lampen, denkt Frigga. Sie hört Sandra näherkommen.

„Ihr werdet mir das hier nicht versauen", ruft Sandra.

„Aus keinem anderen Grund sind wir hier", sagt Frigga und achtet auf die sich nähernde Lampe, bemüht, nicht direkt hineinzusehen.

„Da hättet ihr früher aufstehen müssen!", ruft Sandra.

Ruhig Blut, denkt Frigga. Nur noch ein kurzes Stück. Ruhig ... Sandra macht noch zwei Schritte, da reißt Frigga einen Arm hoch, gerade rechtzeitig, um Sandras Schlag abzuwehren. Die Lampe wirbelt durch die Luft wie ein Flammenrad beim Feuerwerk, landet auf der Böschung der nächsten Halde, rutscht den Hang etwas herunter und bleibt hinter einer im Boden steckenden Flasche liegen. Jetzt ist alles in flaschengrünes Licht getaucht. Frigga reißt sich die Mütze vom Kopf. Ihre roten Haare erscheinen braun.

Sandra zuckt irritiert zurück. Dann aber zieht sie Unterleib samt Beinen einer Schaufensterpuppe aus dem Sack.

„Viktoria, hast du das?", ruft Frigga und nimmt einen niedrigeren Stand ein.

„Ist alles im Kasten!", ruft Viktoria.

Sandra lässt die Keule aus Beinen und Unterleib durch die Luft sausen. Frigga sieht, dass sie trotz ihres Gewichtes von der fast zierliche Frau gut beherrscht wird. Einmal noch lässt sie es zu, dass Sandra sie damit bedroht. Dann macht Frigga einen Ausfallschritt, mit einer blitzschnellen Drehung tritt sie Sandra ihre klobige Waffe aus der Hand und ist schon über ihr, bevor die Beine auf der Halde landen.

„Wow, Frigga!", ruft Viktoria. „Was war denn das?"

„Das war 2. Dan Taekwondo!", ruft Frigga und fixiert Sandra am Boden.

„Und das hier ist Glock", hört sie Martin sagen und unmittelbar darauf das Geräusch des Durchladens. „Lass die Frau los, Frigga!"

„Mensch, mach keinen Quatsch!", ruft Frigga. „Was ist denn in dich gefahren?"

„Mein Herz, nur mein Herz", sagt Martin. Er geht einen Schritt auf Frigga zu,

„Ich will nicht auf dich schießen müssen, aber ich tue es, wenn du sie nicht loslässt oder aufstehst."

Widerwillig lockert Frigga ihren Haltegriff, und Sandra windet sich unter ihr hervor.

„Gut gemacht, Martin. Ich wusste doch, dass auf dich Verlass ist. Gib die Waffe her."

„Tu es nicht, Martin!", ruft Frigga. „Das Miststück bringt uns alle um. Sei nicht dumm. Sie will nichts von dir. Ich kenne sie. Sie hat noch immer alles nur für sich und Geld getan. Ich weiß noch genau, warum sie Ärztin werden wollte ... Wo kommt eigentlich die Knarre her?"

„Du erinnerst dich an meinen Kumpel mit den Aufkleb..."

„Halts Maul!", brüllt Sandra. „Und du, wer bist du, dass du so etwas behauptest?"

„Du bist die Saft-Sandra, und du hast die Zähne meines Bruders auf dem Gewissen."

Sandra stutzt. Dann nimmt sie Martin die Waffe aus der schlaffen Hand und geht auf die am Boden liegende Frigga zu.

„Frigga Lendel. Das Gör mit der größten Schnauze im Viertel. Die Bullentochter. Lang ist es her. Du hättest meinen Weg nicht kreuzen sollen."

Sie hebt die Waffe, zielt ...

Plötzlich wird es gleißend hell, und mit ohrenbetäubendem Lärm rast der Porsche aus der Dunkelheit auf Sandra zu. Sie springt zur Seite, aber ein Kotflügel streift sie doch, reißt sie von den Beinen, und die Glock fällt Frigga vor die Hand. Der Porsche wendet mit einem beeindruckenden Weeling und bleibt neben

Sandra stehen. Die hebt stöhnend den Kopf. Genau in dem Moment öffnet Marion von Geesthausen die Fahrertür, die Sandra an den Kopf schlägt und ins Reich der Träume schickt.

„Da bin ich ja gerade noch rechtzeitig gekommen", sagt Marion. „Ich hoffe, ihr legt bei denen da ein gutes Wort für mich ein."

Sekunden später steht die Brachfläche voll mit denen da, und ihre Blaulichter tauchen alles in ein zwar zuckendes, aber doch seltsam beruhigendes Licht.

27.

Damczik hatte sich eine Lampe und einen Stuhl mitgebracht. Zwei Stunden versucht er sich jetzt schon an dem Schloss. Es ist zum Verzweifeln. Ein Normalsterblicher würde nicht begreifen, auf was für ein Abenteuer er sich da eingelassen hat. Achtzehn Stifte müssen unter ständigem Druck des Zylinders in eine Richtung verkeilt werden. Dabei macht er sich die winzigen Ungenauigkeiten zu Nutze, die normalerweise jedes Schoss schon nach der Herstellung aufweist. Normalerweise rutschen die Stifte irgendwann in eine Position, die schließlich das Schloss öffnet. Nicht hier. Hier ist alles perfekt gemacht. Damczik benutzt inzwischen sieben verschiedene Werkzeuge, aber immer, wenn er glaubt, das Scheißding besiegt zu haben, dann ist mindestens einer, wenn nicht mehrere der Stifte in die Ausgangsstellung zurückgesprungen. Er muss wieder von vorne beginnen. Seine Hände schmerzen schon. Die linke, weil er mit ihr den Druck im Zylinder aufrecht erhält, die rechte, weil er nicht nur kleine, sondern auch noch präzise Bewegungen damit ausführen muss. Er schwitzt. Die rechte Hand beginnt ganz leicht zu zittern. Ein Schnaps täte jetzt gut, aber er würde auch zu einem schlechteren Ergebnis führen. Also noch einmal von Anfang.

Er setzt mit der linken Hand den großen Haken an und dreht den Zylinder nach rechts. So könnte man zumindest meinen, denn der Zylinder dreht sich nicht. Er wird durch den Druck des Hakens nur gegen die Stifte gepresst. Jetzt muss er mit einem viel feineren Haken die ersten Stifte im Schloss bewegen und hoffen, dass sich der unter Druck gehaltene Zylinder eine Winzigkeit dreht und den zurückgedrückten Stift daran hindert, wieder in die Ausgangsposition zurückzuschnellen. Geschafft. Bis hierher ist er noch jedes mal gekommen. Erst ab Werkzeug vier wird es heikel. Und auch jetzt ist es das vierte, über das er nicht hinauskommt.

Damczik fällt erschöpft in den Stuhl zurück. Er kann nicht mehr. Er muss sich geschlagen geben. Er wird nur noch müder, noch zitteriger, noch ungeduldiger. Er spürt schon seit einer dreiviertel Stunde, dass sich sein Hirn verkrampft hat. Es ist aussichtslos.

Er packt sein Werkzeug zusammen. Im Werkzeugkasten findet er seinen Quittungsblock. Er reißt ein Blatt heraus und schreibt mit steifen Fingern auf die Rückseite: „Hat nicht geklappt. Schlüssel liegt im Briefkasten. Tut mir leid!"

Den Zettel klebt er mit einem Stück Klebeband an die Tür seiner Schande.

28.

Wahrscheinlich werden sie mir bald auf die Schliche kommen, denkt Hansi Winkler. Gestern Abend wurde Marie Keller verhaftet, und wenn sie vernommen wird, dann packt sie bestimmt irgendwann aus. Er könnte natürlich alles verschwinden lassen, könnte dafür sorgen, dass Marie Kellers, oder wie er jetzt weiß, Sandra Nowaks Behauptungen haltlos sind.

Man lässt so etwas Schönes nicht auf einer Laderampe allein. Wahrscheinlich hatte sich der Lieferant verspätet und nicht noch einmal kommen wollen. Hansi Winkler weiß um die Mentalität dieser Fahrer. Er war selber mal einer, und wenn man den Kunden kennt, dann kann man sich mit ihm absprechen und die Sendung an geeigneter Stelle deponieren. Da passiert meist nie etwas. Große Stücke klaut keiner einfach so. Hansi Winkler wäre auch nicht auf die Idee gekommen, das Ding mitzunehmen. Es war ja nicht gerade leicht, und sperrig war es noch dazu. Aber er hatte ihren Kopf gesehen, und der rührte ihn. Vom Allee-Center war es auch nicht so weit bis zu seiner Bude. Dunkel genug war es auch und kaum Leute auf der Straße. Dass Sandra zufällig vorbei kam, als er gerade mit dem Ding auf der Schulter in seine Straße einbog, musste mit dem Teufel zugegangen sein. Sie hielt ihn an, und schwatzte ihm die Beine ab. Was hätte er machen sollen? Auf die Beine kam es ihm nicht an, und wenn sie schon Zeuge war, dann sollte sie auch richtig mit drinhängen. Konnte er ahnen, was sie damit vorhatte? Vorhin an der Bude wusste einer, dass sie damit ihre Anwesenheit vorgetäuscht hatte. Wären Hansi und die Puppenbeine nicht gewesen, dann hätte sie bestimmt einfach ein paar Decken genommen. Für sie war sein Fund sicher genauso ein Zufall, ein Glücksfall gewesen wie für ihn.

Jetzt ist alles egal. Ihr schöner Kopf mit den runden Schultern über der schmalen Taille steht auf seinem Tisch. Es ist sein einziger Tisch, aber er hat ja auch nur einen einzigen Raum, in dem er schläft, isst und Fernsehen guckte.

Durch sie wurde der Raum richtig lebendig. Hansi Winkler staffierte sie mit ein paar Kleidern und Gebimmel aus. Sogar einen breitkrempigen Hut, der ihr Gesicht beschattete, fand er. Ihre Arme bog er so, als wolle sie ihn zu einer Umarmung einladen. Wenn er jetzt nach Hause kam, dann war immer jemand da. Sie sorgte sogar dafür, dass er sie ungern alleine ließ. Heute wäre er beinahe überhaupt nicht weggegangen. Er spielt mit dem Gedanken, sich eine Arbeit zu suchen, nur um ihr ein paar Kleinigkeiten kaufen zu können. Zumindest hat er heute den Korn weggelassen und ist von der Bude abgehauen, nachdem er Frigga und Viktoria hatte vorbeiziehen sehen. Nein, er kann sie nicht entsorgen. Er will lieber die kurze Zeit, die ihm noch bleibt mit ihr, genießen. Meine Schöne. Hättest du doch früher meinen Weg gekreuzt.

Er drückt ihr den Hut etwas schief. So bekommt sie sofort etwas Mondänes. Das Zimmer mit dem fadenscheinigen Teppich, den gelben Vorhängen, dem ungemachten Bett und dem verkrusteten Geschirr im Waschbecken erhält einen erhabenen Glanz. Er legt eine ihrer schmalen Hände auf den Tisch, und es riecht nicht mehr miefig. Die Türklingel. Das werden sie sein, denkt Hansi Winkler. Offenbar hatte Sandra nichts Eiligeres zu tun, als ihnen vom mir zu erzählen.

Er drückt einen Kuss auf ihre Wange. Dann öffnet er die Tür. Görtzig und eine Kollegin stehen davor. Sie verschaffen sich einen Überblick, sagen aber nichts. Vielleicht kommt ihnen die Szene skurril vor. Hansi Winkler kratzt das nicht. Sie sollen sie nur nicht so fest anfassen. Jetzt verrutscht ihr Kleid. Anstand haben die beiden nicht. Er schließt die Augen, denn so braucht er nicht mit anzusehen, wie sie seinen Liebling unter einen Arm klemmen wie ein Stück Brennholz.

Frigga und Viktoria werden zum zentralen Großraumbüro des Reviers geschickt. Scheibelhud steht mit verschränkten Armen in der Mitte wie ein Turm. Er wirft einen Blick zur Wanduhr. Es ist acht Uhr.

„Zumindest pünktlich seid ihr", sagt Scheibelhud und greift zum Telefon.

In der Mitte des Büros wurden ein paar Stühle mit Schreibablage sowie ein Flipchart aufgestellt. Auf den Stühlen sitzen Sigrid Mlaka, Erika Schubert sowie zwei dünne Beamte. Fünf Stühle sind noch frei.

Sobel betritt den Raum.

„Dann wollen wir mal", sagt er und setzt sich. „Wir besprechen den Fall heute einmal in dieser Form. Sie mag etwas unkonventionell wirken, aber sie hat vielleicht ihre Vorteile."

Er wartet, bis auch Scheibelhud sitzt und fährt dann fort.

„Wir werden jetzt alles zusammentragen, was zur Lösung des Falls relevant war. Schemmann, Sie protokollieren auf dem Flipchart."

Der dünnere der beiden Beamten stellt sich neben das Brett.

„Wir dürfen uns hier keinen Fehler erlauben, der zur Freilassung der Verdächtigen führen kann", sagt Sobel. „Bei genauer Betrachtung haben wir drei Ermittlungsstränge zu berücksichtigen. Für den ersten steht Oberkommissar Scheibelhud, für den zweiten Erika Schubert und für den dritten die hier anwesende Frigga Lendel."

Frigga verfolgt, wie Schemmann drei Spalten auf das Flipchart malt. Er malt sehr sorgfältig, sie würde fast sagen, er schläft dabei ein. Was denken die sich hier? Jeder weiß, dass sie um neun Uhr den Zug nach Düsseldorf nehmen muss. Wenn Sobel den Fall bis ins Detail aufrollen will und dabei von dieser Schnarchnase unterstützt wird, dann kann sie ihren Plan in den Wind schießen.

„Oberkommissar Scheibelhud. Bitte berichten Sie über ihre Ergebnisse."

Noch bevor Scheibelhud sich hat sammeln können, hat Frigga sich gemeldet.

„Du brauchst nicht aufzuzeigen. Wir sind hier nicht in der Schule", sagt Sobel.

Frigga lässt den Arm sinken.

„Könnte ich nicht zuerst meine Version vortragen?", fragt sie. „Mein Zug geht ..."

„Ach richtig", sagt Sobel, „aber mach dir keine Sorgen. Du wirst rechtzeitig dort sein."

„Aber ..."

Sobel wirft ihr einen strengen Blick zu und bedeutet Scheibelhud, er möge beginnen.

„Wir, das heißt Kommissarin Mlaka und ich, haben Heinz Bause als das Opfer der Straftat nach einem Anruf der Rentnerin Hermine Jeskowiak in seinem Bett leblos aufgefunden."

Frigga stöhnt.

„Ich bitte dich, Frigga", sagt Sobel.

„Er will doch jetzt nicht ganz von vorne anfangen, oder?", mault Frigga. „Wenn das hier so eine Poirot-hat-ermittelt-und bringt-endlich-Licht-in-die-Sache-Runde sein soll, dann muss das auch so knackig gehen wie bei Poirot!"

„Wir schreiben hier keinen Roman, sondern wir sind hier im echten Leben", erwidert Sobel.

„Ihr habt doch sicher alle Ergebnisse von Oberkommissar Scheibelhud in einer Akte stehen, oder?"

„Selbstverständlich", sagt Scheibelhud und wirft Frigga einen zornigen Blick zu, „aber die Ermittlungen sind gegen Ende so schnell verlaufen, dass ich noch nicht die Zeit hatte, sie alle einzuordnen. Im Übrigen bin ich über weite Strecken alleine gewesen."

„Aber die Berichte sind geschrieben, oder?", fragt Sobel.

Scheibelhud nickt.

„Dann können wir das also doch abkürzen!", ruft Sobel. „Konzentrieren Sie sich also bitte auf das Wesentliche. Was hat Sie zu Marie Keller beziehungsweise Sandra Nowak geführt?"

Scheibelhud starrt ins Leere. Dann atmet er tief durch.

„Im Grunde habe ich ihr Motiv aufgedeckt. Und das konnte ich nur, weil Frigga Lendel den richtigen Namen der Verdächtigen ermittelt hatte."

Schemmann beginnt, dies am Flipchart in Scheibelhuds Spalte zu notieren, muss aber unterbrechen, weil sein Faserschreiber den Geist aufgibt. Er sucht nach einem Neuen in einer entfernten Schublade.

„Aber Sie haben doch nicht nur ihr Motiv gefunden, sondern auch bewiesen, dass sie von ihren körperlichen Fähigkeiten dazu in der Lage war, die Tat zu begehen", sagt Sobel.

Das sei richtig, antwortet Scheibelhud, und Frigga kann sehen, wie er sich selbst aufbaut.

Sandra Nowak habe ihr Medizinstudium abbrechen müssen und sei dann auf Raubzug durch die Sparkonten alter, gebrechlicher Menschen gegangen.

Sie habe schon als Kind prophezeit, dass sie nur deshalb Ärztin habe werden wollen, damit sie einmal einen Porsche fahren könne, wirft Frigga ein.

Damit erkläre sich auch ihr Gejammer bei der vorläufigen Festnahme, meint Scheibelhud. Ausgerechnet ein Porsche, ausgerechnet ein Porsche habe sie unentwegt wiederholt, nachdem sie aus der Ohnmacht erwacht war. Jetzt liege sie erst einmal mit Gehirnerschütterung im Krankenhaus.

Dann fehle jetzt nur noch Sandra Nowaks Gelegenheit zur Tat, verkündet Sobel. Erikas Spalte müsse bis auf die Untersuchung der Stuhlprobe noch leer bleiben, weil die übrigen Laborergebnisse noch nicht vorlägen. Also sei Frigga jetzt an der Reihe.

Frigga beginnt mit dem Falter. Sie stellt das Gefäß mit ihm auf die Schreibablage. Sobel glotzt ungläubig, aber als deutlich wird, dass der Falter vom Erkennungsdienst übersehen wurde, glaubt Frigga ein feines Lächeln um seinen Mund spielen zu sehen. Es bildet sich so kurz und verhalten, dass sie im nächsten Moment nicht mehr sicher ist, ob sie es gesehen oder sich nur eingebildet hat.

Sobel will wissen, wieso Frigga so schnell alle anderen Verdächtigen ausgeschlossen und sich auf Sandra Nowak eingeschossen habe.

Keine Frau übermittele ihr Malheur per Telefon, wenn sie nicht etwas damit bezweckt, meint Frigga. So habe sie alle anderen wie etwa einen kleinen Mann oder die Hausbewohner zwar nicht direkt ausgeschlossen, aber doch auf die lange Bank geschoben. Schließlich musste sie nur noch herausfinden, wo Sandra wohnt.

Als Frigga von ihren Bemühungen, Marie Kellers, oder besser Sandra Nowaks Behausung zu erfahren, erzählt, werden die Westadts und ein Frigga völlig Unbekannter hereingebracht. Scheibelhud erklärt den Broschendiebstahl für geklärt, wird aber von Gesine Rathenau unterbrochen. Die ist dem Polizeiwagen mit den Westadts zum Revier gefolgt und stellt sich völlig außer Atem. Sie wolle niemand Unschuldiges für etwas büßen lassen, was sie verursacht habe.

Für so unschuldig, wie Gesine Rathenau die Westadts halte, seien die aber nicht gewesen, erklärt

Scheibelhud. Frau Westadt hätten den Fund sofort melden müssen und nicht damit zu ihrem Diakon laufen sollen. Der wiederum habe offenbar nichts Besseres mit dem Schmuckstück anfangen können, als ihn zu versetzen. Frau Rathenaus Tat habe bisher Unbescholtene in Versuchung geführt, und die hätten sich nur zu gerne versuchen lassen.

Frau Westadt beginnt zu beten, Herr Westadt beteuert, von den Vorfällen nur am Rande etwas mitbekommen zu haben. Sollte seiner Frau aber etwas zur Last gelegt werden, so wolle er an ihrer statt die Schuld auf sich nehmen.

So funktioniere das hiesige Rechtssystem aber nicht, erklärt Scheibelhud, und darum folgt Herr Westadt dem Beispiel seiner Frau.

Frau Rathenau ist zutiefst erschüttert und gelobt Besserung in Form einer Therapie. Zuvor müsse sie aber die über sie verhängte Strafe verbüßen, sagt Scheibelhud. Wie hoch und in welcher Form die ausfallen werde, habe ein Richter zu entscheiden.

Als Frigga von Gerd Bürgels Farbband berichtet, wird Hansi Winkler von Görtzig am Schlafittchen hereingeführt. Sandra Nowak habe Winkler als den Dieb der Schaufensterpuppe belastet, erklärt Görtzig.

Die Frau lüge, ruft Winkler. Als er kurze Zeit später aus der Vernehmung zurückkehrt, ist er ganz ruhig. Görtzig zwinkert Scheibelhud zu, und der weiß, dass alles zu ihrer Zufriedenheit geklärt ist.

So füge sich alles zusammen, konstatiert Scheibelhud. Man habe in dem Sack, den Sandra Nowak zur Brachfläche transportiert habe, auch Gerd Bürgels

Filmaufnahmen gefunden. Darauf sei Sandra Nowak deutlich zu erkennen, wie sie die Beine der Schaufensterpuppe unter der Decke ihres Bettes hervorzieht. Datum und Uhrzeit sei auf dem Film ebenfalls angegeben. Wenn er eine Prognose abgeben solle, dann dürfte Frau Nowak nie mehr das Licht der Freiheit genießen. Am Ende ständen zwei Morde auf ihrer Liste.

Und ein Selbstmord, vervollständigt Frigga. Nur durch Sandras Perfidie sei Andi in das alles hineingezogen worden. Ob man diese Sally habe ausfindig machen können.

Görtzig, der diese Frage gehört hat, erklärt, man habe das nicht weiter verfolgen müssen, denn der Chatverlauf sei eindeutig gewesen. Man wolle nicht grundlos in die Privatsphäre Unschuldiger eindringen. Darin gibt ihm Scheibelhud Recht. Das sei ein sehr seltsamer Fall gewesen. Bisweilen habe er geglaubt, der Sache nicht Herr zu werden.

„War dir das jetzt knackig genug?", fragt Sobel. Frigga nickt und will wissen, ob sie denn jetzt endlich Bauses Schlüssel zum Dachgeschoss haben könne. Sobel hat die Hoffnung, eine Lösung zu finden.

Eine Sache sei ihm allerdings nicht klar, meint er, und das beträfe die Pistole, die Martin plötzlich gezogen habe.

Das könne sie erklären, sagt Frigga. Martin habe einen speziellen Freund, der ihm ein paar höchst kriminelle Dinge zur Aufbewahrung übergeben habe. Darunter sei bestimmt auch die Pistole gewesen. Die Munition aber habe Andi in einem Versteck verborgen, von dem Martin aber gewusst habe. In einem unbeobachteten Moment habe er sich sie, und nicht etwa einen verliehenen Hefter, eingesteckt. Ihr, Frigga, sei das zwar aufgefallen, aber sie sei durch diese Schildkröte abgelenkt gewesen, und es sei ihr erst wieder bewusst geworden, als es bereits zu spät gewesen sei.

Aber die Waffe sei verschwunden, sagt Scheibelhud. Martin habe sie bei seiner Verhaftung nicht bei sich geführt, und Sandra sei auch ohne diese Waffe in Gewahrsam genommen worden.

Nun, sagt Frigga, da könne sie doch tatsächlich noch den letzten Baustein zur Komplettierung des Puzzles beitragen. Sie greift sich in die Hosentasche und legt die Glock auf ihre Schreibablage. Schwarz, schwer und kalt liegt sie vor aller Augen da und glänzt still in teilweise mattem Plastik vor sich hin. Eine Fliege setzt sich auf den rauen Griff. Friggas Hand schnellt zur Waffe, die Fliege fliegt auf und durch den Stuhlkreis bis zur oberen linken Ecke des Flipcharts. Ein ohrenbetäubendes Krachen lässt die Anwesenden zusammenfahren. Und wenn Schemmann bis zu dem Zeitpunkt die Fliege auf der Ecke des Flipcharts hatte sitzen sehen, so kann er jetzt nur noch ein Loch an eben der Stelle in Flipchart feststellen, an der sie gesessen hatte. Frigga steht mit der rauchenden Waffe da.

„Die hat mich schon beim ersten Mal genervt", knurrt sie.

Die beiden Propeller reißen die Maschine in die Höhe. Frigga blickt durch das Fenster und beobachtet, wie sich Düsseldorf und das angrenzende Ruhrgebiet mehr und mehr von ihr entfernen. Bald durchstoßen sie die

Wolkendecke, und darüber ist alles hell und freundlich. Die Wolken sind von hier oben blendend weiß. Frigga weiß, dass sie nur kondensiertes Wasser sind, aber sie fühlt sich trotzdem sicher.

Frigga schluckt den Druck in den Ohren weg und schnallt sich ab.

Bauses Schlüssel wurde ihr endlich zur Verfügung gestellt. Einerseits rechtfertigte ihre Leistung bei der Ermittlung seine Herausgabe, andererseits wollte das Revier die Kosten für eine gewaltsame Öffnung der Sicherheitstür nicht bezahlen.

Trotzdem war die Zeit knapp geworden, und so wurde Frigga mit einem Polizeifahrzeug nach Düsseldorf gebracht. Die Abfertigung ging rasend schnell, und sie war die letzte, die das Flugzeug bestieg. Man hatte auf sie gewartet, obwohl die Abflugzeit um fünf Minuten überschritten worden war.

Frigga kommt in den Sinn, was sie kurz bevor sie das Revier verlassen hatte, für eine Rechnung aufgemacht hatte. Auf der Welt, so hatte sie behauptet, wären die Deutschen beliebter als alle anderen. Das habe eine weltweite Umfrage eines Statistikinstitutes ergeben. Eine andere Umfrage habe ergeben, dass die Menschen im Ruhrgebiet die beliebtesten in Deutschland seien. Essen gelte als beliebteste Einkaufsstadt im Ruhrgebiet, und darum, so hatte Frigga behauptet, sei sie jetzt, da dieser abscheuliche Mordfall durch sie aufgeklärt worden war, für einen kurzen Moment der beliebteste Mensch der Welt. Sie war wild herumgesprungen und hatte Ich-bin-der-beliebteste-Mensch-der-Welt gerufen und wieder gerufen. Erst als keiner mehr lächelte, hatte sie damit aufgehört.

Onkel Horst hatte sie dann beiseite genommen, die Augenbrauen hochgezogen und ihr nahegelegt, eine solide Ausbildung zur Polizistin zu machen. In NRW sei das bis zum siebenunddreißigsten Lebensjahr möglich. Sie solle es sich durch den Kopf gehen lassen.

Vorhin hatte sie sich dagegen gesträubt. Vorhin war sie die beliebteste Frau der Welt gewesen und kurz davor, ihren Urlaub antreten zu können.

„Mach deinen Urlaub in England", hatte er gesagt. In Northumberland, hatte Frigga korrigiert. Ja, auch in Northumberland, hatte Onkel Horst gesagt. Und wenn du zurückkommst, dann reden wir. Es gebe genug Taxifahrerinnen, hatte er gemeint.

Da hat er Recht, denkt Frigga. Hätte sie ihm sagen sollen, dass sie gefeuert worden war? Hätte sie es irgendwem sagen sollen? Zehn Jahre auf dem Bock, und dann kommt ein neuer Chef, der sie von Anfang an auf dem Kieker hat. Sie wären sowieso nie warm miteinander geworden.

Frigga lässt sich in den Sitz sinken. Jetzt folgen erst einmal drei Tage in Alnmouth. Ein Rentnerkaff, wie sie in Erfahrung gebracht hat. Die paar Überbrückungstage nimmt sie gerne für den günstigen Flug in Kauf. Anschließend wartet das Astronomentreffen auf sie. Es findet in einem Lichtschutzgebiet statt. Nirgendwo in Europa sollen die Nächte schwärzer sein.

Ein Tetrapack Wasser und ein trockenes Käsebrot werden ihr an den Platz gebracht. Die Wolkendecke reißt auf.

Ganz schön tief bis nach unten, denkt Frigga. Wenn doch nur schon die Küste vor Newcastle in Sicht wäre.

Tantenfieber

Roman, 252 Seiten
Preis: 10,90 €

Lesen Sie, ob Walter
Semmler seine Ver-
klemmtheit überwindet.
Schon mit Nachbarin,
neuer Freundin und
Mutter hat er es schon
mächtig schwer.
Daumen drücken!

Dicke Enden

Kurztexte, 156 Seiten
Preis: 9,90 €

Inhaltlich und stilistisch
höchst unterschiedliche
und anspruchsvolle
Kurztexte. Trotzdem gut
zu lesen. Wenn da nicht
jeweils ein Haken wäre
... das Ende!

In Zukunft Chillingham

Roman, 204 Seiten
Preis: 10,90 €

Folgen Sie verwirrten Überlebenden einer weltweiten Katastrophe! Sie versuchen zwar Licht in ihre Herkunft zu bringen, doch genau das hätten sie besser gelassen ...

VARN

Erzählung, 108 Seiten
Preis: 8,90 €

Wir folgen einem einsamen Schreiber in eine virtuelle Welt. Dort verliebt er sich. Eine Tragödie bahnt sich an.